BIRGIT LAUTENBACH & JOHANN EBEND

Brandeis

GOLDMANN
Lesen erleben

Buch

Fünfzehn Jahre saß Heiner Thiel wegen Mordes im Gefängnis. Nach seiner Entlassung zieht es ihn zurück auf seine Heimatinsel Hiddensee, wo er hofft, ein neues Leben beginnen zu können. Doch die Hiddenseer stehen ihm feindlich gegenüber, sie tun alles, um ihn wieder loszuwerden – und bald steht sogar sein Haus in Flammen. Ohne ein Dach über dem Kopf findet Thiel bei dem Inselpolizisten Daniel Pieplow Zuflucht. Doch als in dem eisigen Winter die Fahrrinne zufriert und Hiddensee von der Außenwelt abgeschnitten ist, spitzt sich die Situation für alle Beteiligten dramatisch zu …

Autoren

Birgit Lautenbach wurde 1948 in Hamburg geboren, Johann Ebend 1958 in Hüffenhardt/Baden. Das Fachwerkhaus, in dem das Autorenpaar seit fast dreißig Jahren mit Kindern, Hunden und Katzen lebt, steht zwischen Braunschweig und Wolfenbüttel. Wann immer es ihnen möglich ist, reisen sie auf die Ostseeinsel Hiddensee, um in ihrer »Seelenlandschaft« neue Energie zu tanken.

Die Hiddensee-Krimis der Autoren in chronologischer Reihenfolge:

Hühnergötter (auch als E-Book erhältlich)

Totenseelen (auch als E-Book erhältlich)

Engelstrompeten (auch als E-Book erhältlich)

Birgit Lautenbach
& Johann Ebend

Brandeis

Ein Hiddensee-Krimi

GOLDMANN

Der Goldmann Verlag weist auf die Titelgleichheit mit dem im Rotbuch Verlag erschienenen Roman »Brandeis« von Urs Jaeggi hin. Die parallele Nutzung des Titels geschieht mit freundlicher Genehmigung des Rotbuch Verlags.

Dieses Buch ist auch als E-Book erhältlich

MIX
Papier aus verantwortungsvollen Quellen
FSC® C014496

Verlagsgruppe Random House FSC-DEU-0100
Das FSC®-zertifizierte Papier *Holmen Book Cream* für dieses Buch liefert Holmen Paper, Hallstavik, Schweden.

2. Auflage
Originalausgabe Dezember 2012

Umschlaggestaltung: UNO Werbeagentur, München
Umschlagmotiv: © Robert Ott
Redaktion: Kerstin von Dobschütz
An · Herstellung: Str.
Druck und Bindung: GGP Media GmbH, Pößneck
Printed in Germany
ISBN 978-3-442-47721-0
www.goldmann-verlag.de

Prolog

Den Galgen hatte die Feuerwehr gebaut. Ein derbes Dreibein aus geschälten Kiefernstämmen, gut zwei Meter hoch und fest im Boden verankert. Vom längsten der Stämme, der ein gutes Stück über die anderen beiden hinausragte, baumelte die Tonne an einem Strick. Obwohl es fast windstill war, schwang sie schon leicht hin und her, bevor der erste Hieb sie traf.

Die Keule ging reihum von Hand zu Hand, und jedes der Kinder hoffte, sein Schlag würde es sein, dessen Wucht die Dauben der Tonne bersten ließ.

Einhundertsiebenundvierzig Schläge brauchte es, bis sich unter dem Gejohle der Menge der Fassboden löste und die Katze mitsamt allen Süßigkeiten auf den Sportplatzrasen fiel.

Heiner Thiel hob das Glas zum Mund und ließ es gleich wieder sinken, als das lauwarme, schaumlose Bier seine Lippen berührte.

Wie Pisse, dachte er und sah sich nach einer Möglichkeit um, Glas samt Gebräu irgendwo abzustellen. Aber er stand eingezwängt zwischen Möhle und Baring, die sich wie alle das Spektakel mit der Tonne am Galgen nicht entgehen lassen wollten.

»Wenn die Katze wenigstens echt wäre.« Arnold Möhle sah verächtlich auf das schwarz-weiße Stofftier. Er war stellvertretender Ortsbrandmeister und Katzenhasser und bekannt für eine Neigung zu kurzen Prozessen, die nicht so recht in die neuen Zeiten passte, von denen jetzt alle gern schwafelten.

»Früher hat's so was hier gar nicht gegeben«, stellte der dicke Baring richtig und schob seine Feuerwehrmütze aus der Stirn. Das Schweißband ließ einen roten Streifen unter dem Haaransatz zurück.

»Stimmt, bevor's der Däne eingeschleppt hat, nicht.« Möhle, einen halben Kopf größer als Baring und entschieden weniger korpulent, brachte beim Sprechen kaum die Zähne auseinander und klang, als hätte Sören Jensen bei seiner Ankunft vor drei Jahren die Pest im Gepäck mit nach Groß Zicker gebracht.

»Wie sieht's aus, Hiddenseer, spendierst du 'ne Runde zur Feier des Tages?« Baring hatte das Interesse an Katze und Tonne verloren und knuffte Thiel auffordernd in die Seite. «Ein bisschen vorglühen kann nicht schaden, oder was meinst du?«

Natürlich hätte Thiel mitgehen, eine Runde ausgeben und auch die nächsten noch mittrinken können. Dann wäre wahrscheinlich alles anders gekommen. Dann hätten sie ihn spätestens um acht sternhagelvoll in sein Quartier geschleift und gewusst, dass er an diesem Abend nirgendwo mehr hingehen würde. Zum Feuerwehrball im Festzelt nicht und mit Manu nach Hause erst recht nicht. Denn Manu konnte Besoffene nicht ausstehen, das wussten nicht nur die, die erst im Vollrausch den Mut fanden, mit ihr zu poussieren und das Lächeln zu ertragen, mit dem sie sich abwandte. Einem Lächeln, so wissend und verächtlich, dass man sich hilflos und mickrig fühlte mit seiner Lust auf sie. Das hatte nicht nur Möhle am eigenen Leib erfahren müssen, als er Manu im Jahr zuvor unbedingt hatte nach Hause begleiten wollen. Richtig verwunden hatte er das bis heute nicht. Weder, dass sie sich wortlos aus seiner betrunkenen Umklammerung gelöst hatte, noch seinen Sturz in die Pfütze hinter dem Festzelt, als er ihr trotzdem nachlaufen wollte. Baring und ein paar andere hatten ihm auf die Beine geholfen, so gut es eben ging, ihn samt seiner dreckigen Uniform nach Hause gebracht und sich noch monatelang brüllend vor Lachen auf die Schenkel geschlagen, wenn wieder mal jemand meinte, die Geschichte erzählen zu müssen.

»Was ist, hat's dir die Sprache verschlagen?«, brachte Baring sich und seinen Durst auf Freibier in Erinnerung.

»Später«, wehrte Thiel ab. »Der Tag ist noch lang, und ich hau mich erst mal aufs Ohr, bevor's heute Abend richtig rundgeht.«

Baring sagte dazu nichts. Ob der Hiddenseer nun Bier spendierte oder nicht war ihm im Grunde genommen egal. Er würde so oder so auf sein Quantum kommen, so viel war sicher.

»Auch gut«, sagte er, zerrte an seiner Krawatte und

öffnete den obersten Hemdknopf. Dann ging er mit Möhle davon, der wortlos, mit nicht mehr ganz klarem Blick daneben gestanden und noch weniger Wert auf Thiels Begleitung gelegt hatte.

Das Wetter war wie bestellt für das Feuerwehrfest in Groß Zicker. Warm wie nur selten in diesem eher mäßigen Sommer 1994. Der Himmel stahlblau, von ein paar Zirren wie mit hauchzarter Gaze gestreift, das Wasser des Boddens fast grün in der windstillen Luft. Seit dem Morgen buntes Treiben zwischen Hafen und Festplatz. Überall das Lachen und Kreischen der Kinder, die ihr ganz eigenes Programm hatten, bevor die Erwachsenen am Abend zu ihrem Recht kamen. Musik und Tanz im großen weißen Festzelt, das seit vorgestern am Sportplatzrand stand. Niemand nahm an, dass es in dieser Nacht immer gesittet zugehen würde, aber mit dem, was dann geschah, hatte keiner rechnen können. Wie auch, wenn das Schlimmste, auf das man sich gefasst machte, eine anständige Schlägerei war, wie es sie eben nur nach Mitternacht hinter Festzelten gab.

Aber noch war der Tag hell und sonnig, und Heiner Thiel konnte nicht ahnen, dass es für lange Zeit sein letzter in Freiheit sein würde. Für fünfzehn Jahre, um genau zu sein, als Strafe für einen Mord, bei dem sich nichts, aber auch gar nichts finden ließ, was das Urteil hätte mildern können.

Noch stand der Wirt vom *Rauchfang* hinter dem Riesengrill im Qualm und schäkerte mit seiner neuen

Kellnerin. Der Doktor saß wie immer wortkarg neben seiner Frau und hörte sich an, was ihre Freundinnen über selbst- und fremderfahrene Leiden berichten konnten. Vor dreißig blau-weiß uniformierten Kindern fuchtelte Rohrbach mit den Armen. Es sollte gesungen werden.

Am Tisch der Seglermannschaften wurde laut gelacht, und die Urlauber knipsten wie verrückt die fröhliche Idylle.

Thiel verließ den Festplatz über den Trampelpfad durch das Gestrüpp aus Weißdorn und Schlehen, zog sein Rad aus den Büschen und bog nach rechts auf den Plattenweg zum alten Gut ein. Über das verkrautete Kopfsteinpflaster fuhr er zur Ostseite des Hofs auf das lang gestreckte Gesindehaus zu. Fünf Eingangstüren, hinter denen bis zum letzten Krieg Mägde und Knechte mit Kind und Kegel gewohnt hatten. Zwei Kammern, unterm Giebel Schlafplätze, über die im Winter schon der Schneewind gepfiffen haben musste, als das Dach noch in Ordnung gewesen war. Aber wenigstens die Küche hinter den beiden Fenstern zum Hof war wohl warm und groß genug gewesen für ein halbes Dutzend Kinder und auch, was immer mal vorkam, für ein krepeliges Ferkel, das in die Wärme am Ofen musste, damit es am Leben blieb.

Jetzt hauste Thiel hier, seit er sich vor zwei Jahren von Reckwitz hatte anheuern lassen. Handwerker bei Denkmalsanierung hatte es geheißen und sich als Schinderei auf einer Ruine erwiesen. So jedenfalls sah es Thiel, der den Optimismus nicht teilte, mit dem Reckwitz von Landhotel und Reiterhof schwadronierte, sich dann aber in seine Hamburger Firma verzog, mit der er das Geld verdiente, das er durch die glaslosen Fenster des Gutshauses wieder hinauswarf. Ob und wann es etwas werden würde mit dem repräsentativen mecklenburgischen Anwesen eines Hamburger Finanzmaklers, konnte auch Sören Jensen nicht sagen, der als Spezialist für die Rettung alter Gemäuer galt. Reckwitz hatte ihn aus Dänemark nach Groß Zicker geholt und im ehemaligen Verwalterhaus auf der gegenüberliegenden Seite des Hofes untergebracht.

Werktags war es staubig und laut hier, seit immer mehr Maschinen zum Einsatz kamen. Trecker mit Frontladern, Laster, die den Schutt abfuhren. Betonmischer und ein Gabelstapler, schrottreif, aber funktionstüchtig und bestens geeignet, die Paletten mit Steinen oder Dachpfannen dorthin zu bringen, wo sie gebraucht wurden.

Jetzt war es still. Die Polen, die Jensen hundert Kilometer östlich als Saisonkräfte rekrutiert hatte, waren gestern nach Hause gefahren. Sie hatten Thiel das Kaff in der Nähe von Kolberg beschrieben. Er hatte sich nicht einmal den Namen gemerkt, geschweige denn eine der Einladungen angenommen, sie dorthin zu begleiten.

Er war froh, wenn er seine Ruhe hatte, auf der selbst gezimmerten Bank vor seiner Tür sitzen und Gedanken nachhängen konnte, die allerdings im Laufe der

Zeit dumpfer und trüber geworden waren und vor allem darum kreisten, dass er sich sein Leben anders vorgestellt hatte. Ganz anders.

Schiffsbauer in einer der größten Werften der Welt, das wär's gewesen. Fischereischiffe bauen, die in Stralsund perfekter als irgendwo sonst vom Stapel liefen. Ein Traum, der geplatzt war wie so viele in den letzten Jahren, als plötzlich ganze Werften verkauft und in die Pleite manövriert wurden. Oder auf sage und schreibe sieben Fischtrawlern sitzen blieben, weil die sowjetischen Brüder sie nicht mehr bezahlen konnten.

So war das, dachte er. Schluss mit den dicken Rosinen im Kopf, er könnte wer weiß was werden. Er hatte als einer der Ersten auf der Straße gestanden. Jung, keine Familie, die von seinem Lohn leben musste, da war nichts zu machen gewesen. Leider auch nicht mit anderer Arbeit, für die er sich begeistern konnte. Also hatte es ihn hierher verschlagen. Groß Zicker auf Mönchgut, Südrügen. In ein Gesindehaus mit zugigen Fenstern, maroden Türen und einem windschiefen Schuppen mit Werkzeug, für dessen Zustand und Vollständigkeit er die Verantwortung hatte.

Im letzten Winter war er drauf und dran gewesen, die Brocken hinzuschmeißen. Raus aus der schäbigen Wohnküche, die auch an Sonnentagen nie richtig hell war. Weg von diesem tristen Hof, auf dem das bisschen Winterarbeit einen gerade mal davor bewahrte, nicht ganz in Schwermut und im Suff zu versinken.

Aber dann war es Frühling geworden und die Sache mit Manuela passiert. Mit Manu, die das Haus ihrer Großmutter geerbt und jemanden gesucht hatte, der es ihr für wenig Geld auf Vordermann brachte. Thiel hatte keine Ahnung, wie und warum sie gerade auf ihn gekommen war. Jedenfalls hatte sie an einem Tag Ende März vor seiner Tür gestanden und gefragt, ob er Zeit und Lust hätte, zwei Zimmer und eine Küche herzurichten. Tapezieren, streichen. Nichts Schwieriges also, aber notwendig, damit sie einziehen konnte.

Jeden Tag war er nach Feierabend in das kleine graue Haus draußen am Dorfrand gegangen, hatte alte Tapeten heruntergerissen, neue geklebt und gestrichen, Türen und Fenster lackiert und darauf gewartet, dass sie irgendwann auftauchte, um zu sehen, wie weit er gekommen war. Sie brachte Bier mit, für jeden zwei Flaschen, und Stullen auf einem Teller, den sie zwischen sich auf den Boden stellten, weil Tisch und Stühle noch fehlten.

Es war Mai und die Arbeit fast getan, als sie eines Abends den Teller beiseiteschob, sich vor Thiel kniete, ihn küsste, als sei es das Selbstverständlichste der Welt, ihn zu Boden zog, sich auf ihn setzte und begann, die Knöpfe seines Hemdes zu öffnen. Nur kurz dachte er daran, dass es nichts gab, was sie vor Blicken von draußen verbarg, dann überließ er sich ihr. Sie schien zu wissen was sie wollte.

»Schön war's«, sagte sie später. Sie saßen nebeneinander in dem stockdunklen Haus, an eine noch ungestrichene Wand gelehnt, sie ein Bier, er eine Zigarette in der Hand. »Du solltest nur nicht denken, dass es etwas zwischen uns ändert.«

»Schon klar«, sagte er und kaute stumm an einer Frage, die er besser nicht stellen sollte.

»Dann ist gut.« Sie tat einen tiefen Atemzug wie nach der Erledigung einer unangenehmen Aufgabe, dann lehnte sie den Kopf an seine Schulter und schwieg.

Was sie betraf, war alles gesagt. Er wusste das und platzte trotzdem heraus: «Es gibt einen anderen, oder?«

Sie hob den Kopf, drehte sich so, dass er sie näher und wärmer spürte. Ihren Atem an seinem Hals, ihre Brust an seinem Arm. Und dann ihren Zeigefinger auf seinen Lippen.

»Das geht dich nichts an, Hiddenseer. Ich kann es nicht ausstehen, danach gefragt zu werden. Von niemandem, verstehst du? Auch von dir nicht.«

Zum ersten Mal seit Langem hatte sie ihn nicht mit seinem Vornamen angesprochen. Sie hatte ihn zurückgeschoben hinter die feine, scharfe Trennlinie, hinter die gehörte, wer nicht von hier war. Und wie's aussah, änderte daran auch nichts, dass sie eben noch beieinandergelegen hatten, wie er es sich näher kaum vorstellen konnte.

Er war dreiundzwanzig Jahre alt und ausgerechnet in diese Frau verliebter, als er es je für möglich gehalten hätte.

Das wird bitter, dachte er und zog sie zurück in

seinen Arm. Er wollte sein Gesicht in ihrem Haar vergraben, ihren Geruch einatmen, solange sie es zuließ.

Es gab andere.

Und es gab einen, der sie alle kannte. Einen, der aus seiner Deckung zwischen den niedrigen Kiefern ans Haus schlich, wenn sich die Tür hinter ihnen geschlossen hatte. Der sich einredete, Manu wisse um seine Blicke durch ihre Fenster und lasse ihn an ihrer Lust teilhaben, um seine anzustacheln. Mit der Qual der Angst, er würde entdeckt, und dem Wunsch, sie sähe ihn an. Ob mit Neugier oder Erschrecken, das wusste er nicht. Nur, dass er ihren Blick auf seinem Geschlecht wie eine Berührung spüren wollte und sich davon Erlösung versprach.

1

Der Raum machte dem Ruf der Anstalt alle Ehre. Der Vorzeigeknast. Helle, warme Farben zwischen Dotterblume und gelbem Sand. Sogar Bilder an der Wand. Zwei Küstenlandschaften mit weitem, wolkenbetupftem Himmel. Ein Versuch, den Knackis die Schönheit der Welt vor Augen zu halten, vermutete Thiel und rätselte nicht zum ersten Mal, ob sich aus dem Bilderglas eine Waffe machen ließe. Runterschmeißen, Scherbe greifen und irgendwem den Hals aufschneiden. Einer untreuen Geliebten vielleicht oder dem Schließer auf dem Stuhl neben der Tür. Oder sich selbst.

Einmal war Thiel sogar aufgestanden und hatte mit gekrümmtem Zeigefinger gegen eines der Bilder geklopft. Es hatte nach Plexiglas geklungen, aber sicher war er sich nicht.

Die Langeweile machte, dass ihm solcher Stuss durch den Kopf ging. Die Langeweile und all die verqueren Gedanken, die wie giftiges Gas durch die Flure zogen. Hasserfüllte, rachsüchtige Gedanken, die manche hier zu tickenden Zeitbomben werden ließen. Thiel wusste, wie sich das anfühlte. In Bützow war es ihm auch so gegangen. Drogen, Suff, Gewalt zwischen düsteren Mauern, mehr als genug, um einem das Menschsein abzuziehen wie ein zerschossenes Fell.

Nach der Verlegung war es besser geworden. In Waldeck hatte er sich arrangieren können und Frieden schließen mit sich selbst. Gute Führung hieß das, fühlte sich aber an, als sei etwas in ihm kaputtgegangen. Jedenfalls wollte er jetzt nur noch seine Ruhe. Ein für alle Mal.

Als Willeke den Raum betrat, verließ der Schließer seinen Posten neben der Tür. Sie hörten, wie er von draußen den Schlüssel im Schloss drehte, dann war es still.

»Na, wie fühlen Sie sich?«

»Ganz gut«, sagte Thiel und ergriff die ausgestreckte Hand des Anwalts.

»Ganz gut?« Willeke klang ehrlich entrüstet. »Sie haben es geschafft, Thiel. Heute in einer Woche geht's in die Freiheit! Manch einer würde einen Freudentanz aufführen, könnte er mit Ihnen tauschen.«

Thiel wollte zwar mit niemandem tauschen, aber nach Freudentanz war ihm trotzdem nicht zu Mute. Er wartete, bis Willeke auf der anderen Seite des Tisches Platz genommen hatte, dann setzte er sich wieder auf seinen Stuhl.

Willeke kramte in seiner Aktentasche und schien darauf zu warten, dass Thiel doch noch etwas wie Vorfreude auf die Freiheit zeigen würde.

»Also dann.« Willeke atmete einmal sehr tief und resigniert, dann breitete er auf dem Tisch aus, was er für das Gespräch brauchte. Das Etui mit Druckbleistift und Kugelschreiber, die Mappe mit Schreibblock und Notizzettel und einen dunkelblauen Hefter.

Während Thiel die fleischigen Hände des Anwalts beim Hin- und Herschieben seiner Utensilien beobachtete, ging ihm durch den Kopf, dass sie sich beide ziemlich verändert hatten in den vergangenen fünfzehn Jahren. Willeke war kahler und dicker geworden, seine Anzüge teurer und sein Gebaren so leutselig und jovial, wie es sich für einen arrivierten Anwalt gehörte. Den Siegelring an der linken Hand trug er erst seit Kurzem, den Ehering an der rechten dagegen schon lange. Es sah aus, als sei er ins Fingerfleisch eingewachsen.

Thiel hatte sich besser gehalten. Sein dunkelblondes Haar war zwar an den Schläfen grau geworden, aber immer noch dicht und voll. Er war trotz seiner Arbeit in der Küche schlank geblieben und wieder zu ganz ansehnlichen Muskeln gekommen, seit er keine Stunde im Kraftraum mehr ausließ. Der einzige Schmuck, den er trug, war unter seinem Hemdsärmel verborgen. Brunner hatte ihm dicht unter die bohnengroßen Narben der Pockenimpfung das Zeichen in den Oberarm gestochen. Das große T mit dem Spitzdach darüber, mit dem die Thiels seit Generationen markierten, was ihnen gehörte.

»Also«, begann Willeke und räusperte sich, bevor er geschäftlich wurde. »Wie besprochen, habe ich Ihnen heute nur das Notwendigste mitgebracht. Ihre Kontoauszüge, damit Sie sehen können, was ich für Sie verfügt habe, und fünfhundert Euro in bar. Die sind bei der Verwaltung hinterlegt und werden Ihnen bei der Entlassung ausgehändigt. Stecken Sie das Geld bloß gut weg. Es ist unvernünftig, so viel mit sich herumzutragen. Es geht mich zwar nichts an, aber was wollen Sie damit?«

»Das weiß ich noch nicht.« Thiel zuckte mit den Schultern. »Ein paar Sachen kaufen. Fahrkarten, was zu essen. Solche Dinge.« Dass man dafür keine tausend Mark in der Tasche brauchte, wusste er auch. Aber was sollte einer machen, dem alles so fremd war? Die Preise, die Scheine, die vertrackten Automaten, aus denen es Nachschub nur gab, wenn man die richtigen Knöpfe drückte. Andere hatten Jahre gehabt, sich daran zu gewöhnen, er nur die Freigänge der letzten Monate.

»Ich verstehe.« Willeke schob seinen Notizblock von links nach rechts und wieder zurück. Mehr als diese Floskel fiel ihm dazu offenbar nicht ein.

Thiel griff nach seinem Tabak und schwieg. Es kümmerte ihn schon lange nicht mehr, wenn sie aneinander vorbeiredeten. Er und sein Anwalt. Genau genommen, nicht mehr, seit klar geworden war, dass Willeke seine Zweifel nie wirklich überwunden hatte. Dass er trotzdem sein Bestes gegeben hatte, wollte Thiel gern glauben, auch wenn er keine Vergleichsmöglichkeiten hatte. Nicht wie Brunner zum Beispiel, der schon vier oder fünf Strafverteidiger verschlissen hatte und sie alle für Schnarchnasen hielt.

Willeke jedenfalls war vor fünfzehn Jahren noch ein junger Spund gewesen, eben über dreißig und ganz heiß darauf, für Thiel das Beste herauszuholen. Nur geglaubt hatte er ihm nicht. Das wusste Thiel, obwohl es nie ausgesprochen worden war.

Kein Geständnis, keine Reue. Keine Bereitschaft, sich mit der Tat auseinanderzusetzen. Deswegen saß einer wie Thiel seine Strafe bis zum letzten Tag ab, auch wenn sich sein Verteidiger die Beine ausriss.

»Sie können wirklich von Glück sagen, Thiel.« Willeke lehnte sich zurück. Hob die Augenbrauen und nickte langsam ein paar Mal, damit Thiel erkannte, wie gut er es hatte. »Die meisten Inhaftierten stehen bei der Entlassung vor dem Nichts. Dagegen ist Ihre Situation doch recht komfortabel. Den Brandschaden haben Sie aus der Portokasse bezahlt, wenn ich es mal so überspitzt formulieren darf, und Schmerzensgeld fiel nicht an, weil das Opfer tot und somit nicht versorgungsbedürftig war. Da blieb dann doch ein schönes Sümmchen übrig.«

Klar, dachte Thiel, die Geliebte ist tot, man sitzt fast sein halbes Leben im Knast, den Vater trifft der Schlag und die Mutter krepiert im Krankenhaus an Krebs. Wie undankbar, da nicht von Glück zu sprechen.

»So gesehen schon«, sagte er trotzdem. Schließlich war ihm tatsächlich einiges geblieben. Das Haus, eine der Wiesen hinterm Deich und wenigstens so viel Bares, dass er fürs Erste über die Runden kam. Alles andere würde man sehen, wenn es so weit war.

»Bleibt es denn dabei, dass Sie zurück auf die Insel wollen?«

»Wo sollte ich sonst hin?«

»Das müssen natürlich Sie selbst entscheiden. Ich frage mich nur, ob Sie da richtig sind. Ob Sie in einer Stadt nicht besser aufgehoben wären. Wismar oder Lübeck oder noch eine Nummer größer. Hamburg zum Beispiel. Möglicherweise könnten Sie dort sogar in Ihrem Beruf arbeiten.«

»Kochen kann ich auch auf Hiddensee.«

»Ich dachte eher an den Schiffsbau. Das war doch …«

»Kann man vergessen«, unterbrach Thiel ihn. »Angenommen, auf den Werften werden überhaupt noch Leute gesucht, dann bestimmt keine, die vor zwanzig Jahren das letzte Mal einen Schiffsrumpf von unten gesehen haben.«

»Da mögen Sie Recht haben«, räumte Willeke ein. »Ich weiß nur nicht, ob Hiddensee wirklich der richtige Ort ist, um wieder Fuß zu fassen.«

2

Sein letzter Tag kam quälend langsam und zugleich viel zu schnell, je nachdem, ob Thiel die Freiheit herbeisehnte oder sie fürchtete. Das konnte von einer Stunde zur anderen wechseln und verwirrte ihn mehr, als er sich eingestehen wollte.

Scheiß drauf, dachte er und begann, seinen Nachlass zu regeln, wie Brunner feixte, als er Thiels Kassettenrekorder entgegennahm. Die Lautsprecher kratzten erbärmlich, aber der Motor lief noch rund und ergänzte Brunners Ersatzteillager für Tätowiergeräte aller Art.

Seinen Fernseher reichte er an den Jungen in der 36 weiter, der ihn an sich selbst erinnerte. Gerade mal zwanzig, mindestens neun Jahre vor sich und immer kurz vorm Überschnappen. Möglich, dass die Glotze ihm half. Wenn nicht, zerschmetterte er sie eben an der Wand. Auch das konnte guttun.

Und dann passierte alles zum letzten Mal. Mittags- und Abendkost. Einschluss. Wecken und Lebendkontrolle.

Um Viertel nach neun öffnete sich die Tür am Haupteingang und entließ Heiner Thiel in einen unfreundlichen, diesigen Tag. Die Nacht war mild gewesen. Gegen Morgen war Nebel aufgezogen und hing in feinen Tropfen noch immer in der Luft. Thiel schloss den Reißverschluss seiner Jacke, hob den Koffer auf und machte sich auf den Weg in die Freiheit.

In einer halben Stunde hielt der Vormittagsbus unten an der Straße. Kurz vor halb elf würde er am Bahnhof und mit seinem Gepäck nicht mehr verdächtig sein. Nur noch ein Reisender, über dessen Woher und Wohin sich niemand Gedanken machte. Bis dahin musste er wohl oder übel die Blicke der anderen Fahrgäste ertragen. Von einem, der hier einstieg und mit seinem Koffer den Gang versperrte, hatten sie ihre ganz spezielle Meinung.

Als Thiel den Bus verließ, konnte er aufatmen, konnte den Rücken strecken und die Schultern sinken lassen. Er beschloss, sich ein zweites Frühstück zu gönnen. Kaffee, Brötchen, Wurst und Käse. Eine Zeitung. Nur, dass er zum Rauchen nach draußen musste, war neu und eindeutig schlechter als früher.

Es dämmerte schon, als der Zug in den Stralsunder Bahnhof einfuhr. Um die Mittagszeit war das Wetter besser geworden. Aus dem Zugfenster hatte Thiel gesehen, wie die Sonne eine Weile durch den Nebel gedrungen war, was ihm besser gefallen hatte als das frostige Schneegrieseln, in das er jetzt auf dem Weg durch die Stadt geriet. Trotzdem machte er an einer Bude Halt, stellte den Koffer ab und genehmigte sich Bier und Bratwurst.

Seine Finger waren noch fettig, als er in der Pension *Albatros* die Anmeldung ausfüllte.

»Zweiter Stock, erste Tür links. Frühstück von sieben bis zehn. Getränke aus der Minibar gehen extra«, leierte die Hagere an der Rezeption herunter. Sie reichte ihm einen Schlüssel über den Tresen, der so abgewetzt wirkte wie die Möbel in dem Zimmer, das sie Thiel zugewiesen hatte. Er sah sich in der sauberen Schäbigkeit um. Bett, Schrank, Stuhl, ein Tisch neben dem Fenster, durch das er zur Entschädigung den Hafen sehen konnte, wenn er sich weit genug vorbeugte. Ansonsten hatte der Raum den Charme einer Zelle.

In einer Nische hinter der Tür brummte ein Kühlschrank, der auf seine alten Tage zur Minibar befördert worden war.

Immerhin, dachte Thiel, das hat's bisher nicht gegeben. Er nahm eins der albernen Fläschchen. Wodka in Flakongröße für einen, der sich am liebsten bewusstlos saufen würde.

Das Bett ächzte, als er sich hineinlegte, und noch einmal, als er zehn Minuten später wieder aufstand, weil eine Woge entsetzlicher Trostlosigkeit ihm die Luft nahm. Sie trieb ihn aus dem Zimmer, die Treppe hinunter, an der Rezeption vorbei, hinaus in die kalte Dunkelheit.

Er fand sich am Hafen wieder. Stand zwischen Gorch Fock und Lotsenhaus am Rand der Kaimauer, rauchte und grübelte. Darüber, dass seine Idee vom Neuanfang vielleicht doch nur eine Illusion war. Ein frommer Wunsch, um sich über Wasser zu halten. Sich nicht selbst über den Jordan zu rudern. Zwei lange, tiefe Schnitte rechts und links und dann geräuschlos auf die andere Seite gleiten. Blut fließt langsam, aber stetig, und die Nacht bis zur Lebendkontrolle ist lang.

Jetzt könnte er springen. Einfach noch einen Schritt tun und sich dem eisigen Wasser überlassen.

Dazu, entschied Thiel und drehte sich die nächste Zigarette, war er erstens nicht betrunken genug, und zweitens kam es sowieso nicht infrage. Jetzt nicht mehr. Jetzt wollte er wissen, was es auf sich hatte mit der Idee vom zweiten Leben, das beginnen sollte, sobald er einen letzten Blick auf die Kulissen geworfen hatte, in denen sein erstes zu Grunde gegangen war.

Er schlief schlecht. Träumte wüstes Zeug von dunklen Verliesen mit glitschigen Wänden, an denen er abglitt, sobald er sich aufrichten wollte. Als Wasser rauschte, hielt er das beim Aufwachen noch für einen Teil seines Traums. Dann wurde ihm klar, dass Fallrohre durch die Wand hinter seinem Kopf führten.

Er machte Licht und tastete nach seiner Armbanduhr.

Zehn nach fünf. Wer in der Küche arbeitet, steht zehn nach fünf auf. Spätestens. Sonst reichte die Zeit nicht. Rauchen, Zähneputzen, waschen, rauchen, essen, wieder rauchen, das dauerte. Nur war das *Albatros* kein Knast, und Thiel konnte es egal sein, wann der Küchenbetrieb losging. Er drehte sich eine Zigarette, rauchte und rutschte wieder unter die Decke. Wäre gern noch einmal eingeschlafen und wusste, dass daraus nichts werden würde. Seine Gedanken kreisten sinnlos um immer dasselbe.

Wie, in drei Teufels Namen, sollte das gehen? Neu anfangen, das Alte hinter sich lassen, nach vorn sehen – und was man ihm sonst noch mit auf den Weg gegeben hatte.

Er stand auf, pinkelte ausgiebig und ließ nun seinerseits Spülwasser durch die Fallrohre rauschen. Beugte sich über das Waschbecken zum Spiegel und betrachtete sein Gesicht. Die blasse Haut mit den großen Poren an Nase und Kinn, die Augen, die Jahr für Jahr farbloser, mehr grau als blau geworden waren. Die blassen Narben auf der Stirn. Und die Falten zwischen Nase und dem schmallippig gewordenen Mund.

Er war sich selbst fremd geworden. Und allen anderen wohl erst recht.

Die Bratwurstbude war noch geschlossen. Pappbecher kollerten im eisigen Ostwind über den Marienplatz. Thiel schlug den Kragen hoch und ging so schnell, dass er zu frieren begann, als er auf den Zug warten musste. Aber dann stieg er in die Wärme, die nach nassen Schulranzen und Anoraks und ein bisschen nach Kotze roch. Aus den Ritzen des schwarzen Gummibelags schienen Reste eines Frühstücks notdürftig aufgewischt. Jetzt saß niemand im Abteil, der nach empfindlichem Magen aussah. Kein Kind, kein Schnapswrack. Nur ein junger Typ mit Ohrstöpseln,

Kaugummi und gelangweiltem Blick, ein Rentner mit Hund und Einkaufstasche, ein paar Hausfrauen.

Keiner nahm von Thiel Notiz.

Warum auch, sagte Thiel sich. Schließlich sah er nicht aus wie von einem anderen Stern. Er fühlte sich nur so.

Aus dem Zugfenster sah er im Sonnenlicht über einer Sandbank den mächtigen Quader der Volkswerft, leuchtend blau wie seichte See. Sie verschwand aus seinem Blick, als die Rügenbrücke auftauchte. Er hatte gewusst, dass sie fertig war, hatte schon auf Bildern gesehen, dass sie leicht wie ein blaues Band über dem Sund zu schweben schien und den alten Damm daneben wie ein plumpes Relikt aus Dampflokzeiten aussehen ließ.

Als sie den Bahndamm hinter sich hatten, wurde das Bild vor den Scheiben wieder vertrauter. Krähenschwärme auf überfrorenen Kuhweiden. Aufgegebenes Ackergerät, das am Feldrand vor sich hin rostete. Kurz hinter Samtens eine riesige neue Scheune.

Es begann zu schneien, als sie Bergen erreichten.

Thiel stieg als Letzter aus. Sah den anderen nach, wie sie zielstrebig den Bahnsteig verließen, und fühlte eine Art dumpfer Verlorenheit in sich aufsteigen.

Er wusste, wohin er wollte. Aber wie jemand, der ein Ziel hat, fühlte er sich nicht.

Er verstaute seinen Koffer in einem Schließfach und war pünktlich am Bus.

Anderthalb Stunden Fahrt nach Südosten über die

Dörfer. Manche Gehöfte mit dicken Strohdächern und weißen Sprossenfenstern herausgeputzt, andere so grau wie eh und je. Die Autos neuer und schneller, die wulstigen Rindennarben an den Alleebäumen tiefer und zahlreicher.

Rechts kamen die Hügel der Zicker Berge in Sicht.

Links drehte sich die Windrose des Schöpfwerks langsam im stetigen Nordwest.

Er stieg in Thiessow schon aus und ging die letzten Kilometer zu Fuß, um sich den Kopf vom Wind kühlen zu lassen.

3

Sie hatten das kleine graue Haus abgerissen.

Thiel sah es trotzdem vor sich. Die rußigen Wände, von denen das Löschwasser troff. Die zertretene Haustür. Davor den Körper, unter einer Decke verborgen und doch so grauenvoll sichtbar.

Die blau zuckenden Lichter. Feuerwehr, Polizei. Den Rettungswagen.

Sah sich selbst, in Unterhose und T-Shirt, mit der aufgeschlagenen Lippe und dem stechenden Schmerz in den Rippen, dort, wo Möhle mit aller Wucht zugeschlagen hatte.

»Wir haben das Schwein!«, brüllte er und stieß Thiels Arm zwischen den Schulterblättern noch weiter nach oben.

Thiel sackte vornüber, würgte und spuckte Blut auf den matschigen Boden.

»Lass die Scheiße, du Idiot«, keuchte er.

»Schnauze!« Möhle riss ihn an den Haaren wieder hoch. »Wenn wir mit dir fertig sind, reißt du das Maul nicht mehr auf!«

Aus den Augenwinkeln sah Thiel, dass Barings Faust auf seinen Magen zufuhr. Er konnte sich unter Möhles

Griff nicht tief genug ducken und röchelte, als der Schlag ihn traf.

»Schluss damit! Hört sofort auf!«

Ehmke hatte ihn gerettet.

Und eine Stunde später verhaftet.

Der Plattenweg hatte jetzt eine Asphaltdecke. Entlang der Zufahrt waren Bäume gepflanzt. Auch rechts und links der Freitreppe. Aus dem Traum vom mecklenburgischen Anwesen war also doch noch etwas geworden. Eine hellgelbe Pracht mit hohen Fenstern in beiden Geschossen. Der lange Ziegelbau an der linken Hofseite sah nicht mehr nach Gesinde aus. Dunkelgrüne Türen, neue Fenster. Kein windschiefer Schuppen, kein Unkraut im Kopfsteinpflaster. Und natürlich keine selbst gezimmerten Bänke mehr.

Thiel ließ seinen Blick über den Hof schweifen, über den sie ihn damals vor sich her getrieben hatten.

Eine Frau trat aus dem Verwalterhaus und sah zu ihm herüber. Thiel drehte sich um und ging davon.

»Hast du seine Jacke vernünftig zugeköpft?«

»Hab ich.« Er sprach eigentlich nur zu sich selbst.

»Binde ihm den Schal um! Es ist kalt draußen.« Sabine in ihrer Spezialdisziplin. Anweisungen erteilen und Überflüssiges sagen. Jeder Schwachsinnige wusste, wie kalt der Ostwind im Februar war. Noch dazu bei halbmeterhohem Schnee.

»Das ist nicht meiner!«

»Natürlich ist das deiner.« Mit einer Hand hielt Rohrbach die altersfleckigen Spinnenfinger in Schach, mit der anderen legte er den Schal um den faltigen Hals.

»Den nicht! Der kratzt!« Die Spinnenfinger hatten sich befreit und rissen den Schal herunter.

Also die ganze Prozedur von vorn. Diesmal den Knoten schneller machen, damit das Ding blieb, wo es war.

Einfach zuziehen, schoss es ihm durch den Kopf. Zuziehen und so lange festhalten, bis der Alte ausgeröchelt hatte.

»Der hat dich noch nie gekratzt, Vater.«

Doppelknoten. Schluss der Debatte.

»Um halb vier gibt's Kaffee!« Schon vor langer Zeit hatte sich der Befehlston in Sabines Sätzen ausgebreitet wie Schimmel in einer nassen Wand.

Gutes Bild, dachte er und war unerwartet zufrieden. In der Wand zwischen uns sitzt Schimmel, breitet sich aus und stinkt muffig.

Es gab jeden Tag um halb vier Kaffee.

Rohrbach steckte das Plaid neben den Beinen des Alten fest, öffnete die Tür und schob den Rollstuhl hinaus in die Kälte.

»Ich weiß, was du getan hast!« Die erhobene Hand des Alten wackelte hin und her.

Ahnungsvoll. Ich weiß, was du vorhast. Ich weiß, was du treibst. Glaub ja nicht, du kannst mir was vormachen.

Drohend. Pass bloß auf, Bürschchen! Gnade dir Gott, wenn ich dich erwische!

So lange er denken konnte, gab es etwas, bei dem er erwischt werden konnte.

Wobei diesmal?

»Du hast mir mein Geld gestohlen. Jawohl. Ich weiß es genau.«

»Ach, Vater.«

Wann hatte er begonnen, den Alten zu hassen?

Irgendwann vor langer Zeit waren Angst und Wut zusammengeflossen und hatten ihn mit dunklem, stummem Hass ausgefüllt.

»Pass doch auf, wo du hinfährst!« Der Alte hob die Füße, als wollte er aussteigen.

Ein Fremder trat in den Schnee am Wegrand. Nickte zum Gruß und ließ sie an sich vorbeigehen. So dicht, dass Rohrbach ihn sofort erkannte. Trotz der tief in die Stirn gezogenen Wollmütze. Trotz der Spuren, die das Gesicht in all der Zeit verändert hatten.

Thiel.

Rohrbach umklammerte die Rollstuhlgriffe. Holte tief Luft und sagte dann doch nichts.

Nur einen Augenblick zögerte Thiel, dann wandte er sich ab, überquerte die Straße und verschwand in der *Fischerklause*.

Rohrbach sah ihm nach. Wie gelähmt und so lange, bis der Alte ihn aufschreckte.

Ich weiß, was du getan hast.

Thiel schob die Speisekarte beiseite. Kein Essen, nur Bier und Doppelkorn und gleich dasselbe nochmal. Damit der Druck von der Brust verschwand und das Herz langsamer schlug.

Von seinem Platz hatte er die Straße rund um die Kirche im Blick, auf der die beiden mit dem Rollstuhl sich abmühten. Soweit er sich erinnerte, hatte er den Alten noch nie gesehen. Der Jüngere war Rohrbach. Thomas Rohrbach, der sich eben erschrocken hatte, als wäre er einem Wiedergänger begegnet.

So ist es ja nun auch nicht, dachte Thiel. Ich war im Knast, nicht unter der Erde. Das ist dann doch ein Unterschied.

Er wischte sich mit der Hand über das Gesicht und bestellte noch einen Korn. Als er wieder hinaussah, waren Rohrbach und der Alte verschwunden.

Thiel stand auf, zahlte und ging.

Die Frau hinterm Tresen hatte kein überflüssiges Wort mit ihm gewechselt.

»Er war's, oder?« Baring hatte die Jacke nur aufgeknöpft, nicht ausgezogen. Er roch nach Schnee und Kälte.

»Ich glaube, ja.« Rohrbach goss Kaffee ein und sah Baring nicht an.

»Darf man erfahren, von wem die Rede ist?« Die Stimme seiner Frau klang scharf.

Ein Ton, als ob sie vor ihrer Klasse steht, dachte Rohrbach. Und ich gebe brav Antwort. »Er meint

Thiel. Heiner Thiel. Den von damals.«

»Ich wusste es!« Der Alte kreischte und spuckte Kekskrümel über den Tisch. »Ich hab's immer schon gewusst! Wo ist mein Tee? Ich will endlich Tee!«

»Er steht vor dir, Vater.« Die Tasse klirrte leise, als Rohrbach sie dem Alten zuschob.

»Was soll das heißen: Du glaubst, dass es Thiel war? Er hat doch direkt vor deiner Nase gestanden!«, entrüstete sich Baring.

»Vielleicht, weil ich ihn vor fünfzehn Jahren das letzte Mal gesehen habe?« Es klang gereizter, als Rohrbach beabsichtigt hatte.

Sabine zog die Augenbrauen hoch, die rechte etwas mehr als die linke. »Und was wollte er?«

»Woher soll ich das wissen? Er hat's mir nicht verraten.«

»Wenn das deine Mutter wüsste!« Der Tee drohte überzuschwappen, als der Alte die Tasse absetzte, um mit dem Finger auf seinen Sohn zu zeigen. »Nichts als Ärger hat man mit dir. Nichts als Ärger!«

»Auf jeden Fall ist es nicht in Ordnung, dass der hier aufkreuzt. Wir sollten was unternehmen, damit das heute das erste und letzte Mal war.«

»Wie stellst du dir das vor? Der hat seine Strafe abgesessen und kann sich aufhalten, wo er will«, sagte Rohrbach und hörte, wie ein Rauschen in seinen Ohren anschwoll. Er sah zwischen Baring und dem Alten hindurch aus dem Fenster und wünschte sich hinaus in die Kälte.

»Wir könnten Ehmke sagen, er soll sich darum kümmern«, schlug Baring vor.

»Ist der denn hier?«

»Nee, aber es gibt schließlich Telefon.«

»Ich weiß nicht …« Rohrbach wusste sehr wohl. Der Letzte, mit dem er zu tun haben wollte, war Ehmke.

»Rein rechtlich ist wohl nichts zu machen«, sagte Sabine. »Aber Ehmke könnte es zumindest versuchen.«

»Genau«, stimmte Baring zu. »Klartext mit ihm reden, ein bisschen Druck machen. Die Kripo hat doch da so ihre Methoden.«

»Denk an die Mädchen«, mahnte Sabine.

Tu ich doch, dachte Rohrbach. Seit zwanzig Jahren. An dich und an die Mädchen. Und an den Alten noch viel länger. Er fühlte sich fiebrig.

Thiel wäre gerne noch an ihr Grab gegangen. Hätte sich auf eine Bank setzen und ihr erzählen wollen, wie es ihm ergangen war. Dass sie jeden, wirklich jeden Tag bei ihm war. Und dass er sie unter anderen Umständen vielleicht schon vergessen hätte.

Aber man hat mich als deinen Mörder verurteilt, verstehst du?

Da vergisst es sich nicht so leicht.

Weil er nicht wusste, wo er sie auf dem Friedhof suchen sollte, ging er gar nicht erst hin.

Die Rückfahrt nach Bergen verschlief er. Schwitzte in seiner dicken Jacke und wischte sich einen Speichelrest aus dem Mundwinkel, bevor er ausstieg.

Vorausgesetzt, die Bahnhofsuhr ging genau, dann war es halb sechs, als er am Ehrenmal vorbei auf den Eingang zumarschierte. Wenn er schnell genug an sein Gepäck kam, konnte er es schaffen. Den letzten Bus nach Schaprode, die letzte Fähre zur Insel.

Möglich, aber keine gute Idee. Es war dunkel, es war kalt, und er konnte nicht sicher sein, dass die Sache mit dem Strom geklappt hatte. Und eine eisige Nacht in der Finsternis war alles andere als verlockend. Außerdem musste er etwas gegen seine Übelkeit tun. Seit dem Morgen hatte er nichts mehr gegessen.

Er fand eine Pension in der Bahnhofsstraße. Sie unterschied sich nur unwesentlich von seinem letzten Nachtquartier. Bett, Tisch, Stuhl. Auf dem hockte er und versuchte, nicht zu denken.

Schweigen. Atmen. Trinken. Bis die Flasche leer war.

Spät in der Nacht torkelte er aus dem Bett und schaffte es gerade noch bis zur Duschwanne. Irgendwo hatte er das Jägerschnitzel gegessen, dessen Reste bis zum Morgen den Abfluss verstopften.

Beim Zähneputzen konnte er seinem Spiegelbild nicht entgehen. Sah verquollene Augen und kalkweiße, fleckige Haut.

Du bist im Arsch, nuschelte er sich zu. So was von im Arsch, dass es einen erbarmen kann.

Er nahm zwei Aspirin, machte sauber und ließ das Fenster offen, als er ging.

Im Bus nach Schaprode machte ihm das Schaukeln zu schaffen. Er lenkte sich ab, indem er aus dem Fenster sah. Aufmerksam wie ein Urlauber, dem weiße Landschaft und verschneite Dörfer geboten wurden. Niedrige Häuser unter Schilfdächer geduckt. Alleen im Schneegestöber. Thiel nahm es als gutes Zeichen, dass diese Schönheit ihn berührte. Zum ersten Mal ahnte er, wie sich die Freiheit anfühlen könnte.

Der Hafen gefiel ihm weniger gut. Zu neu, zu glatt, zu geleckt das Ganze. Was man von der *Vitte* zum Glück nicht sagen konnte. Breit und massig lag sie am Kai und verstärkte Thiels Wohlgefühl, als er das dunkle Vibrieren ihrer Maschinen spürte.

Er blieb auf dem Außendeck, ließ Dorf und Hafen aus seinem Blick gleiten und sah zu, wie der Bug der Fähre sich zwischen die Eisschollen schob. Sie in weiten, trägen Wirbeln kreisen ließ, bevor sie an der Eisdecke rechts und links der Fahrrinne andockten. Am Ufer konnte er Schwäne ausmachen. Vier oder fünf aufgeplusterte Gestalten, wie verschmolzen mit all dem Weiß um sie herum. Es hörte auf zu schneien, aber der Wind wurde schärfer, je weiter sie auf den Bodden hinauskamen. Thiel fror. Er zog die Mütze über die Ohren, stopfte die Hände tief in die Taschen und wünschte, die Sonne möge es durch die Wolken schaffen.

Auf halber Strecke tat sie ihm den Gefallen. Ließ das Grau heller und durchsichtiger werden und tauchte die Insel in gleißendes Februarlicht, als die Fähre auf Hiddensee zuschwenkte.

Sein Blick strich über den walddunkel aufragenden Dornbusch im Norden, über die Dächer von Kloster, zwischen denen mehr Bäume standen, als Thiel in Erinnerung hatte. Aber dass nach Süden hin die Insel eins schien mit der Schneeweite um sie herum, die Häuser von Vitte und Neuendorf wie ins Unendliche getupft, das kannte er. Aus früheren Wintern. Aus einer anderen Zeit. Einer, in der es guttat, wenn sich für ein paar Wochen die Welt in Eis und Schweigen hüllte.

Thiel ging als Letzter von Bord. Aus fast vergessener Gewohnheit nickte er dem Mann an den Schotten zu und wusste, dass er ihn kannte. Dröge, fiel ihm ein, als er den Weg an der Kaimauer entlang zur Hälfte hinter sich hatte. Werner Dröge. Der Mann, an dem jeder vorbeimusste, der in Vitte an Land ging. Thiel glaubte, seinen Blick im Rücken zu spüren, und wusste, dass der andere ihn erkannt hatte. Womit das schon mal erledigt wäre. Zwei Stunden, höchstens drei, länger würde es nicht dauern, bis alle Bescheid wussten.

Thiel ist zurück. Heiner Thiel, der glaubt, dass er hier einfach so wieder herkommen kann.

Das Haus schien besser in Schuss, als er befürchtet hatte, was womöglich daher kam, dass der Schnee das eine oder andere gnädig bedeckte. Den Garten zum Beispiel, in dem Kraut und Gras im Herbst noch knöchelhoch gestanden haben mussten. Oder die Gerätschaften hinten am Zaun. Den umgestülpten Mischkübel, den Stapel Restholz, die Karre mit dem abgebrochenen Griff. Malerisch, könnte man sagen, wie der Krempel unter weißen Hauben so dastand. Thiels Stiefel hinterließen tiefe Spuren, als er das Haus umrundete. Es in Augenschein und schon mal von außen in Besitz nahm. Alles in allem war der Zustand durchaus passabel.

Dann woll'n wir mal, murmelte er.

Den Schlüssel hatte Willeke verwahrt. Zusammen mit allem anderen, das anfiel, wenn die Eltern starben und man der einzige Sohn war. Der einzige erbberechtigte Sohn, um genau zu sein.

Die Tür ließ sich überraschend leicht öffnen, und die Sache mit dem Strom hatte tatsächlich geklappt. Als Thiel den schwarzen Schalter neben der Haustür drehte, leuchtete die Flurlampe auf. Er machte überall Licht. In der Küche, wo außer dem schäbigen Kanapee immer noch Kohle- und Elektroherd einträchtig nebeneinanderstanden. In der Stube, in der weiße Laken Sofa und Sessel bedeckten. In den Kammern unterm Dach. Sein Bett stand noch an derselben Stelle, als sei er nie fortgewesen.

Im Schuppen war Holz in zwei Reihen deckenhoch gestapelt. Frieren musste er nicht. Auch die Briketts würden noch ein paar Tage reichen. Fürs Erste begnügte er sich mit dem Küchenherd. Nahm zwei Feuerringe heraus, als das Holz brannte, setzte den Kessel auf und sah zu, wie die Eisblumen an den Fenstern langsam schmolzen.

Warum nicht, dachte er und strich mit der Hand

über das zerkratzte Wachstuch. Warum sollte hier nicht der Ort sein, an dem er abwarten konnte, was das Leben noch mit ihm vorhatte. Schlimmer als bisher konnte es eigentlich nicht mehr werden. Dachte er.

4

»Moin, Jungs.« Mall Breker zog sich die Wollmütze vom Kopf und stampfte mit den Füßen. Der Schnee zeichnete zwei Konturen mittlerer Stiefelgröße, bevor er in der Wärme der Wachstube schmolz. »Echtes Schietwetter, wenn ihr mich fragt.«

»Was musst du in deinem Alter auch bei Dunkelheit und Schneesturm draußen rumlaufen.« Polizeiobermeister Pieplow schüttelte verständnislos den Kopf.

»Weil es abhärtet. Außerdem hatte ich keinen Priem mehr.« Breker war Mitte achtzig und die Kombination von Seeluft und Kautabak sein Gesundheitsrezept.

»Na, dann geh dich mal weiter abhärten, wir machen hier nämlich jetzt dicht.« Hauptwachtmeister Kästner klimperte mit den Schlüsseln von Wache und Streifenwagen. Als er aufstand, ächzte sein Schreibtischstuhl unter der plötzlichen Entlastung.

»Vorher hört ihr euch aber noch an, was ich zu sagen habe.« Breker nahm auf dem Besucherstuhl Platz.

Kästner setzte sich wieder. Er wusste, dass Widerspruch zwecklos war. Und dass es eine Weile dauern würde, bis er nach Hause kam.

Pieplow hatte Nachtbereitschaft und nichts dagegen, dass Breker eine seiner Geschichten erzählte.

Diesmal sei es eine üble, schickte der vorweg und fummelte ein Stück Kautabak aus der Packung. »Thiel ist nämlich wieder da.«

Es dauerte einen Moment, bis zumindest Kästner ahnte, von wem die Rede war. »Heiner Thiel?«

»Genau der«, bestätigte Breker. »Heute mit dem Mittagsschiff angekommen. Ich hab Dröge im Tabakladen getroffen, und der schwört seine Heuer darauf, dass Thiel auf der Fähre war. Ich dachte, ich sag's euch besser gleich, damit ihr euch überlegen könnt, was ihr tun wollt.«

»Wer ist Heiner Thiel?«, schaltete Pieplow sich ein, bevor das Gespräch weiter an ihm vorbeilief.

Breker musterte ihn mit milde tadelndem Blick.

»War er damals noch nicht hier?«, erkundigte er sich bei Kästner, der Hiddenseer war und genau wusste, wann sein utwartscher Polizeiobermeister hier aufgetaucht war.

»Wann war denn die Sache mit Thiel?«, fragte Pieplow.

Breker musste nicht lange nachdenken. »Das war 94. Ich weiß es genau. Ich hatte nämlich Siebzigsten in dem Jahr. Zwei Tage nach seiner Verhaftung war die Feier. Die alten Thiels waren auch eingeladen, sind aber nicht gekommen.«

»94 war ich noch in Rostock.« Das wiederum wusste

Pieplow ganz genau. »Und was hat es mit diesem Thiel auf sich?«

»Er hat ein Mädchen umgebracht. Drüben auf Mönchgut. Hat da auf'm Bau gearbeitet oder so. Regelrecht abgeschlachtet soll er sie haben. So stand es jedenfalls in der Zeitung. Zugegeben hat er's zwar nicht, aber umsonst wird ja keiner zu fünfzehn Jahren verdonnert. Die sind jetzt um. Aber wenn er denkt, er kann hierherkommen, als sei nichts gewesen, dann gibt's Ärger, das sag ich euch. Besser, ihr unternehmt gleich was dagegen. Wär nicht gut, wenn es andere tun.« So gesehen brach Mall Breker mit der alten Hiddenseer Tradition, sich nicht lange mit Gesabbel aufzuhalten, sondern die Dinge gleich in die Hand zu nehmen. Polizisten standen dabei eigentlich nur im Wege.

»Jetzt mach mal halblang, Mall. Wenn dieser Thiel nicht ausgebrochen, sondern ganz normal entlassen worden ist, dann kann er genauso gut hier sein wie du und ich.« Pieplow sah Breker an, dass seine Mahnung auf taube Ohren stieß.

»Aber nicht da, wo wir das nicht wollen.« Hiddenseer Logik im rechtsfreien Raum. »Seht also zu, dass der wieder verschwindet. Je eher, desto besser. Für uns und für ihn sowieso.« Breker rappelte sich vom Besucherstuhl auf, brummte etwas von Kälte und Gift für alte Knochen und zog von dannen. Fürs Erste war alles gesagt.

»Weißt du genauer, was damals passiert ist?« fragte Pieplow, als er den Streifenwagen aus der Rathauseinfahrt in den Wiesenweg lenkte.

»Du meinst mit Thiel?«

»Was denn sonst.«

»Tja«, sagte Kästner. »Viel kann ich dazu nicht sagen. Ist ja auch schon eine ganze Weile her. Thiel hatte was mit einem Mädchen, das wohl nicht so wollte wie er. Oder noch andere Liebschaften hatte. So was in der Art. Er ist dahintergekommen, hat sie erstochen und das Haus angezündet. Das ist das, woran ich mich erinnere. Kannst dir ja vorstellen, was sonst noch für Geschichten im Umlauf waren. Eine blutrünstiger als die andere. Als wäre die Wahrheit nicht schlimm genug.«

In Pieplows Kopf blitzte ein Bild auf. Von einer Frau, die vor seinen Augen stirbt. Deren Blut alles rot färbt. Ihre Kleider, den Teppich, auf dem sie sich krümmt. Pieplows Uniform. Seine Hände.

Für einen kurzen Moment geriet sein Herz aus dem Takt, dann war das Bild beiseitegeschoben. Es hatte hier nichts zu suchen und nicht das Geringste mit diesem Thiel zu tun.

»Was hältst du davon, dass er hier wieder auftaucht?«

»Was soll ich schon davon halten?«, wich Kästner aus. Das Schneegestöber vor den Autoscheiben schien interessanter als die Geschichte mit Thiel.

»Jetzt erzähl mir nicht, dass du keine Meinung dazu hast.« Es wäre, soweit Pieplow wusste, das erste Mal, dass sein Dienststellenleiter mit seinen Ansichten hinterm Berg hielt.

»Ich weiß nicht«, druckste Kästner herum. »In gewisser Weise hat Breker natürlich Recht. Besser wär's, Thiel verschwindet wieder. Ich glaube nicht, dass er hier ein Bein auf die Erde kriegt, um es mal vorsichtig auszudrücken. Und wenn du es genau wissen willst, mir ist auch mulmig bei dem Gedanken, dass ein Frauenmörder hier rumläuft.«

»Vielleicht sollten wir tatsächlich mal mit ihm reden. Ihm klarmachen, dass er niemandem einen Gefallen tut, wenn er bleibt. Auch sich selbst nicht.«

»Das sollten wir«, stimmte Kästner zu. »Und zwar bevor er sich häuslich einrichtet.« Damit gab es für morgen einen ersten Tagesordnungspunkt auf dem Dienstplan, was für Hiddenseer Verhältnisse schon viel war. Besonders im Winter.

»Wenn es weiterhin so schneit, musst du ein Polizeipferd requirieren«, sagte Pieplow, als kurz vor Neuendorf die Flocken schneller und dichter auf die Windschutzscheibe zuflogen. »Oder Skier organisieren.« Ganz abwegig war die Idee nicht. Auf den Inseln im Norden lag in diesem Jahr mehr Schnee als in Bayern.

»Ich kann nicht reiten und Ski fahren schon mal gar nicht. Wenn es weiterhin so schneit, ist das ein Fall von höherer Gewalt und ein Grund, zuhause zu bleiben.«

»Ach, und ich soll den Laden allein schmeißen, oder was?«

»Genau«, bestätigte Kästner. »So machen wir's. Dann bist du Chef, und ich kann meinen Hintern am Ofen wärmen.« Schnee wehte auf den Beifahrersitz, als er vor seiner Haustür ausstieg. »Grüß Frau und Kind«, sagte er und klopfte mit der flachen Hand aufs Autodach.

Frau und Kind. Hört sich gut an, dachte Pieplow. Und immer noch fremd. Als ob es nicht passte zu einem, der mit Entscheidungen so seine Probleme hatte. Vor allem mit solchen, die gemeinhin als weit reichend galten. Wie eben die für Frau und Kind. Und das mit siebenunddreißig zum ersten Mal. Ein Alter, in dem andere den ersten Satz Familie schon zerschlissen hatten.

Dabei hatte es durchaus diverse Gelegenheiten gegeben, obwohl ein Dorfpolizist nicht unbedingt als gute Partie galt. Aber er hatte sich nie entscheiden können. War meist sogar erleichtert gewesen, wenn er in seiner Wohnung wieder allein war. Was vielleicht auch erklärte, warum er zwei Jahre gebraucht hatte, bis er begriff, dass er die Richtige längst gefunden hatte. Beziehungsweise sie ihn. Denn er wäre womöglich irgendwann an seiner heimlichen Liebe erstickt, wenn Marie nicht die Initiative ergriffen hätte.

Und das Kind? Es wäre nicht da, wenn es ihn nicht gegeben hätte. Behauptete Marie. Was spielte es also für eine Rolle, dass ein anderer es gezeugt hatte?

Pieplow war am Ende der Fahrt und seiner Betrachtungen angekommen. Er parkte den Wagen vor dem

Haus mit der wachsenden Schneehaube auf dem Dach und blieb noch für einen Moment sitzen.

Ich liebe diese Frau, dachte er, und ich liebe das Kind.

Alles andere, so schien es, war unwichtig.

5

Gegen sieben richtete Thiel sich sein Abendbrot. Fand alles dort, wo es immer gewesen war, die runden Holzbretter im Fach neben der Besteckschublade, darüber, hinter den Türen mit den Scheibengardinen, Becher und Gläser.

Während er auf das Pfeifen des Wasserkessels wartete, deckte er den Tisch, hob das Einkaufsnetz vom Stuhl und stellte aufs Wachstuch, was er kurz vor Ladenschluss noch eingekauft hatte. Brot, Margarine, Salami. Zwei Bockwürste und Senf.

Es war leer gewesen in der Kaufhalle, die Frau an der Wursttheke hatte er nicht gekannt, und der junge Mann an der Kasse musste noch im Kindergartenalter gewesen sein, als er ihn, wenn überhaupt, das letzte Mal gesehen hatte. Kein Grund also, sich angegafft zu fühlen, wie Thiel es getan hatte.

Eine Windbö rüttelte an den Fenstern, Schneeflocken knisterten wie Reiskörner an den Scheiben. Thiel legte Holz nach und ließ die Aschenklappe offen, bis der Luftzug die Glut entfachte und Flammen die Scheite einhüllten. Bevor er sich das erste Bier gönnte, spülte er ab und hängte das Handtuch zum Trocknen über die Ofenstange. Danach setzte er sich wieder an den Tisch, rauchte, trank Bier und lauschte in die Stille. Acht Uhr und kein Geräusch außer dem Wind und dem Knacken in den Wänden, die allmählich die Wärme aufnahmen. Kein Rufen, kein Türenschlagen, keine geschäftigen Vorbereitungen auf den Einschluss und die lange Nacht in der Zelle. Dafür eine erschreckende Leere im Kopf. Ein Gefühl von dichtem, wattigem Nebel, in dem er keine Orientierung fand, keinen Punkt, von dem aus er sich vortasten konnte. Wohin auch immer.

Er fröstelte, als er aus der warmen Küche in den Flur und hinüber in die Stube ging. Im Büfett fand er das Album auf Anhieb. Es hatte schon immer in der rechten der beiden Schubladen gelegen und war nur herausgenommen worden, wenn alles sauber war. Der Tisch, auf den es gelegt wurde, die Finger, mit denen die Seiten umgeblättert wurden. Also schlug Thiel es auch jetzt erst auf, nachdem er die letzten Abendbrotkrümel vom Küchentisch gewischt hatte.

Das Hochzeitsbild der Eltern. Der Vater im schwarzen Anzug, die Mutter im geblümten Kleid, rechts und links Gudrun und Edda, alle stocksteif mit ernsten Gesichtern. Thiels Taufe, ein paar Geburtstage, seine Einschulung. Konfirmation und Jugendweihe. Auf Gudruns Hochzeitsbild fand er sich noch wieder, dann tauchte er nicht mehr auf. Kannte Eddas Mann nicht und hatte die Kinder nie gesehen, die eins nach dem anderen getauft und fotografiert wurden. Das letzte Bild der Mutter, auf dem sie so ausgezehrt war, dass Thiel erschrak. Wann hatte er sie zum letzten Mal gesehen? Vor zwei Jahren? Drei? Und bis zuletzt nicht gewusst, wie es um sie stand. Nur, dass eine Tagesreise für eine halbe Besuchsstunde zu beschwerlich geworden war. Gudruns erster und einziger Brief erreichte ihn eine Woche nach der Beerdigung.

Thiel schob das Album beiseite und drehte sich eine Zigarette.

Auf dem Brief hatte kein Absender gestanden, aber er wusste, dass sie in Neuendorf wohnte.

Thiel hatte auf dem Kanapee in der Küche geschlafen. Unruhig und durch Träume getrieben, an die er sich beim Erwachen nur schemenhaft erinnerte und über die er nicht nachdenken wollte. Dass Wände sich auflösten und das Bett, in dem er lag, in einer baumlosen Schneewüste stehen ließen, war nichts, womit er sich beschäftigen wollte. Er zog das reale Bild vor. Einen hohen lichtblauen Himmel über unberührtem Schnee, den der Wind in der Nacht vom Boddendeich herunter in Wellen auf das Haus zugeweht hatte. Thiel öffnete die Tür und trat mit nackten Füßen ein paar Schritte vors Haus. Wandte sein Gesicht der Sonne zu und spürte zum ersten Mal die Gewissheit, dass es richtig war, was er tat. Dass es von hier zurück ins Leben gehen würde.

Die ersten Schritte wären gemacht, sagte er sich. In

Unterhosen und barfuß in den Schnee als eine ganz spezielle Art von Neubeginn.

Er lächelte, als er zurück ins Haus ging.

Kurz vor zehn hatte er alles Notwendige erledigt. Sich selbst gewaschen und dabei im kalten Bad ganz erbärmlich gefroren, danach das Geschirr gespült und zurück in den Schrank gestellt, sich schließlich im Telefonieren geübt und zwanzig Zentner Brikett bestellt. Genug, um über den Winter zu kommen. Er zog seine Stiefel an, die neben dem Herd trocken und warm geworden waren, schloss die Jacke über dem Sweater bis hoch zum Kinn und setzte seine Wollmütze auf.

Der Weg ans Meer war kürzer, als er ihn in Erinnerung hatte. Was wohl daran lag, dass er gegen die Enge seiner Zelle mit Bildern einer endlos weiten Landschaft angeträumt hatte. Mit Deichen, hinter denen nur See und Himmel lagen.

Jetzt sah er Boote kieloben am Boddenufer. Wie eine lange Reihe gestrandeter Wale, weiß, hellblau, verwaschen grün, so weit vom Wasser weggezogen, dass auch stürmischeres Wetter sie nicht forttreiben konnte. Zu den alten Sommerhäusern waren neue gekommen, die den Dorfrand bis dicht an den Deich schoben, und dort, wo in seiner Erinnerung Fahrräder kunstvoll gegeneinandergelehnt werden mussten, damit sie nicht in den Sand fielen, sorgten nun Holzgestelle für Standfestigkeit und Ordnung.

Auf dem Dünenkamm blieb er stehen. Tat minutenlang nichts anderes, als tief zu atmen und seinen Blick schweifen zu lassen. Über den zerklüfteten Eiswall am Strand nach Norden, am Hochufer entlang, dann weiter hinaus zur Fahrrinne, wo sich Schiffe ausmachen ließen. Eins auf der Fahrt nach Norden, zwei mit Kurs auf Rostock.

Er wandte sich nach Süden, der Sonne entgegen. Mit den schweren Winterstiefeln über den Strand zu gehen, erwies sich als mühsam, und weil er an der Dünenheide im Windschatten der Kiefern lief, begann Thiel in seiner Daunenjacke zu schwitzen. Trotzdem verringerte er weder sein Tempo noch das ausholende Maß seiner Schritte. Es machte ihm Freude, so durch das Gemisch aus Schnee und Sand zu stapfen.

Seinen Plan, bis nach Neuendorf am Wasser entlangzugehen, gab er auf, als er auf einer weit an Land geschobenen Eiszunge ausglitt und ungebremst auf den Rücken fiel. Schon im Sturz schoss ihm durch den Kopf, dass ein hinterhältiges Schicksal ihm hier und jetzt an diesem menschenleeren, eisigen Strand das Genick brechen könnte. Dann hätte er ziemlich genau drei Tage und zwei Stunden seine Freiheit genossen.

Ein bisschen wenig, fand Thiel und bog in den Weg durch die Dünenheide ein.

Es war kurz nach halb eins, als er klingelte. Von drinnen hörte er Rumoren und Türenschlagen und eine ungeduldige Frauenstimme. Er trat einen Schritt von der Haustreppe zurück, bevor die Tür geöffnet wurde.

Sie erkannte ihn auf den ersten Blick. Ihr Gesicht

verschloss sich, die Augen wurden schmal und abweisend und vergewisserten sich blitzschnell, dass niemand sonst sah, wer hier vor ihr stand.

»Was willst du?« Sie zog ihre Wolljacke vor der Brust zusammen.

»Ich …«

Ja, was eigentlich?, dachte er.

»Sagen, dass ich wieder da bin und …«

»Ja, leider. Mir wär's lieber, du hättest mir das erspart.«

»Aber du hast dich um das Haus gekümmert«, sagte Thiel, »deswegen dachte ich …«

»Glaub ja nicht, ich hätt's deinetwegen gemacht. Ich hab's hergerichtet, weil wir bis zum Schluss gedacht haben, sie kommt nochmal nach Hause. Ist sie aber nicht. Und ich bin seitdem nicht mehr da gewesen. Oder hast du allen Ernstes geglaubt, ich hege und pflege dein Erbe, damit mein sauberer Herr Bruder sein Eigentum heil und ordentlich vorfindet, wenn er zurückkommt?« Sie lachte verächtlich. »Mir wär's am liebsten, die Hütte gäb's gar nicht mehr. Feuer, Sturmflut, irgendwas, das uns von dir verschont hätte.«

Sie war nie eine Schönheit gewesen, aber jetzt, mit dem vor Verachtung fast lippenlosen Mund und den kleinen, harten Augen, war sie hässlich.

Thiel fühlte eine Wut aufsteigen, die er sich nicht mehr zugetraut hätte. Kalte, drängende Wut auf der Suche nach einem Ventil. Er presste die Kiefer aufeinander, dass es schmerzte, und ballte die Hände in den

Jackentaschen zu Fäusten. Das fehlte gerade noch. Auf die eigene Schwester losgehen, weil die ihm im wahrsten Sinne des Wortes die Tür vor der Nase zuschlug. Ein paar Sekunden stand er noch wie erstarrt davor, dann trat er den Rückweg an.

Die Sonne hatte ihre Mittagskraft verloren, und im Waldschatten wurde es kalt.

6

Polizeiobermeister Daniel Pieplow trat zwei Schritte zurück, um sein Werk einer kritischen Betrachtung zu unterziehen. Besserte dann hier und da mit einigen Tupfern nach und zog ein dunkles Pinselhaar aus dem frischen Lack auf der Fensterbank.

Er hatte die Wahl gehabt – Mittagessen kochen oder Ferienwohnungen streichen – und sich für Letzteres entschieden. Weil es ihm gefiel, an den gedeckten Tisch gerufen zu werden. Und weil es das, von seinen Kindertagen abgesehen, bisher noch nicht für ihn gegeben hatte. Wie auch alles andere nicht, was ein gemeinsames Leben ausmachte. Wach zu werden, zum Beispiel, und neben sich die Frau zu haben, der sein Herz gehörte. Sie betrachten zu können, während sie schlief. Ihr langes braunes Haar, eine Nuance dunkler als ihre Augen. Die nackten Schultern. Das Profil ihres Gesichts mit der leichten Stupsnase.

Eine kluge, selbstbewusste Frau, die er nur einmal hilflos erlebt hatte. Der Angst ausgeliefert, ihr Kind zu verlieren, und so furchtbar allein inmitten der Menschen, die nach ihm suchten. Dass ausgerechnet Pieplow es gewesen war, der Leonie fand, hatte die

Dinge zwischen Marie und ihm nicht einfacher gemacht.

Sie war dankbar gewesen und er verliebt. Eine unglückliche Konstellation, in die er sich mehr oder weniger klaglos gefügt und sich alle weitergehenden Hoffnungen untersagt hatte.

Bis zum letzten warmen Sommerabend im vergangenen Jahr. Bis zu Maries Kuss, an den zu denken ihn heute noch schwindlig machen konnte, und der Nacht, in der sein Junggesellenleben eine kaum noch erhoffte Wendung nahm. Seitdem waren sie nie mehr als ein paar Kilometer voneinander getrennt gewesen. Ziemlich genau fünf, wenn Pieplow in Neuendorf zu tun hatte, knapp vier, wenn er auf seinen Kontrollfahrten im Norden bis nach Grieben kam. Nur einmal hatten sie gemeinsam die Insel verlassen. Nachdem die letzten Herbstgäste abgereist waren, hatte Pieplow eine für seine Verhältnisse äußerst weit reichende Entscheidung gefällt, nämlich zum ersten und hoffentlich einzigen Mal eine Frau seiner Mutter vorzustellen, und sich ein bisschen gewundert, wie unbefangen Marie zugestimmt hatte.

Versteh einer die Frauen, hatte er gedacht. Wenn ich mir vorstelle, sie schleppte mich zu einer Art von Schwiegermutter …

»Ach«, hatte seine Mutter gesagt, als er seinen Besuch ankündigte, und dann zugegeben, dass sie sich schon seit geraumer Zeit Sorgen machte, ob es überhaupt noch einmal etwas werden würde mit ihm und einer Familiengründung. Vor allem, wenn man bedachte, dass er mit seinen siebenunddreißig Jahren nicht mehr so ganz taufrisch daherkam. Obwohl er doch eigentlich ein Frauentyp war, wenn sie das als Mutter so sagen dürfte. Groß und schlank und gut aussehend.

Wenn sie jetzt auch noch mit meinem Pensionsanspruch kommt, fahre ich nicht, hatte Pieplow gedacht.

Die Polizistenpension blieb unerwähnt. Dafür musste Pieplow ein knappes Dutzend Fragen beantworten.

Marie. Marie Herzog. Bauingenieurin, gebürtig aus Stendal, geschieden, ein Kind.

»Ach.«

Ja. Leonie, sechseinhalb und das kleine Ebenbild ihrer Mutter – große dunkle Augen, braunes, welliges Haar, das noch ein heller Flaum gewesen war, als er sie kennen lernte.

»Wen?«

Leonie.

Marie kannte er schon länger. War ihr immer mal begegnet, seit sie vor zehn Jahren auf die Insel gekommen war. Hatte fast erstaunt registriert, dass sie, anders als so viele mit ganzjährigen Inselträumen, auch die einsamen Winter überstand und aus dem Haus der alten Josefine ein respektables Hiddenseer Anwesen machte.

Dass sie in dieser Zeit auch dem windigen Typen mit den Künstlerallüren auf den Leim gegangen war, behielt Pieplow für sich.

Es wurde ein schöner Tag.

Mit der Frühfähre ging es nach Schaprode. Mit dem Auto durch das herbstbunte Land. Über zwei Brücken, die neue, über dem Sund schwebende und die alte eiserne von Barth über den Bodden nach Zingst. Am Deich entlang auf den Darß.

Von Prerow nach Born. Das blank gefahrene Kopfsteinpflaster hinunter ins alte Dorf. Vorbei an den Fischerhäusern mit ihren bunten Türen. Bis zum Haus, in dem Pieplow aufgewachsen war.

Das Klappen der Tür holte ihn aus der Erinnerung zurück, in der vielleicht noch nachzutragen gewesen wäre, dass Leonie abends seekrank geworden war. Behauptete sie zumindest, während Pieplow weniger die tatsächlich etwas raue Überfahrt als Übelkeitsursache vermutete als die ununterbrochene Folge von Speisen, mit denen das Kind verwöhnt worden war. Pudding mit Himbeersoße, Schokolade, Kuchen, Würstchen, Coca Cola. Eine Mischung, die kurz nach dem Ablegen über die Reling der *Vitte* gegangen war.

»In zehn Minuten gibt es Essen«, sagte Marie. Sie begutachtete seine Malerbemühungen und schien zufrieden. »Besser hätte ich es auch nicht gekonnt.«

Pieplow lachte. »Versuch nie, einen Polizisten zu beschwindeln. Irgendwann kommt die Wahrheit doch ans Tageslicht.«

»Wenn du das sagst.« Sie trat hinter ihn und schlang ihre Arme um ihn. »Glaubst du, er ist gefährlich?« Von einem Moment auf den anderen klang sie ernst.

»Thiel?«, fragte Pieplow, obwohl ihm sofort klar war, von wem sie sprach. Über das Wenige, was er von Thiel wusste, hatten sie am Morgen gesprochen. »Keine Ahnung. Wenn er fünfzehn Jahre im Gefängnis gewesen ist, wird er wohl wegen Mordes verurteilt worden sein. Heimtücke, Grausamkeit, niedere Beweggründe, etwas in dieser Art muss vorgelegen haben. Aber ob und wie gefährlich er heute noch ist ... das kann ich nicht beurteilen.«

»Ich habe ein ungutes Gefühl.« Marie löste ihre Umarmung und sah ihn an.

Da bist du nicht die Einzige, dachte Pieplow und brachte es nicht fertig, irgendetwas Beschwichtigendes zu sagen, um ihr Unbehagen zu zerstreuen.

»Ihr sollt ihn aber nicht überwachen, oder?«

»Nicht, dass ich wüsste«, sagte Pieplow.

Das Überwachen hatten andere schon übernommen.

»Er war bei seiner Schwester«, teilte Kästner am Abend bei der Dienstübergabe mit.

Stumm und mit gerunzelter Stirn wartete Pieplow auf das, was der Inselfunk sonst noch verbreitet hatte.

»Sie hat ihn gar nicht erst ins Haus gelassen, was ja auch in jeder Hinsicht vernünftig ist. Mit so einer Sorte von Bruder hat man besser nichts zu tun. Fragt sich, warum er überhaupt zu ihr gegangen ist. Schließlich hat sie seit damals kein Wort mehr mit ihm gewechselt.«

»Du bist ja gut informiert.«

»Das will ich meinen«, stellte Kästner selbstzufrieden fest. Er goss sich Kaffee ein und fragte erst, als die Kanne leer war: «Oder wolltest du auch?«

Pieplow winkte ab. Auch den letzten Pfannkuchen ließ er seinem Dienststellenleiter zukommen.

»Und woher hast du deine Weisheiten?«

»Andrea«, sagte Kästner mit vollem Mund. Andrea war seine Frau und über Inselneuigkeiten oft noch detaillierter informiert als ihr Mann. »Gudruns Nachbarin hat's ihr erzählt.«

Gudrun Breede war keine geborene Thiel, erfuhr Pieplow. Auch die jüngere Schwester nicht. Beide stammten aus der ersten Ehe der Mutter, waren also Stieftöchter des alten Thiel, dem nicht nur das Haus unten an der Sprenge gehört hatte, sondern auch die beiden Wiesen am Vitter Außendeich. Hatte alles der Nichtsnutz von Sohn geerbt. Heiner, der eines der Grundstücke noch vom Knast aus verscherbelt hatte, sobald es als Bauland ausgewiesen war. Von dem Geld hatten die Schwestern keinen roten Heller gesehen.

»Und selbst wenn …« Kästner zog sein Taschentuch aus der Hosentasche und wischte sich die zuckrigen Finger. »Sie hätten es nicht angenommen, soll Gudrun gesagt haben. Nicht von einem, der ihre Mutter ins Grab gebracht hat.«

»Findest du das nicht etwas zu dramatisch?«, gab Pieplow zu bedenken.

»Was ich finde ist doch vollkommen schnurz«, gab Kästner zurück. »Gudrun jedenfalls ist fest davon überzeugt, dass die beiden Alten noch leben würden, wenn nicht passiert wäre, was passiert ist. So gesehen hat dieser Thiel drei Menschenleben auf dem Gewissen.«

In Pieplow regte sich Widerspruch. Aber er schwieg. Was blieb, war ein ungutes Gefühl und der Gedanke, es wäre besser, dieser Thiel nähme die nächste Fähre und verschwände auf Nimmerwiedersehen. Besser für ihn. Und für alle anderen auch.

7

»Komm mir bloß nicht damit!«, keifte der Alte. Er riss Rohrbach die Windel aus der Hand und schleuderte sie vom Bett weg.

»Sei doch vernünftig, Vater.« Rohrbach hob das weiße Plastikding auf und legte es auf der wasserdichten Unterlage wieder zurecht. Der Alte musste nur seinen faltigen Hintern heben, damit er es darunterschieben und an den Seiten schließen konnte.

»Hau ab damit, sag ich!«

Jeden Abend das gleiche Geschrei. Jeden Abend der gleiche Ekel vor dieser widerwärtigen Prozedur.

Rohrbach hörte, wie seine Frau die Wohnzimmertür schloss und den Fernseher lauter stellte. Der Alte spitzte die Ohren.

»Ich will fernsehen!«, quengelte er.

»Wenn wir fertig sind«, sagte Rohrbach müde. Er nutzte den Moment, den der Alte abgelenkt war, und brachte die Windel an Ort und Stelle. Jetzt kam nur noch das Theater mit den Tabletten, dann konnte er den Fernseher auf der Kommode ein- und in einer halben Stunde wieder ausschalten, wenn der Alte endlich schlief. Wenigstens sechs, sieben Stunden, bevor er mit seinem Stock auf den Boden schlug und seinen Sohn vor Tau und Tag aus dem Schlaf riss.

»Gute Nacht, Vater.«

Der Alte würdigte ihn keines Blickes.

Rohrbach zog die Zimmertür ins Schloss. Ein paar Sekunden stand er unbeweglich im Flur, eine Hand auf der Klinke und den Gedanken im Kopf, für den er sich trotz allem schämte.

Wann würde es hinter dieser Tür endlich still bleiben?

Es war Sabines Idee gewesen, den Alten aufzunehmen. Ihn, sein Erspartes und die tausend Euro, die sie jeden Monat von seinem Konto abhoben. Anders hätten sie die letzten Jahre nicht überstanden, ohne dieses Haus wieder zu verkaufen, das wunderschön und zwei Nummern zu groß für ihre Lehrergehälter war.

Er betrachtete sich im Garderobenspiegel an der gegenüberliegenden Wand. Sein blasses, fast mageres Allerweltsgesicht mit dem Ausdruck von Bitterkeit um Augen und Mund. Seine kraftlos gebeugte Haltung, die hängenden Schultern. Er sah einen Mann, der sich mühsam durch seine Tage schleppte und die Nächte kaum ertrug.

Über sich hörte er das Lachen seiner Töchter. Auf dem Weg die Treppe hinauf in den ersten Stock setzte er das Gesicht auf, das sie von ihm kannten. Lächelnd und so liebevoll, wie er es sich bei ihrem ersten Atemzug geschworen hatte, obwohl er wusste, dass sich Kinder nicht hinters Licht führen ließen. Auch dann nicht, wenn weniger offensichtlich war, dass etwas nicht stimmte.

Zweimal: »Schlaf gut, mein Schatz.«

Zweimal: »Gute Nacht, Papa.«

Zwei angelehnte Zimmertüren, hinter denen das Licht gelöscht wurde.

Bevor Rohrbach wieder hinunterging, blieb er ein paar Minuten im Schlafzimmer stehen. Sah durch die Glasfront des Giebels hinaus in die Nacht und fragte sich zum hunderttausendsten Mal, warum er sich dieses trostlose Leben aufbürdete.

Sein Blick streifte flüchtig das große Bett, in dem er schon lange nicht mehr schlief, dann stieg Rohrbach hinab in den Keller, ohne mit seiner Frau noch ein Wort zu wechseln.

8

Zwei Tage blieb es mild und sonnig. Nach Osten lag der Bodden unter seiner Eisdecke weiß und wellenlos zwischen den Inseln, im Westen trug eine graublaue See in langen Wogen Nachschub auf den Eiswall an der Wasserlinie. Kein Brandungsrauschen, kein Vogelschrei. Keine Menschenstimmen. Eine klare, vollkommene Stille. Sogar die Möwen segelten lautlos.

Tags schmolz der Schnee, tropfte von den Dächern und höhlte tiefe Löcher in die Wehen unter den Traufen. Sobald die Sonne an Kraft verlor, fror er zu langen, glasklaren Zapfen.

Dann packte der Frost wieder zu. Schloss das Eis bis zur Fahrrinne und setzte die Kutter endgültig im Hafen fest. Fraß sich ins Land und sprengte tonnenschweres Geröll aus den Wänden des Steilufers.

Die Alten behielten das Geschehen im Blick. Die Hände in den Joppentaschen, dunkle Wollmützen tief in die Stirn gezogen, die Augen auf den Horizont gerichtet, wo das Mittagsschiff auftauchen musste.

Pi mal Daumen alle zwanzig Jahre gab's solche Winter. Der letzte hatte von Januar bis April gedauert und jeden von der Insel vertrieben, der nicht hierher gehörte.

Was, so gesehen, ja nicht das Schlechteste war.

Keiner weiß, wie's kommt, darüber waren sie sich einig. Keiner.

Mit dem Handrücken wischten sie sich den Kälterotz von der Nase und beschlossen, wenn die Fähre anlegte, sei es genau die richtige Zeit für einen vernünftigen Grog. Solange die *Vitte* fuhr, gab's keinen Grund, mit Rum sparsam zu sein.

Thiel, der neben ihnen stand, würdigten sie keines Blickes.

»Kein Mensch braucht heute noch so viele Briketts«, hatte sich die Frau am Telefon von Kohlen-Müller gewundert.

»Ich schon«, hatte Thiel geantwortet und versichert, er werde am Hafen sein und den Fahrer zur Sprenge lotsen. Dass der Spaß teuer werde, solle sie ruhig seine Sache sein lassen.

Der Kohlenlaster stand vorn an den Schotten. Er rollte als Erster von Bord und hielt kurz, um Thiel auf den Beifahrersitz klettern zu lassen. Zehn Minuten später wartete im schwarzstaubigen Schnee vor Thiels Tür ein Berg von Briketts darauf, im Schuppen aufgestapelt zu werden.

Er arbeitete schnell. Lud die Schubkarre voll, schichtete Stück um Stück aufeinander, fuhr die Karre wieder hinaus, holte Nachschub. Er war durchgeschwitzt, als er den letzten Brikettbruch in einen Eimer sammelte und ins Haus ging.

Ins Mörderhaus, wie die Kinder es nannten, die nach der Schule einen Umweg über den Boddendeich machten, um aus sicherer Entfernung einen Blick zu riskieren und davonzustieben, sobald Thiel vor die Tür trat.

Die Wärme breitete sich allmählich aus. Zog durch die offenen Türen im Erdgeschoss nach oben und sorgte auch dort für erträgliche Temperaturen. Vorausgesetzt, man war vernünftig angezogen. Nicht wie Thiel nur mit einer Unterhose, als er nach dem Duschen aus seiner Reisetasche die letzten sauberen Kleidungsstücke hervorkramte. Er ging zurück in die Küche. Zog sich an, legte in Stube und Küche noch einmal Kohlen nach und machte es sich auf dem Kanapee bequem. Essen würde er später.

Als er sich das Kissen unter dem Kopf zurechtschob, glaubte er einen vertrauten Geruch zu erkennen.

Was natürlich nicht sein konnte. Nach so langer Zeit.

Verdammt, dachte er. Ist das eine Art, gegen die Zellentür zu wummern? Knast hin oder her. Nicht zu Unrecht galt es als Folter, Gefangene zu jeder beliebigen Zeit aus dem Schlaf zu reißen. Glaubte er jedenfalls irgendwo gelesen zu haben.

Wieder diese dumpfen Schläge. Vier, hörte Thiel und fühlte Zweifel in seinen Schlaf sickern.

Als er die Augen öffnete, begriff er nicht gleich.

Wo war sein Tisch? Das Regal mit seiner spärlichen Bibliothek? Die Galerie ausgeschnittener Zeitungsbilder an der Zementwand?

Und vor allem: Was hatte es mit dem blauen Licht auf sich, das draußen vorm Fenster zuckte?

Er schob die Gardine einen Spalt auseinander und sah hinaus. Feuerwehr, Polizei, ein gutes Dutzend.

Thiel schüttelte den Kopf wie ein nasser Hund. Das half, die Gedanken klar zu bekommen. Gegen das Angstgeschwür im Bauch nützte es nichts. Es brach auf und überschwemmte ihn mit alten Bildern. Von wütenden Fäusten, die ihn vor sich her stießen und er erst in der nassen Asche merkte, dass er nicht einmal Schuhe anhatte.

Diesmal nahm er sich die Zeit und schlüpfte in die Turnschuhe, die er im Haus trug. Bevor die nächsten Schläge kamen, riss er die Tür auf.

»Was, zum Teufel, soll das?« Thiels Herz klopfte vor Wut und Angst, die nicht schwächer wurden, als er den weißen Helm mit dem halb heruntergelassenen Visier vor sich sah. Das Gesicht dahinter konnte er nicht erkennen.

»Wir müssen hier rein.« Der Unbekannte in der Feuerwehrjacke hob ein Strahlrohr an und trat einen Schritt vor. Hinter ihm wand sich der Schlauch wie eine fette Riesenschlange bis zum Löschfahrzeug.

Thiels Blick fiel auf das Schild an der Jacke. Meves. Matthias Meves, den alle nur Matze nannten. Damals jedenfalls.

»Komm wieder, wenn's brennt«, sagte Thiel und wollte die Tür ins Schloss drücken. Meves' Stiefel kam ihm zuvor.

»Ich würde sagen, du guckst dir mal deinen Schornstein an und lässt uns unsere Arbeit machen.« Er schob sich an Thiel vorbei ins Haus.

Nur kurz wandten die anderen ihre Gesichter zu ihm herüber, als Thiel auf den Hof lief, dann starrten sie wieder nach oben.

Eine dicke Rauchsäule stieg über dem Dach in den Nachthimmel. Steil und schnell wie unter großem Druck. Als ein Stein aus dem maroden Schornsteinkopf barst und zischend über das Dach rollte, fasste der Wind zu, trieb die weiße Säule zur Seite und ließ eine gelbrote Flamme auflodern.

Thiel hörte gedämpfte zufriedene Rufe. Wie bei einem Feuerwerk. Sein Blick jagte über die Gesichter.

Wenn nicht bald etwas geschah, würde von Dach und Haus nicht viel übrig bleiben. Aber keiner der Männer rührte sich. Die Schläuche blieben, wo sie waren, platt und nutzlos im Schnee, auf dem ein Rußfilm wie schwarze Gaze lag.

Aus dem Funkgerät knarzte eine Meldung. Thiel verstand nicht, was gesagt wurde. Er sah nur, dass nichts geschah, dass sie hier standen und glotzten und keinen Finger krummmachten. Wenn das Haus weg war, würden sie auch ihn los sein. So einfach war das.

»Ihr Schweine! Ihr verdammten Schweine!« Wie blind stürzte er sich auf die Männer. Packte den Erstbesten an der Jacke und schlug zu. Drei-, viermal, bis man ihn wegriss. Er wurde zu Boden geworfen. Jemand stemmte das Knie in seinen Rücken, drehte ihm den Arm hoch zwischen die Schultern und drückte sein Gesicht in den Schnee. Ein paar Mal trat er noch um sich, dann hielt er unter einem Stiefel in seinen Kniekehlen still.

»Lasst ihn los!«

Knie und Stiefel blieben wo sie waren.

»Loslassen, hab ich gesagt!«

Thiels Arm wurde noch ein Stück nach oben und sein Gesicht tiefer gedrückt. Schnee verstopfte ihm Mund und Nase. Er merkte, wie ihm die Luft knapp wurde.

»Erst, wenn du ihm Handschellen anlegst.« Die Stimme war über ihm. Sehr wütend und sehr entschlossen. Wenn der andere Handschellen hatte, musste er Polizist sein. Trotz seiner misslichen Lage stellte Thiel fest, dass es offenbar auch diesmal ein Bulle war, der ihn vor Schlimmerem bewahrte.

»Das entscheide immer noch ich. Und jetzt runter da, Sigi!«

Siegfried Gau. Typisch, dachte Thiel und musste noch ein paar schmerzhafte Sekunden warten, bevor Sigi ihn freigab. Der hat noch nie gern pariert.

»Auf deine Verantwortung, Pieplow. Wenn der nochmal auf mich losgeht, schlag ich ihn tot!« Sigi spuckte roten Rotz in den Schnee. Unter Thiels Faust war seine Lippe geplatzt.

»Wär' nicht schade drum«, kam es aus der Mauer grimmiger Gesichter. »Wenn sich einer an dem die Finger schmutzig machen will …«

»Am besten, ihr wartet mit dem Löschen, bis er verreckt ist.«

Thiel konnte nicht erkennen, wer das sagte, aber die Stimme verhieß ebenso wenig Gutes wie das Grummeln und Nicken der Köpfe ringsum.

Auch dass für einen wie ihn und seine Baracke jeder Tropfen Wasser vergeudet wäre, fand die Zustimmung der Zivilisten. Wie die Männer der Feuerwehr darüber dachten, ließ sich nicht ausmachen. Sie behielten das Dach im Auge, verständigten sich mit wenigen Worten und knappen Gesten und wirkten zufrieden, als die Flamme über dem Schornstein erlosch.

Die Lage schien sich zu entspannen. Die Männer blieben, wo sie waren. Thiel wischte sich den Schnee aus dem Gesicht und suchte nach seinem linken Schuh. Sein Sweatshirt war nass, das Unterhemd aus der Hose gerutscht. Er fror und fühlte sich so erbärmlich, wie er aussah.

Heute würde es keine Schwierigkeiten mehr mit ihm geben. Zum Zeichen seiner Kapitulation hob er beide Hände.

»Mach ihm klar, dass man Schornsteinbrände kontrolliert abbrennen lässt. Wenn du sie löschst, fliegt die ganze Scheiße in die Luft. Der Dampf in den Rohren wirkt wie 'ne Bombe.« Zwischen Werner Duve und

Pieplow hatte die Chemie noch nie gestimmt. Dass Duve ihn jetzt heranwinkte, als sei Pieplow der Büttel brandmeisterlicher Erklärungen, machte ihn nicht sympathischer. »Wer Glück hat, kann wieder ins Haus, wenn der Schornstein abgekühlt ist. Er hat aber kein Glück. Der Dachstuhl macht's nicht mehr lange.«

»Sag ihm das selbst. Er steht neben dir.«

»Mit dem rede ich nicht.« Duve sah stur nach oben.

Pieplow folgte seinem Blick. Es sah wirklich nicht gut aus. Der First war auf halber Länge eingesunken, an mehreren Stellen schwelte die Teerpappe.

»Und nun?« Eine berechtigte Frage. Es war dunkel, es war kalt und ein verurteilter Mörder obdachlos. Auf einer Insel mitten im Eis. Na prima, dachte Pieplow.

»Ich komme schon klar.« Der Zustand von Haus und Dach schien Thiel nicht zu beeindrucken. »Ich brauche nur das Erdgeschoss.« Sein Blick ging an Pieplow und Duve vorbei ins Leere.

»Ob der klarkommt oder nicht, interessiert keine Sau. Aber ich muss dafür sorgen, dass von der Brandstelle keine Gefahr mehr ausgeht. Und das heißt, es wird niemand mehr im Haus sein, wenn wir abrücken.« Basta. Mehr gab es nicht zu sagen. Duve hatte Wichtigeres zu tun. Die Brandwache für die Nacht zu organisieren, zum Beispiel.

Man ließ ihn noch einmal ins Haus. Thiel wechselte Sweatshirt und Hose und zog seine Stiefel an. Dann stopfte er alles Notwendige in die Tasche, mit der er vor zwei Tagen angekommen war.

Aus der Traum von der Rückkehr zu den Wurzeln. Zurück auf null – von vorn anfangen gelang vielleicht anderen. Bei ihm war es schiefgegangen. Und zwar gründlich.

Er wühlte in seinen Jackentaschen. Irgendwo musste er die Nummer des Wassertaxis haben.

Es gab kein Taxi. Nicht einmal wenn heller Tag wäre, käme jemand auf die Schnapsidee, bei diesem Eisgang ein leichtes Boot über den Bodden zu schicken. Er müsse, hörte Thiel noch, eben warten, bis morgen Früh die *Vitte* wieder fuhr, dann brach die Verbindung ab.

Thiel wandte sich um. Sah verschlossene, abweisende Gesichter, gegen Rauch und Kälte zusammengekniffene Augen. Wer zu ihm herüberschielte, ließ sich das nicht anmerken.

Keiner würde ihm Quartier geben, so viel war klar. Er fand es seltsam, wie wenig ihm das ausmachte. Es war schweinekalt, er hatte kein Dach über dem Kopf und stand neben diesem Dorfpolizisten mit nichts als ein paar ungewaschenen Klamotten in seiner Tasche. Grund genug also, sich aufzuregen. Was aber sinnlos war und an seiner Lage nicht das Geringste ändern würde.

»Gibt es hier inzwischen so was wie eine Arrestzelle?«

»Bitte?« Soweit Pieplow sich erinnerte, hatte noch nie jemand danach gefragt.

»Eine Zelle«, wiederholte Thiel. »Wo ihr Besoffene unterbringt, zum Beispiel.«

»Das gibt's hier nicht.« Besoffene schon, aber keine

Ausnüchterungszelle. Wer die brauchte, musste nach Bergen verfrachtet werden. Was eigentlich nur am Herrentag hin und wieder vorkam.

»Schade«, sagte Thiel. »Es wäre eine Lösung gewesen. Bei diesem Wetter schläft es sich im Arrest besser als am Strand.«

»Für eine Nacht wird sich was anderes finden.«

»Das glauben Sie ja wohl selbst nicht.« Thiel musterte Pieplow von der Seite und fand, dass er naiver redete, als er aussah.

»Was ist mit Ihrer Schwester?«

»Die wird nicht mal die Tür aufmachen, wenn sie mich sieht.«

»Andere Verwandte? Freunde?«

Thiel schüttelte den Kopf. Keine. Jedenfalls jetzt nicht mehr. Er sah zu den Männern hinüber, die einer nach dem anderen Richtung Dorf verschwanden. Es blieb nur, wer Brandwache hatte.

Kurz nach elf schloss sich die Beifahrertür, und Pieplow ließ den Streifenwagen an. Er hatte einiges versucht, um den haftentlassenen Thiel unterzubringen. Zweimal war ihm deswegen der Vogel gezeigt worden, was er geflissentlich ignoriert hatte. Genauso wie Erwin Schultes Frage, ob er noch ganz bei Trost sei. Der olle Pape hatte gar nichts gesagt und Mall Breker nur »vergiss es« geknurrt und gelben Priemsaft in den Schnee gespuckt. Allerdings weit genug weg, als dass Pieplow es hätte persönlich nehmen müssen.

Auch die Möglichkeit, den Pastor anzurufen, hatte Pieplow erwogen. Sozusagen den Fachmann in Fragen des Asyls für gestrandete Seelen. Doch dann war er auf eine andere Lösung des Problems gekommen. Sie gefiel ihm nicht, war aber naheliegend.

Wo der Ostwind über die freien Wiesen fegte, pflügte der Wagen durch kniehohe Schneewehen. Am Aufgang zum Seedeich reichte die weiße Decke bis unter die Äste der Windflüchter.

Der Weg von der Straße zur *Seemöwe* war nicht geräumt. Als sie sich zur Haustür vorkämpften, rutschte ihnen der Schnee in die Stiefel. Pieplow schloss auf und ging voran. Der Geruch war ihm noch vertraut. Nach Holz und Kaffee und alten Sesseln. Im Hintergrund eine Spur seines Rasierwassers. Etwas mehr als dreizehn Jahre hatte er die kleinere der beiden Wohnungen in der *Seemöwe* bewohnt. Als Teil eines Security-Deals, wie Benzlau es nannte und damit meinte, dass ein Polizist im Haus praktisch war, wenn man die meiste Zeit des Jahres zwischen Berlin, Köln und München hin- und her hetzte, um Filme zu produzieren.

Noch wusste Benzlau nicht, dass er einen neuen Mieter suchen musste. Pieplow hatte sich nach wie vor nicht zur Kündigung durchringen können. Der Abschied vom Junggesellenleben war nichts, was man überstürzen sollte. Selbst dann nicht, wenn man glaubte, die Frau seines Lebens gefunden zu haben.

Ob das gesunde Skepsis oder fast schon pathologische Entscheidungsunfähigkeit war, hatte er noch nicht abschließend geklärt.

Es war kalt im Haus. Pieplow drehte die Heizung hoch und wies auf sein durchgesessenes Sofa.

»Sie können da schlafen. Ich bringe Ihnen eine Decke und einen Wecker. Das erste Schiff geht um sieben, Sie müssen also früh raus. Wenn Sie gehen, werfen Sie den Schlüssel in den Briefkasten.«

»Mach ich«, sagte Thiel. »Aber welche Fähre ich nehme, weiß ich noch nicht. Wenn es hell wird, will ich erst nach dem Haus sehen.«

»Wie Sie meinen.« Pieplow zuckte mit den Schultern. »Daran kann ich Sie nicht hindern. Hauptsache, Sie verschwinden wieder im Laufe des Tages.«

Als er allein war, nahm Thiel die Wohnung gründlicher in Augenschein. Die Möbel hatten ihre besten Zeiten hinter sich, waren aber nicht ungemütlich. Dass einer der beiden Sessel vor der Glastür zum Garten stand, sah nach Einsamkeit und schlaflosen Nächten aus, in denen der Blick in eine lichtlose Dunkelheit tröstlich sein konnte.

Es gab einen klobigen, alten Fernseher, ein überquellendes Bücherregal und eine Küchenzeile rechts an der Wand. Die Spüle war sauber, aber staubig wie die beiden ungeöffneten Bierflaschen, die danebenstanden.

Dass Esstisch und Stühle fehlten, ließ auf lieblose Mahlzeiten am Couchtisch schließen.

Außer Zucker, Salz und Mehl fand Thiel nur eine

halb volle Kaffeedose und eine angebrochene Packung Knäckebrot, aus der er eine Scheibe herausfischte. Es schmeckte pappig und klebte an den Zähnen.

Thiel ging in den Flur, warf einen Blick in das Bad und öffnete die Tür zu Pieplows Schlafzimmer. Er sah einen Schrank, ein gemachtes Bett und einen Nachttisch, auf dem sich Taschenbücher stapelten. Auf dem Fensterbrett lagen ein paar Steine und ein großes, bizarres Stück Treibholz. Thiel schloss die Tür und ging zurück ins Wohnzimmer.

Er setzte sich in den Sessel für einsame, schlaflose Nächte, starrte hinaus in das makellose Weiß des Gartens, fühlte sich zu Tode erschöpft und hätte gern gewusst, wie es weitergehen sollte mit ihm.

Eine Weile widerstand er dem Gedanken, wenigstens eine Flasche Bier zu trinken, dann öffnete er sie beide auf einmal. Trank, rauchte und merkte, wie sich doch eine gewisse Ruhe in ihm ausbreitete.

Als er in der ersten Dämmerung wach wurde, begriff er nicht gleich, wo er war. Sein Nacken schmerzte, seine Füße waren taub und kalt. Er streckte die Beine und wackelte mit den Zehen, um die Blutzirkulation wieder in Schwung zu bringen, bevor er aufstand und sich ein Frühstück aus altem Kaffee und weichem Knäckebrot machte.

Scheußlich, aber besser als gar nichts.

In der Nacht hatte es wieder geschneit. Die Fußspuren waren nur noch als flache Dellen erkennbar, als Thiel vor die Tür trat.

Ein beständiger Ostwind mittlerer Stärke hatte am Seedeich den pulvrigen Schnee zu kniehohen Wehen getürmt. Thiel kam nur mühsam voran und verfluchte die Tasche, in der er seine Habseligkeiten zurück nach Vitte schleppte. In der eisigen Luft brannten seine Lungen, seine Augen tränten, und obwohl sein Herz mit dumpfen, harten Schlägen das Blut durch den Körper pumpte, wurden seine Hände starr vor Kälte.

Vielleicht, dachte er, bekomme ich wenigstens die Küche irgendwie warm und muss nicht erfrieren, bevor das Mittagsschiff kommt.

Gar nichts würde er warm kriegen. Das sah er sofort, als er vom Deich in die Sprenge einbog. Die Küche nicht, deren Fenster zerschlagen in den Rahmen hingen, und die oberen Kammern nicht, über denen das Dach eingesunken war. Durch die offene Tür war Schnee ins Haus geweht.

Es begann langsam. Mit der Hand, die sich öffnete und die Tasche fallen ließ. Mit einem Fußtritt gegen den Rahmen der Haustür.

Und dann, als habe das Splittern des morschen Balkens einen Damm brechen lassen, fing Thiel zu toben an. Riss die Garderobe aus der Wand und die Gardinen von den Stangen. Er packte Stühle, um sie an der Wand zu zerschmettern, und legte seine ganze Wut in den Arm, mit dem er den Küchenschrank von der Wand drückte, bis er umkippte und das Geschirr unter sich begrub.

Er wütete und brüllte, bis er keine Luft mehr bekam.

Mit hängenden Armen stand er inmitten der Scherben und merkte erst jetzt, dass er beobachtet wurde.

Oben auf dem Deich standen, reglos wie satte, alte Kormorane, schwarz im trüben Winterdunst, drei Gestalten. Die Mützen tief in die Stirn gezogen, die Hände in den Taschen vergraben, hatten die Alten seinem Treiben zugesehen und schienen darauf gespannt, wie es weitergehen würde.

»Was glotzt ihr so?«, brüllte Thiel. »Was, verdammt, gibt's hier zu glotzen?«

Die Kormorane blieben stumm. Der mittlere spuckte gelben Priemsaft in den Schnee.

Erst als Thiel auf den Deich zustürmte und ihnen ein Scheit vor die Füße schleuderte, drehten sie ab. Ohne Hast, in einem wortlosen Gänsemarsch, gingen sie zurück zum Hafen.

Thiels Hand war über den Knöcheln aufgeplatzt. Vergeblich suchte er in den Trümmern der Küche nach der Blechschachtel mit dem Verbandszeug. Schließlich behalf er sich mit den fransigen Streifen eines zerrissenen Geschirrtuchs. Dann holte er aus dem Schuppen, was es brauchte, um das Haus notdürftig abzudichten, nagelte Pappe von innen gegen die Fenster und verschloss sie von außen mit ein paar ungehobelten Brettern. Die Haustür war unbeschädigt geblieben. Es war kurz nach zwölf, als er sie hinter sich schloss.

Er war nicht der Einzige, der auf das Mittagsschiff wartete. Ein Paar hatte zwei große und einen kleinen

Koffer auf der glatten Zufahrt zum Anleger abgestellt. Der Mann trug einen prallgefüllten Rucksack auf dem Rücken und starrte angestrengt auf den diesigen Horizont, an dem die *Vitte* auftauchen musste. Die Frau wandte sich zu Thiel um.

»Wir warten auf die Fähre«, sagte sie überflüssigerweise. Ihr rundes Gesicht hatte eine rosige Winterfarbe. »Sie müsste eigentlich längst zu sehen sein.« Sie lächelte Thiel an, der nur wortlos nickte.

»Haben Sie auch Winterurlaub gemacht?« Sie klang freundlich, musterte aber mit zweifelndem Blick Thiels schmutzige Jacke, seine nassen Hosenbeine und den rußigen Matsch auf seinen Stiefeln.

»Eher nicht«, rang Thiel sich ab. Er hatte verlernt, belanglos zu plaudern.

»Verstehe«, sagte die Frau. »Sie mussten arbeiten, während wir uns erholen durften.«

»Kann man so sagen, ja.« Jetzt starrte auch Thiel auf die Fahrrinne hinaus. Vielleicht ließ die Rosige ihn ja in Ruhe, wenn sie ihre Aufmerksamkeit der *Vitte* zuwenden konnte.

Statt der Fähre entdeckte sie einen Mann, der den Kai entlang auf sie zukam.

»Das Schiff kommt nicht«, sagte er, als er in Hörweite war. Der Schriftzug auf der Brusttasche seiner Jacke wies ihn als Befugten der Reederei Hiddensee aus.

»Wie – kommt nicht?« Die Frau sah Thiel an, als wüsste der die Antwort.

»Liegt mit Motorschaden in Schaprode fest.« Die Reederei begnügte sich mit knappen Erklärungen.

»Und wann wird er behoben sein, dieser Motorschaden?« Der Mann der Rosigen klang gereizt.

»Heute jedenfalls nicht mehr.«

»Wie stellen Sie sich das vor? Wir müssen morgen wieder arbeiten.«

»Das wird wohl nichts. Am besten gehen Sie in Ihr Quartier zurück und warten, bis wir wissen, wie lange es dauert. Unser Büro ist dahinten Achtern Diek, da können Sie nachfragen«, sagte der Mann mit einer vagen Handbewegung zum hinteren Teil der Hafenanlage. »Und ich gebe Ihnen eine Telefonnummer, unter der Sie eine Auskunft bekommen.« Er händigte den Urlaubern ein Kärtchen mit Anschrift und Telefonnummer aus, Thiel würdigte er keines Blickes.

»Brauchen Sie das nicht?«, fragte die Frau und hielt das Kärtchen hoch.

»Nein«, sagte Thiel. »Ich kenne mich hier aus.«

Dass das nicht ganz der Wahrheit entsprach, gestand er sich ein, als er ins Dorf zurückging. Wie auf einem doppelt belichteten Film stand vor seinem inneren Auge zwischen Fahrradverleih und Supermarkt am Wallweg noch der graue Flachbau der alten Kaufhalle mit der Schlange der Wartenden und dem »Kein Rundgang ohne Korb!«-Schild, das ihren Eintritt regelte. Ungefähr dort, wo der Eingang gewesen sein musste, gab es jetzt ein Tabakgeschäft. Thiel kaufte ein Päckchen Halbschwarzen und Zigarettenpapier und genoss die Wärme in dem kleinen Laden. Er überlegte, wie er noch ein paar Minuten herausschinden konnte, bevor er zurück in die Kälte musste, und kam sich wie ein Penner vor. Was in gewisser Weise ja auch zutraf. Ein arbeits- und obdachloser Exknacki auf der Suche nach einem warmen Essen und einer Bleibe für die nächste scheißkalte Nacht.

»Sie haben Ihr Wechselgeld vergessen!« Die junge Frau im Tabakladen lächelte, als sie ihn zurückrief.

Entweder sie wusste nicht, wer da vor ihr stand, oder, was Thiel weniger wahrscheinlicher fand, es war ihr gleichgültig, was sie über ihn gehört hatte. Er beschloss, wenigstens die Sache mit dem warmen Essen in Angriff zu nehmen.

»Um diese Jahreszeit nur im *Godewind*«, sagte sie.

Thiel musste zugeben, dass er nicht wusste, wo dieses Lokal lag.

Einen Moment schien sie irritiert. Wer im Winter auf die Insel kam, kannte sie normalerweise wie seine Westentasche.

»Ganz einfach«, sagte sie dann und erklärte ihm den Weg ins Süderende.

»Danke«, sagte Thiel und meinte nicht nur die Auskunft, auch wenn die junge Frau hinter dem Ladentisch nicht wissen konnte, dass er noch etwas anderes meinte. Ein paar Minuten Wärme, ein ganz normales Gespräch.

Im Supermarkt nebenan kaufte er, was er brauchte,

um seine Hand zu verarzten, dann machte er sich auf den Weg ins Süderende, das ihm genauso vertraut und fremd schien wie alles, was er bisher gesehen hatte.

Das Ostsee-Hotel, an dessen Giebelturm noch der Schriftzug des FDGB durch das schäbige Hellblau der Fassade schimmerte, die Kolonial- und Weißwaren-Ruine schräg gegenüber. Dass von den drei klotzigen Ferienkasernen der Volkswerft nur noch eine den Blick auf den Deich versperrte, sah Thiel schon von Weitem. Dass aus dem Ferienheim *Karl Krull* das *Godewind* geworden war, merkte er erst, als er praktisch davorstand.

Das Lokal war leer. Der Mann hinter dem Tresen musterte den einsamen Gast, ohne das Geschirrtuch beiseitezulegen, mit dem er Biergläser polierte.

»Die Küche ist schon geschlossen«, sagte er, als Thiel sich auf einen Hocker an der Theke hievte. »Kaffee habe ich aber noch, und einen Grog können Sie auch haben, wenn Sie ihn bis um zwei ausgetrunken haben. Dann mache ich dicht.«

Thiel entschied sich für den Grog und hätte gerne geraucht, aber als er kurz nach zwei wieder auf der Straße stand, fühlte er sich so elend, dass er den Tabak in der Tasche ließ.

9

»Was willst du damit sagen?« Der Brandmeister trug dicke Wollsocken und Pantoffeln und hatte Pieplow nur widerwillig ins Haus gelassen. »Wir haben uns da draußen bis vier Uhr morgens den Arsch abgefroren und jetzt kommst du und behauptest, dass wir den Schuppen zerlegt haben?«

»Ich behaupte gar nichts. Ich will nur wissen, in welchem Zustand das Haus war, als ihr abgerückt seid.«

»Und warum, wenn ich fragen darf?«

Es war inzwischen später Nachmittag und eigentlich unmöglich, dass Duve nicht wusste, worum es ging.

»Weil das Haus unbewohnbar ist, und es ganz danach aussieht, dass da jemand nachgeholfen hat.«

»Viel nachzuhelfen gab's da nicht.« Duve pflegte mit regungslosem Gesicht die Kunst der Hiddenseer Minimalantwort.

»Das heißt?«

»Das Dach links vom Schornstein ist eingesackt. Kein Wunder, so morsch wie da alles ist.«

»Was ist mit Fenstern und Türen?«

»Was soll damit sein?«

Pieplow spürte seinen Geduldsfaden wie eine gezerrte Sehne.

»Verstehe ich dich richtig, dass sie heil und verschlossen waren, als ihr abgerückt seid?«

»Allerdings.«

»Und wer sich danach daran zu schaffen gemacht hat, weißt du nicht?«

»Nee, sollte ich?«

Allerdings, dachte Pieplow. So wie wahrscheinlich jeder im Dorf. Außer der Polizei natürlich.

»Sonst noch was?« Duves Hand lag schon auf der Türklinke. Für ihn war der Fall erledigt. Es gab keinen Grund mehr, noch länger im kalten Flur Rede und Antwort zu stehen.

»Das wär's erst mal.« Pieplow trat den geordneten Rückzug an. »Aber sag denen, die es betrifft, dass es Konsequenzen haben wird, wenn ich sie zu fassen kriege.«

»Mach ich.« Mit einem leichten Zucken der Mundwinkel deutete Duve ein Lächeln an, dann öffnete er die Tür.

»Alle Achtung, Polizeiobermeister! Hört sich wirklich gut an.« Auch Kästner grinste, allerdings unverhohlener als der Brandmeister. »Und wie, bitteschön, sollen sie aussehen, deine Konsequenzen? Vorausgesetzt natürlich, du erwischst die Bösewichte.«

»Das Mindeste wäre ja wohl, dass sie den Schaden beheben, den sie angerichtet haben.«

»Aber klar doch. Du gehst jetzt los, fahndest nach den Spitzbuben, die deinem Knastbruder die Scheiben eingeschlagen haben, und verdonnerst sie zu Reparaturarbeiten an seiner Bruchbude. Viel Erfolg, kann ich da nur sagen.« Kästner stand so abrupt auf, dass sein Schreibtischstuhl gegen die Wand knallte.

»Na, hör mal ...«

»Gar nichts höre ich. Anstatt diesen Kerl stante pede dorthin zurückzuschicken, wo er hergekommen ist, haben wir ihn sich hier einnisten lassen. Und was ist dabei herausgekommen?«

Weil die Frage rhetorisch und ein in Rage geratener Kästner sowieso nicht zu bremsen war, zog Pieplow es vor zu schweigen.

»Erst holt er Duve und seine Jungs bei Nacht und Nebel aus den Betten, weil er zum Heizen zu dämlich ist, dann verprügelt er Sigi Gau, und heute Morgen geht er auf die drei Alten los. Und du willst jetzt allen Ernstes herausfinden, wer ihm die Fenster eingeschmissen hat? Ich dachte, du bist lange genug hier, um zu wissen, dass du damit auf die Schnauze fällst.«

Er hat Recht, dachte Pieplow widerstrebend. Niemand und schon gar kein Polizist holt aus einem Hiddenseer heraus, was der für sich behalten will.

»Soll ich dir was sagen?« Kästner baute sich vor Pieplows Schreibtisch auf und stemmte die Fäuste in die Hüften. »Ich habe nie richtig verstanden, was dich hierher verschlagen hat. Warum du nicht in der Stadt geblieben bist. Oder zur Kripo gegangen. Irgendwohin, wo du dich mit deinem Ermittlungsfimmel austoben kannst.«

Gute Frage.

Sie hätte sich mit der Geschichte eines Einsatzes beantworten lassen, den ein gewisser Polizeimeister Pieplow vor sechzehn Jahren gründlich versiebt hatte. Wenn er damals nicht gezögert hätte, wenn er schneller und entschlossener gewesen und die Frau am Leben geblieben wäre … wenn … dann hätte es womöglich sogar geklappt mit dem Traum von der Kripo.

Stattdessen also Dorfpolizist.

Es gab Schlimmeres und ging außerdem niemanden etwas an. Schon gar nicht Kästner.

»Dass Thiel bei dir wohnt, macht die Lage nicht einfacher.« Kästner hatte sich beruhigt und wieder hingesetzt. Er sah Pieplow mit einer gewissen Besorgnis an. »Die Leute werden denken, du hast ihn unter deine Fittiche genommen, und das wird ihnen nicht gefallen.«

»Dann frag sie doch mal, ob sie einen besseren Vorschlag haben. Vielleicht sogar ein Quartier? Mir wäre es nur recht, wenn er woanders unterkäme.«

»Damit sieht es wohl eher schlecht aus, würde ich sagen«, gab Kästner zu.

»Allerdings«, sagte Pieplow. »Und ich mache drei Kreuze, wenn das Schiff wieder fährt.« Er sah durch das Fenster der Wachstube in die Wolken am Winterhimmel, in die von Westen ein Erdbeermilchrosa einsickerte und den Sonnenuntergang ankündigte.

In der Nacht kam schweres Wetter aus Nord-Nord-West und tobte brüllend über die Insel. Thiel hörte eisstarre Zweige gegen das Haus peitschen und spürte, wie es im Sturm vibrierte. Am Morgen lag der Schnee meterhoch und rutschte in den Flur, als er die Tür öffnete. Vom Zaun rund um die *Seemöwe* ragten noch die Spitzen einzelner Pfosten aus dem Weiß. Alles andere wurde von einem kalten, undurchdringlichen Grau verschluckt.

Thiel horchte angestrengt in den Nebel. Falls die Fähre kam, musste jetzt ihr Signalhorn zu hören sein.

Es blieb vollkommen still.

Glückwunsch, dachte er, gerade mal ein paar Tage draußen und du sitzt schon wieder fest. Nur mit dem Unterschied, dass du im Knast besser zurechtgekommen bist als auf dieser verfluchten Insel.

Eine halbe Stunde schaufelte er Schnee, dann machte er sich auf den Weg zum Hafen.

Die *Vitte* kam nicht. Bis auf Weiteres auch sonst kein Schiff, ließ die Reederei Hiddensee per Aushang wissen.

Die Fischer hatten auf ihren Kuttern nach dem Rechten gesehen. Jetzt standen sie vor dem Rettungsschuppen und steckten die Köpfe zusammen.

Bevor Thiel sie fragen konnte, was bis »auf Weiteres« heißen mochte, waren sie verschwunden.

»Keine Ahnung«, sagte die junge Frau, als er im Zigarettenladen danach fragte. »Es soll ein Eisbrecher von Stralsund kommen. Morgen vielleicht. Oder übermorgen.« Sie legte Tabak und Zigarettenpapier auf den Tresen und sah Thiel fragend an.

»Sonst noch was?«

»Das ist alles.«

»Wie geht's Ihrer Hand?«, fragte sie freundlich. Sie trug ein anderes Tuch um den Hals als bei seinem letzten Einkauf und zwei verschiedene Ohrringe. Rechts eine große Kreole, links ein fingerlanges Bündel feiner Silberfäden, das hin und her schwang, wenn sie den Kopf bewegte.

Es war Zufall, dass er ihre Finger berührte, als er das Wechselgeld aus der Glasschale nahm.

»Gut, danke.« Thiel hob die Hand, über der ein breites Pflaster klebte. »Sah schlimmer aus, als es war.« Was nicht ganz stimmte, denn die Wunde klopfte und pochte, seit sie beim Schneeschippen wieder aufgerissen war.

Wo sie wohl lebt, fragte er sich, als er die Ladentür hinter sich schloss. Und mit wem?

Sie schien noch immer nicht zu wissen, wer er war.

Er schaute auf die Uhr. Viertel nach eins. Er hatte Hunger und überlegte kurz, ob es im *Godewind* jetzt noch mehr gab als Kaffee oder Grog, zog es dann aber vor, selbst zu kochen.

Zwei Stunden später hatte er zwei Koteletts mit Möhrengemüse gegessen. Hatte das Geschirr gespült und seinen Proviant verstaut. Brot, Käse, Wurst, ein paar Konserven. Genug, um ein paar Tage zu überstehen, ohne zu hungern.

Für die Zeit danach brauchte er einen Plan. Irgendwas, auf dem er herumdenken konnte, um nicht in Trübsal zu versinken.

Er dachte an Brunner, als er ausgestreckt auf dem durchgesessenen Sofa lag und rauchte.

Früher oder später kommt der Tag, an dem du überlegst, wie du in den Knast zurückkannst. Wenigstens für ein paar Wochen zur Erholung von der ganzen Scheiße da draußen. So weit Brunners Philosophie über das Leben im Allgemeinen und den Knast im Besonderen.

Thiel hatte es damals nicht glauben wollen. Jetzt merkte er, dass ihm der Rhythmus von fünfzehn Jahren noch in den Knochen saß und ihm fehlte wie …

Ein Korsett, fiel ihm ein. Fest geschnürte Stangen und Stäbe, die verhinderten, dass er zerbrach.

Als die Dämmerung sich im Zimmer ausbreitete, schlief er ein und quälte sich durch einen Traum, in dem er von der Querstrebe seines Zellenfensters hing. Es stank nach Scheiße, und aus seinen Hosenbeinen tropfte Pisse auf den Boden.

Ich hab's ja gesagt, hörte er noch Brunners Stimme, bevor er hochschreckte.

Er machte das Licht an und schaltete den Fernseher ein. In den Nachrichten zeigten sie Luftbilder, auf denen die Insel wie ein totes Seepferdchen im Eis festgefroren lag.

Kurz vor acht brach er auf. Schaffte die Strecke nach Vitte in nicht mal zwanzig Minuten und versuchte sich vorzustellen, was im *Godewind* auf ihn zukam.

Immer noch besser, als sich am Fensterkreuz baumeln zu sehen.

Sechs Köpfe drehten sich zu ihm um, als er die Gaststube betrat. Vier Männer und zwei Frauen, die stumm seinen Weg zur Theke verfolgten. Thiel erkannte Sigi Gau und die Frau aus dem Zigarettenladen. Ein baumlanger Typ ganz in Schwarz daneben knuffte sie mit dem Ellenbogen in die Seite, und das Lächeln verschwand, mit dem sie Thiel entgegengesehen hatte.

Er bestellte Bier und Korn und zählte die Sekunden, die der Wirt zögerte. Fünf. Dann füllte er die Gläser und stellte sie vor Thiel auf den Tresen.

Wahrscheinlich war in dem Lokal noch nie so eisig geschwiegen worden. In der Küche klirrte Geschirr. Weiter hinten im Gebäude sang jemand, und vor den Fenstern heulte der Wind. Aber am Tresen sagte keiner ein Wort.

Thiel hörte, wie das Blut in seinen Ohren rauschte. Er trank sein Bier in einem Zug, kippte den Schnaps und bestellte dasselbe noch einmal.

»Hören Sie«, begann der Wirt, während er das Bier zapfte. Thiel ahnte, was kam. »Ich kann's mir nicht leisten, dass die Gäste wegbleiben. Und wenn die paar Urlauber, die noch da sind, mitkriegen, dass Sie … na, Sie wissen schon …«

Thiel nickte. Natürlich wusste er.

»Geben Sie mir noch einen Doppelten, dann verschwinde ich.« Er schob das Schnapsglas über den Tresen.

Auf dem Hinweg hatte er Rückenwind gehabt. Jetzt kämpfte er vornübergebeugt gegen nadelspitze Schneepfeile. Hinter den letzten Häusern gab es kaum noch Schutz gegen den eisigen Wind. Vor ihm lag die Dunkelheit der Straße zwischen Seedeich und Boddenwiesen.

Am Eingang zum Kino hatte er gerade noch Zeit, sich innerlich zu wappnen, als sich links von ihm Schatten aus dem Gebüsch lösten. Der erste Hieb traf ihn seitwärts am Kiefer. Er riss die Arme hoch, um sein Gesicht vor den nächsten Schlägen zu schützen, und krümmte sich, als eine Faust seinen Rippenbogen traf.

Sie waren zu zweit und schlugen wortlos zu. Erwischten treffsicher seine ungedeckten Flanken und setzten immer wieder nach, bis er vornüber in den Schnee kippte.

Thiel hörte heftige Atemstöße und etwas wie ein zufriedenes Grunzen, als sie sich über ihn beugten. Weil er auf ihre Fußtritte wartete, zog er die Knie an und nahm den Kopf zwischen seine Hände. Aber dann war da nur noch das Knirschen ihrer Stiefelsohlen im Schnee, als sie in der Dunkelheit verschwanden.

Er wartete, bis sie hinter der Biegung am Rathaus waren, dann versuchte er aufzustehen. Sein Gesicht brannte, die Unterlippe war aufgeplatzt und schon jetzt geschwollen. Aus dem Mundwinkel rann blutiger Schleim über sein Kinn. Seine Knie zitterten, jeder Atemzug tat weh. Trotzdem hielt er sich aufrecht.

Wenn er vorsichtig einen Fuß vor den anderen setzte, konnte er es schaffen. Er musste nur wollen.

10

Pieplow öffnete sein Feierabendbier. Alkoholfrei, denn genau genommen war er erst seit knapp drei Stunden im Dienst. Die letzte Nachtbereitschaft vor dem wöchentlichen Schichtwechsel. Er hatte eine Sondersendung zum Winterchaos im Norden sehen wollen, den Fernseher dann aber doch nach den Nachrichten ausgeschaltet. Wenn er wissen wollte, wie der Winter im Norden aussah, brauchte er schließlich nur vor die Tür zu gehen.

Er lehnte sich zurück und legte die Füße auf den Tisch zwischen Sofa und Sessel. Eine Angewohnheit, die Marie nicht schätzte. Aber sie war oben mit Leonies Abendritual beschäftigt, und das würde noch eine Weile dauern. Das Kind hatte eine ausgefeilte Verzögerungstaktik. Er hörte ihr Lachen, Leonies helles, kiebiges, das dunklere, warme von Marie. So unbeschwert hatte sie in den letzten Tagen nicht oft geklungen, aber sie hatte auch nicht sagen wollen, was sie bedrückte.

Wahrscheinlich die Sache mit Thiel, die sich wie Säure in ihr Leben fraß. Mit neugierigen Blicken und zusammengesteckten Köpfen, wo auch immer Marie auftauchte. Oder, eindeutig schlimmer, mit den Geschichten, die Leonie aus der Schule mitbrachte. Von dem Mörder und seinem Haus und von Vätern, die dafür sorgen würden, dass er wieder verschwand. Obwohl das eigentlich die Polizei tun müsste.

»Ist er dein Freund?« Leonie hatte mit Malblock und Stiften am Tisch gesessen und Pieplow aufmerksam angesehen. Zwischen ihren Augenbrauen eine kleine Grübelfalte.

»Wer?«

»Na, der Mörder natürlich.« Der Blick war ernster, die kleine Falte deutlicher geworden.

»Wie kommst du denn auf so was?«

»Die Großen sagen das. Er ist dein Freund und wohnt in deinem Haus.«

Wie erklärte man einer Sechsjährigen, dass Entscheidungen notwendig, aber alles andere als befriedigend sein konnten? Pieplow hatte es versucht, gelungen war es ihm nicht. Wie ein dunkler Schatten hatte der Argwohn noch in Leonies Blick gelegen, als sie vom Stuhl gerutscht und wortlos hinausgegangen war. Auf dem Tisch war das Bild zurückgeblieben. Ein schwarzes Haus unter schwarzem Himmel. Die einzige Farbe: das Rot der Flammen.

Pieplow hatte es genommen und in kleine Fetzen gerissen.

Und dann hatte auch noch Benzlau angerufen.

Wie es um die *Seemöwe* stehe in diesen eisigen Zeiten. Um Heizung, Wasserleitungen und Dach?

Für einen Moment hatte Pieplow die Luft angehalten und dann wahrheitsgemäß berichtet. Nicht nur im Hinblick auf Heizung und Dach, sondern auch von dem, der dort Unterschlupf gefunden hatte.

Jetzt war es an Benzlau, die Luft anzuhalten. Wozu ein aufgeschrecktes Dorf in der Lage war, machten die Hiddenseer gerade vor. Wie hielt es der Stadtmensch mit Umsicht und Toleranz? Benzlau hatte hörbar gerungen.

»Also gut«, hatte er dann gesagt, »es ist nun mal, wie es ist, und es gibt vermutlich keine andere Lösung. Ich kann nicht sagen, dass ich begeistert bin, und ich will, dass dieser Thiel bei der ersten Gelegenheit seine Sachen packt. Bei der allerersten.«

Pieplow hatte versprochen, dafür zu sorgen.

Für was eigentlich noch, dachte er zornig. Was würde er in dieser verdammt verfahrenen Geschichte noch tun müssen? Außer das Boddeneis schmelzen natürlich.

Das Telefonklingeln riss ihn aus seinen Gedanken. Er nahm die Füße vom Tisch und fand den Apparat unter der Fernsehzeitung.

Der Anrufer war unbekannt. So stand es wenigstens im Display. Pieplow zögerte, bevor er das Gespräch annahm. Es war Maries Telefon und keineswegs selbstverständlich, dass er ihre Gespräche entgegennahm.

»Bei Eggert«, meldete er sich schließlich.

»Am Norderende liegt einer.« Eine dumpfe, monotone Stimme.

»Wie bitte?«

»…«

»Wer ist denn da?«

»Norderende«, wiederholte die Stimme. Dann kam aus dem Hörer nur noch das Besetztzeichen.

»Wer war das?« Marie stand hinter ihm. Ihre Hände lagen auf seinen Schultern, ihre Daumen strichen über seinen Nacken.

»Keine Ahnung.«

»Aber du hast doch mit jemandem gesprochen.«

»Schon, ich weiß nur nicht mit wem.«

»Mann oder Frau?«

Auch das konnte Pieplow nicht sagen. So verstellt und gedämpft, wie die Stimme geklungen hatte: »Am Norderende liegt einer.«

Auf der Dienstleitung gingen durchaus hin und wieder anonyme Anrufe ein, wenn es vermeintlich oder tatsächlich etwas anzuschwärzen gab. Aber dieses Telefon gehörte Marie, und die hatte nicht den geringsten Grund, sich für jemanden zu interessieren, der am Sonntagabend bei Eiseskälte draußen am Norderende lag.

Er hatte die Information bekommen sollen, daran bestand kein Zweifel. Nur eben nicht über eine Polizeileitung.

»Ich sehe vorsichtshalber mal nach«, sagte er. Ein Einsatz in Dunkelheit und Schneegestöber war sinnlosem Grübeln eindeutig vorzuziehen.

»Ich gehe ins Bett«, sagte Marie.

Als er ging, begleitete sie ihn nicht wie sonst bis zur Tür.

Er fuhr langsam. Ließ den Streifenwagen im zweiten Gang rollen und den Blick über die Schneewälle rechts und links der schmalen Fahrspur schweifen. Zweimal hielt er an, entdeckte aber nicht das Geringste. Weder auf dem Spielplatz hinter dem Supermarkt noch im unübersichtlichen Gelände zwischen Rathaus und Boddendeich erfasste der Lichtkegel seiner Taschenlampe etwas anderes als glatte Schneeflächen, in die seit Tagen niemand einen Fuß gesetzt hatte. Ebenso wenig wie in die Vorgärten der Sommerhäuser links der Straße. Als er das Dorf hinter sich ließ, begann es wieder zu schneien. Im scharfen Wind trafen kleine, dichte Flocken fast waagerecht auf die Windschutzscheibe und nahmen ihm die Sicht. Er kniff die Augen zusammen und fuhr noch langsamer. Trotzdem sah er die dunkle Gestalt erst im letzten Moment.

Schwere Schlagseite, stellte Pieplow fest und entschied, sich den Zecher nicht in den Wagen zu holen. Hinter ihm herzurollen, bis er dort ankam, wo er hinwollte, war Service genug. Bis nach Kloster waren es höchstens noch dreihundert Meter.

Aber dann drehte sich die Gestalt halb um die eigene Achse, knickte in den Knien ein und verschwand aus Pieplows Blickfeld.

Verdammte Sauferei.

Widerwillig stieg Pieplow aus und ging ohne Eile um den Streifenwagen herum.

Auch das noch, dachte er. Thiel war der Letzte, dem er hätte begegnen wollen. Er packte ihn am Arm, um ihn hochzuziehen.

Als Thiel den Kopf hob, fiel das Scheinwerferlicht auf sein Gesicht.

»Ach du Scheiße.« Pieplow lockerte seinen Griff. »Wie ist das denn passiert?«

»Nicht so schlimm.« Thiel bemühte sich, deutlich zu sprechen. Seine Lippen waren geschwollen, der Kiefer schmerzte bei der kleinsten Bewegung. So weit er seiner Zunge trauen konnte, waren wenigstens die Zähne vollständig geblieben. Das Atmen war nicht leichter geworden, aber die geplatzte Augenbraue hatte aufgehört zu bluten, und die Übelkeit ließ sich aushalten.

Er hätte sich lieber allein weitergeschleppt, als sich schon wieder von einem Bullen aus der Patsche helfen zu lassen.

Andererseits ... Dass der Streifenwagen acht Scheinwerfer hatte, die sich immer schneller drehten, war mehr als bedenklich.

Ein fremder Geruch von Tabakrauch und Gebratenem. Konserven, Brot und Getränke für mehrere Tage auf der Arbeitsfläche neben der Spüle. Die Decke auf dem Sofa und der halb volle Aschenbecher.

Pieplow zog seine Uniformjacke aus und setzte sich

in den Sessel am Fenster. Er fühlte sich in seiner eigenen Wohnung fremd.

Er spürte den dringenden Wunsch, den ganzen Krempel vor die Tür zu schmeißen und Thiel hinterherzujagen. Sich das eine oder andere Bier zu genehmigen und eine Weile in die Nacht hinauszustarren.

Vor allem aber – in Ruhe nachzudenken.

Ihm gefiel nicht, wie sich die Dinge entwickelten. Das Zwickmühlengefühl, das ihm zusetzte und heftiger wurde, je länger Thiel auf der Insel war.

Pieplow seufzte. Wenn er etwas partout nicht ausstehen konnte, dann war es das Gefühl, mit dem Rücken zur Wand zu stehen. Weder im konkreten noch im übertragenen Sinne des Wortes. Das war jedenfalls seine Erfahrung und wohl auch der tiefer liegende Grund, warum er diese Wohnung immer noch hatte. Hierher könnte er ausweichen, wenn, was der Himmel verhüten möge, auch das Leben mit Marie zu eng würde. Bei jeder Frau war es bisher so gekommen. Früher oder später.

Kein schöner Gedanke. Er verscheuchte ihn wie ein hässliches Insekt.

Außerdem gab es Naheliegenderes.

»Ich sollte Sie zum Arzt bringen«, sagte er, als Thiel aus dem Badezimmer kam.

»Nicht nötig, es geht schon.« Thiel hatte sich das Gesicht gewaschen und ein breites Pflaster über die Augenbraue geklebt.

Pieplow sah zu, wie er, eine Hand gegen die Rippen gepresst, zum Sofa humpelte und nach seinem Tabak griff, als er schließlich saß. Seine geschwollenen Hände brachten mühsam eine krumme Zigarette zu Stande.

»Die Männer, die Sie zusammengeschlagen haben, können Sie die beschreiben?«

»Nein. Ich weiß nur, dass es zwei waren. Wo der Weg zum Kino abzweigt, müssen sie auf mich gewartet haben. Keine Ahnung, woher die wussten, dass ich dort langgehen würde. Sie sind abgehauen, bevor ich ihre Gesichter sehen konnte.«

»Und was ist mit Größe, Stimme, Kleidung?«

»Nichts. Tut mir leid.«

Gar nichts tut dir leid, dachte Pieplow. Du willst niemanden verpfeifen, so sieht die Sache aus. Glaub ja nicht, dass sie dir dankbar dafür sein werden.

»Sie hätten nicht herkommen sollen«, sagte er, nachdem sie einige unangenehme Minuten geschwiegen hatten. »Ihnen muss doch klar gewesen sein, dass man Sie hier nicht haben will.«

Thiel zuckte mit den Schultern. Natürlich hatte er keinen freundlichen Empfang erwartet. Hatte sich auf abweisende Blicke und finsteres Schweigen eingestellt, aber doch gehofft, das werde sich legen, wenn man sich nur lange genug aus dem Weg ging.

Wie es aussah, hatte er sich gründlich geirrt.

Von den anderen Illusionen, die er mit sich herumschleppte, ganz zu schweigen.

Er hob den Kopf und sah Pieplow an.

»Es war kein Zufall, dass Sie mich gefunden haben, oder?«

»Nein, kein Zufall.«

»Sondern?«

»Es hat jemand angerufen, der wusste, dass Sie da draußen waren.«

»Wer?«

»Keine Ahnung. Er hat seinen Namen nicht genannt.«

»Immerhin«, sagte Thiel. »Wenigstens einer, dem nicht egal ist, ob ich verrecke.«

»Mit mir sind es dann schon zwei, denen das nicht egal ist«, erwiderte Pieplow. »Wenn vielleicht auch aus anderen Gründen.«

»Verstehe. Obwohl Sie nicht der erste Bulle wären, der bei so was die Füße stillhält, bis sich die Sache von allein erledigt.«

»Ich«, sagte Pieplow sehr betont, »ich bin schließlich kein Mörder.« Er stand auf und griff nach seiner Jacke. Es wurde Zeit, dass er hier rauskam.

»Dann wären wir schon wieder zwei«, sagte Thiel. »Ich nämlich auch nicht.« Sein Blick war so herausfordernd, wie er mit einem nur halb funktionsfähigen Auge sein konnte.

Irgendetwas ließ ihn glauben, dass von den nächsten Minuten viel abhing.

Pieplow hielt in der Bewegung inne, mit der er seinen Arm in den Jackenärmel stecken wollte. »Na klar, Sie sind ein Justizopfer, und ich bin Polizeipräsident.«

Er schob die Hand in den Ärmel, zog die Jacke zurecht und machte den Reißverschluss zu.

»Und wenn's so wäre?«

Dann hättest du unschuldig im Knast gesessen und ich wäre immer noch, wer ich bin, dachte Pieplow.

Von wegen Polizeipräsident.

»Hören Sie auf, Thiel. Mich interessiert nicht, ob Sie schuldig sind oder nicht. Ich will nur, dass Sie heil von dieser Insel runterkommen. Nicht mehr und nicht weniger.«

»Das«, sagte Thiel und grinste schief, »unterscheidet Sie schon mal von den anderen.« Er stützte sich auf dem Tisch ab, um aufzustehen.

»Bleiben Sie sitzen«, sagte Pieplow. »Aus meiner eigenen Wohnung werde ich wohl noch allein rausfinden.«

Es war Viertel vor eins. Marie hatte das Licht an der Treppe brennen lassen. Auf Strumpfsocken schlich Pieplow nach oben und stand eine Weile neben dem Bett. Sie lag auf dem Bauch, das Gesicht seiner Bettseite zugewandt, den Arm ausgestreckt auf der leeren Fläche zwischen seiner Decke und dem Kopfkissen. Unter ihren Lidern wurden die Augen unruhig, als spürte sie seinen Blick. Behutsam strich er ihr eine Haarsträhne aus der Stirn.

Er machte sich im Wohnzimmer ein provisorisches Bett und legte, für den Fall der Fälle, das Diensttelefon neben sich auf den Tisch. Dann starrte er, die Hände unter dem Kopf verschränkt, an die Zimmerdecke und versuchte an gar nichts zu denken. Was erwartungsgemäß gründlich misslang.

Wer hatte Thiel verprügelt? Das herauszufinden dürfte nicht sonderlich schwer sein. Zum Beispiel, indem man abends im *Godewind* ein Bier trank und an der Theke ein paar Fäuste in Augenschein nahm. Kampfspurenfeststellung sozusagen. Und dann?

Verwarnen, zur Vernunft mahnen, etwas in dieser Art. Oder doch besser, wie Thiel es ausdrückte, die Füße stillhalten, bis sich die Sache von selbst erledigte?

Seine linke Hand war eingeschlafen. Pieplow zog sie unter dem Kopf vor. Er legte den Unterarm auf die Stirn, hinter der seine Gedanken in eine andere Richtung schwammen wie Fische gegen den Strom.

Unschuldig. Das sagten sie alle. Oder fast alle. Bei der Verhaftung, vor Gericht, nach der Verurteilung. Wenn es danach ging, waren die Knäste voll mit bedauernswerten Justizopfern.

Obwohl … Ganz auszuschließen war es nicht, dass die Dame mit den verbundenen Augen sich irrte. Dass die Waage sich zur falschen Seite neigte. Dann allerdings war Thiel nicht nur um fünfzehn Jahre seines Lebens gebracht worden. Wie es aussah, sollte ihm ein neues auch nicht gelingen. Zumindest nicht hier.

Außerdem … Falls Thiel nicht der Mörder gewesen sein sollte, wer dann?

Hatte es überhaupt jemals Zweifel an seiner Schuld

gegeben? Wenn nicht, machte es erst recht keinen Sinn mehr, sich jetzt noch diese Fragen zu stellen.

Aber die Fische in Pieplows Gedankenstrom hatten den Köder geschluckt. Er spürte es wie ein Kratzen im Hals.

11

Der Übergang von der Nachtbereitschaft zur Tagschicht verlief so angenehm, wie es ein Polizist sich nur wünschen konnte. Pieplow wurde von Kaffeeduft und zwei Küssen geweckt. Einem sanften, trockenen auf die Stirn von Marie und Leonies nassem auf seinen schlafmuffigen Mund.

Es gefiel ihm, wie sie dann zu dritt am Frühstückstisch saßen. Die Frage, ob es das war, was er wollte, kam ihm einmal mehr ziemlich überflüssig vor.

Und wenn er einfach ins kalte Wasser sprang? Ihr einen Heiratsantrag machte, zum Beispiel? Sich festlegte, bevor womöglich noch ein anderer sie sich angelte? Auch wenn er nicht wusste, wer das sein sollte – die Gefahr bestand. Besonders im Sommer, wenn gut aussehende Männer weniger selten waren als jetzt. Was Marie betraf, hatte Kästner vollkommen Recht. Eine wie sie würde Pieplow nicht ein zweites Mal finden.

Wie sagte man so was überhaupt?

Was hältst du davon, wenn wir … Willst du … Würdest du mich … heiraten?

Und was wäre der passende Rahmen für eine so weit reichende Frage?

Wohl kaum der Frühstückstisch mit Marmeladenbrotkrümeln und leeren Eierschalen.

Er seufzte und beschloss die Sache zu vertagen.

Auf der Dienststelle erwartete ihn der gewöhnliche Kleinkram. Über die Ereignisse der vergangenen Nacht verfasste er einen Einsatzbericht, um ihn dann unter einen Stapel Formulare zu schieben. Wenn nötig, ließ sich die Sache immer noch offiziell machen. Vorerst konnte sie nach guter Hiddenseer Tradition in der Ablage warten, bis kein Hahn mehr danach krähte.

Kurz vor zehn kam die Meldung, dass die *Ranzow* mittags in Stralsund auslaufen werde. Kein Eisbrecher, aber immerhin ein eisbrechender Tonnenleger, dem es vielleicht gelang, die Fahrrinne freizulegen.

Danach blieb es still im Rathausgebäude. Keine Gäste in der Kurverwaltung, kein Bürger, der in der Polizeiwache Rat und Hilfe suchte.

Pieplow schaltete den Computer an und fand unter dem Suchbegriff »Frauenmord Mönchgut« zwei Berichte.

Der eine trug die Schlagzeile »Tödliche Eifersucht«, der andere titelte »Fünfzehn Jahre Haft für Mönchgut-Mörder« und zeigte drei Bilder. Einen Mann, vornübergebeugt zwischen zwei Justizbeamten auf dem Weg ins Gericht. Unzweifelhaft Thiel, auch wenn ein schwarzer Balken sein Gesicht unkenntlich machen sollte. Daneben ein Foto des Opfers und eines, auf dem

Blumen und Kerzen vor einem Haus mit zerborstenen Fenstern aufgestellt waren.

»Manu« hatte jemand auf ein Schild geschrieben und den Namen mit einem roten Herzen umrahmt.

»10.01.1995, Stralsund – Nach vier Prozesstagen verurteilt das Landgericht Stralsund den 24-jährigen Heiner T. im Mordfall Manuela F. zu fünfzehn Jahren Haft.

Als der Urteilsspruch fällt, fließen bei den Angehörigen des Opfers Tränen der Erleichterung. Die Zuhörer atmen auf, viele nicken, während der Vorsitzende Richter Walter Saalfeld das Urteil verliest. Einverstanden, sagen sie stumm. Fünfzehn Jahre Haft für den Mann, der Manuela F. im Juli 1994 aus ihrer Mitte riss. Sie in dem gerade geerbten Häuschen niederstach und in den Flammen sterben ließ, mit denen er seine Tat vertuschen wollte.

Mönchgut, die Halbinsel im Süden Rügens, sieht aus wie eine Postkartenidylle. Weite weiße Strände und sanfte Hügel zwischen Ostsee und Bodden, malerische Fischerdörfer mit Sommervillen und reetgedeckten Häusern. Wie geschaffen für einen Traumurlaub am Meer – so preist sich die Halbinsel in ihren Prospekten.

In der Nacht auf den 31. Juli 1994 wird diese Idylle jäh zerstört. In dieser warmen Sommernacht verlässt die 23-jährige Manuela F. etwa um halb eins das Fest der Feuerwehr Groß Zicker. Die lebenslustige Frau wird von Heiner T., der als Hilfsarbeiter auf dem nahegelegenen Gut arbeitet, nach Hause begleitet. Es ist das letzte Mal, dass Manuela lebend gesehen wird.

Was danach geschieht, werden weder die Ermittler noch das Gericht trotz guter Spurenlage und zahlreicher Zeugenaussagen mit letzter Gewissheit klären können, denn der Angeklagte schweigt. Und so werden an vier Prozesstagen die Indizien zusammengetragen, die nach Auffassung von Ermittlern, Gutachtern und Staatsanwaltschaft Heiner T. überführen.

Von Eifersucht getrieben und möglicherweise durch einen Streit aufgebracht, habe Heiner T., so die Anklageschrift, mit einem Messer auf Manuela F. eingestochen und sie mit dem Brand getötet, den er zur Verdeckung seiner Tat gelegt habe. Oberstaatsanwalt Bode räumt ein, dass Heiner T. seinem Opfer die Stichverletzungen im Affekt zugefügt haben könnte. Den Brand habe er indes kaltblütig geplant und gelegt, obwohl Manuela zu diesem Zeitpunkt laut Gutachten des Rechtsmediziners Professor Dahlke zweifelsfrei noch gelebt habe. Zudem habe Heiner T. billigend in Kauf genommen, dass die Flammen nicht nur auf den nahen Wald, sondern auch auf die umliegenden Reetdachhäuser übergreifen und weitere Menschenleben gefährden könnten.

Heiner T. lässt während des Prozesses kaum eine Regung erkennen. Nur manchmal schüttelt er den Kopf, und erst am Schluss ergreift er das Wort. ›Ich habe Manu geliebt‹, spricht er mit rauer, aber gut hörbarer Stimme ins Saalmikrofon. ›Und ich habe sie nicht getötet.‹

Das Gericht jedoch sieht es als erwiesen an, dass Heiner T. den Mord an Manuela F. begangen hat. Es folgt dem Antrag des Staatsanwalts und verhängt eine Haftstrafe von fünfzehn Jahren.

Die Verteidigung kündigt an, gegen das Urteil in Revision zu gehen.«

Pieplow trank einen Schluck von seinem erkalteten Kaffee, bevor er vom Text zu den Bildern zurückging.

Manuela F.

Pieplow vergrößerte das Foto, auf dem sie in die Kamera schaute. Sie war hübsch, keine Frage. Langes, hellblondes Haar, wellig, in der Mitte gescheitelt und über die Schultern zurückgeworfen. Blaue Augen mit einem selbstbewussten Blick, zu dem der etwas spöttische Zug um den Mund passte.

Lebenslustig. Was immer das auch meinte. War sie einfach nur fröhlich gewesen, unbeschwert, ausgelassen? Oder eher leichtsinnig? Verführerisch – und das auch wusste? Eine, die leicht zu haben war, wie man so sagt?

Unmöglich, die Antwort auf diesem Foto zu finden.

Pieplow las auch den zweiten Artikel und fand schließlich noch eine kleine Meldung, die fast ein halbes Jahr später erschienen war.

»Urteil gegen Mönchgut-Mörder rechtskräftig – 02. 06. 1995 Karlsruhe/Stralsund. Das Urteil gegen den Mörder der 23-jährigen Manuela F. ist rechtskräftig. Der 4. Strafsenat des Bundesgerichtshofs in Karlsruhe wies am Freitag die Revision von Heiner T. zurück, der im Januar vom Landgericht Stralsund wegen Mordes in Tateinheit mit schwerer Brandstiftung zu fünfzehn Jahren Haft verurteilt worden war.«

Pieplow drückte auf den Knopf und ließ den Drucker rattern. Was er gefunden hatte, passte auf vier Blatt Papier, auf denen es von Richtern, Staatsanwälten, Kriminalbeamten und sonstigen Experten wimmelte. Vier Monate Ermittlungsarbeit und die Prüfung jedes Details durch das Gericht, und jetzt wollte er Zweifel anmelden? Ein Provinzbulle, der sich bestenfalls auf verlorenes Gepäck und geklaute Fahrräder verstand?

Für einen Moment ließ er den Blick durchs Fenster nach draußen schweifen, wo ein trübes, kaltes Grau alle Konturen verwischte.

Er sollte sich den Gedankenfisch samt Köder aus dem Hals halten. Sich mit Vernünftigerem befassen, der Sicherheit auf den Hauptverkehrswegen zum Beispiel, anstatt sich in hirnrissige Vorstellungen von Justizirrtümern hineinzusteigern.

Andererseits sprach nicht viel dagegen, ein wenig mehr in Erfahrung zu bringen. Die Tatsache zu nutzen, dass er den Gerichtsmediziner nicht nur kannte, sondern auch wusste, wo er ihn antreffen würde.

Pieplow griff zum Telefon und hatte fünf Minuten später eine Einladung zum Kaffee.

Halb vier, wenn es ihm recht war. Das ließ Zeit für eine mentale und sachliche Vorbereitung, ohne die sich Professor Dahlke ungern zu einem Sachverhalt äußern wollte. Zumal zu einem so komplexen Fall wie dem der jungen Frau damals in Mönchgut. Dass er sich auch nach fünfzehn, fast sechzehn Jahren daran erinnerte, verstand sich von selbst. So sah es jedenfalls der Professor.

Im September vor gut zwei Jahren waren sie sich das erste Mal begegnet. Der Professor war um die Grube gewuselt, in der sie die siebzig Jahre alten Überreste einer männlichen Leiche gefunden hatten. Ein kleiner, drahtiger Mann mit Einsteinfrisur, der winzige Details ebenso schätzte wie weitschweifige Reden und im Ruf stand, einem Toten auch noch das letzte Geheimnis entlocken zu können.

Dass ihn damals sein dienstlicher Aufenthalt in ein Zimmer mit Ausblick bei Hilde Gottschalk geführt hatte, pries der Professor noch heute als äußerst glückliche Fügung des Schicksals. Eine, die im vergangenen Sommer vor den Altar der Inselkirche geführt hatte.

»Hereinspaziert, mein Lieber!« Mit ausholender Geste bat der Professor ihn ins Haus, als Pieplow Punkt halb vier klingelte. »Schön, Sie wieder einmal zu sehen. Auch wenn der Grund Ihres Besuchs nicht gerade erfreulich ist.« Er führte Pieplow in ein geräumiges Wohnzimmer, wies auf einen Sofaplatz am gedeckten Kaffeetisch und setzte sich ihm gegenüber in einen Sessel. Das Kaminfeuer hinter ihm erleuchtete seinen weißen Haarkranz. »Meine Frau hat uns ihren köstlichen Apfelkuchen gebacken. Sie hat sogar noch Schlagsahne in der Kaufhalle ergattert, bevor es keine mehr gab. Ganz wie in alten Zeiten sozusagen.«

Pieplow dankte für Apfelkuchen und Kaffee und schielte nach dem Stapel Papier neben der Zuckerdose, auf den der Professor die Fingerspitzen seiner gespreizten Hand legte.

»Wie Sie sehen, mein Guter, konnte ich mich, dem technischen Fortschritt sei Dank, noch einmal mit den Details des Falles befassen. Meine Mitarbeiterin war so reizend, den Bericht herauszusuchen und mir elektronisch zu übermitteln. Bevor wir in medias res gehen, verraten Sie mir zunächst aber, ob die Neugier an sich oder noch etwas anderes Ihr Interesse an meiner Arbeit geweckt hat.«

Pieplow erzählte es ihm.

»Das ist in der Tat interessant«, entgegnete der Professor und goss sich Kaffee nach. »Auch wenn ich, ehrlich gesagt, keine große Bereitschaft spüre, diesem Thiel Glauben zu schenken … Aber wie dem auch sei – es ist ja grundsätzlich richtig, Fragen zu stellen. Die offene Frage als Grundlage allen Forschens, wenn Sie verstehen, was ich meine.«

Pieplow glaubte zu verstehen und wartete darauf, dass der Professor zum Eigentlichen kam.

»Nun ja, am besten schildere ich Ihnen zunächst die Ausgangssituation. Als wir am 31. Juli 1994 kurz nach sechs Uhr morgens am Tatort eintrafen, war die Situation vor Ort mehr als unbefriedigend. Das Opfer war vom Fundort wegbewegt worden, in der Eile der Rettungsmaßnahmen waren die Stichwunden unbeachtet geblieben. Man hatte die junge Frau aus dem Haus gezogen, sie sofort auf den Rücken gelegt und ihr bei Wiederbelebungsversuchen mehrere Rippen gebrochen. Überall waren Spuren der Retter, das Haus wies massive Brandschäden auf, das Löschwasser hatte ein Übriges getan, um wertvolle Spuren zu vernichten. Trotzdem ließ sich der Tathergang erfreulich genau rekonstruieren. Das Opfer wurde gegen zwei Uhr niedergestochen, konnte sich im Verlauf der nächsten Stunde noch bis zur Haustür schleppen, hat dort aber das Bewusstsein verloren und ist etwa zwischen zwei und drei Uhr am Morgen des 31. Juli verstorben.« Der Professor nahm sich ein weiteres Stück Kuchen, das er mit einer beachtlichen Sahnehaube krönte. »Essen ist die Erotik des Alters, mein lieber Pieplow. Das werden Sie auch noch erfahren«, sagte er vergnügt.

»Dann ist sie also nicht an den Stichverletzungen gestorben?«

Der Professor schenkte sich Kaffee nach. Dass Pieplow aufs Thema zurückkam, schien die Hingabe an die Alterserotik in keiner Weise zu stören.

»Sie sagen es.« Dahlke stach mit der Kuchengabel in die Luft über dem Kaffeetisch. »Sie ist erstickt. Wie die meisten Brandopfer übrigens. Wobei man sagen muss, dass sie selbst bei günstigerem Verlauf der Ereignisse wohl nicht überlebt hätte. Der Stich hatte den rechten Lungenflügel verletzt und massive Einblutungen in den Brustkorb verursacht.«

»Nur ein einziger Stich?«

»Interessant, nicht wahr? Nur ein Stich, ausgeführt von einer etwa einsfünfundachtzig großen Person. Im Allgemeinen führen Affekttaten zu Mehrfachverletzungen, also liegt hier die Annahme nahe, dass entweder kein Affektdurchbruch tatursächlich war oder wir es mit einem extrem kontrollierten Täter zu tun haben, der nach dem ersten Angriff auf sein Opfer innehalten und im Folgenden äußerst planvoll vorgehen konnte.« Der Professor lehnte sich zurück, den blassblauen Blick unter buschigen Augenbrauen prüfend auf Pieplow gerichtet.

»Er legt Feuer. Um die Tat zu vertuschen, indem er die einzige Zeugin verbrennen lässt. Oder ersticken, wie Sie sagen.« Aus der gefurchten Stirn des Professors schloss Pieplow, dass er die Prüfung bestenfalls halb bestanden hatte.

»Nicht nur das. Er entfernt auch alles vom Tatort, was er zur Tatausführung benutzt hat. Messer, Brandbeschleuniger und, besonders heimtückisch, auch den Hausschlüssel, nachdem er die Tür von außen verschlossen hat. Nicht dass, wie schon gesagt, das Opfer eine reale Chance gehabt hätte, aber dieses Detail wirft doch ein unschönes Licht auf den Täter.«

»Heiner Thiel.«

»Sie sagen es. Überführt wurde er, weil sich noch in der Tatnacht eine Reihe von Beweisen sichern ließ. Unter anderem eben das Messer, bei dem es sich mit an Sicherheit grenzender Wahrscheinlichkeit um die Tatwaffe handelte. Blutantragungen, Schmutzpartikel in der Wunde, Stichkanal – es passte einfach alles.«

»Auch sonst nichts, was auf einen möglichen anderen Täter hätte hinweisen können?«

»Soweit ich weiß, nein. Ob im Verlauf der Ermittlungen auch Entlastendes, etwaige Zweifel Begründendes zu Tage gefördert wurde, entzieht sich meiner Kenntnis. Ich habe schließlich nur das forensische Gutachten erstellt und damit meinen bescheidenen Beitrag zur Wahrheitsfindung zu leisten versucht.«

Pieplow saß auf dem Dahlkeschen Sofa und schwieg. So wird es weitergehen, sagte der Realist in ihm. Du wirst auf eine lückenlose Indizienkette stoßen. Sauber ermittelt, logisch aufeinander aufbauend. Und am Ende ein bestens begründetes Urteil.

Und was, wenn nicht? Der innere Zweifler wollte sich so schnell nicht abfertigen lassen.

Blieb abzuwarten, wer die Oberhand gewann.

»Wenn es Sie interessiert, kann ich Ihnen den Bericht aushändigen. Als Vertreter der Strafverfolgungsbehörden sozusagen. Sie werden wissen, wie damit umzugehen ist, nicht wahr?«

»Ich denke schon«, antwortete Pieplow und erhob sich.

Fürs Erste blieb nichts, als sich zu bedanken. Für die Zeit und Auskunft des Professors, für die Kopie des Obduktionsberichts. Und noch einmal für Kaffee samt Apfelkuchen natürlich.

»Aber gerne, mein Guter. Es war mir wie immer ein Vergnügen, mit Ihnen zu plaudern.« Der Professor öffnete die Haustür. »Ist diese Stille nicht herrlich?« Er atmete tief ein und wies hinaus in den diesigen Spätnachmittag. »Was meinen Sie, wie lange dürfen wir diese wunderbare Eiseinsamkeit noch genießen?«

»Ich weiß es nicht«, sagte Pieplow und hoffte, sie werde in den nächsten Stunden enden, die Eiseinsamkeit.

12

Pieplow zögerte. Läutete an seiner eigenen Haustür und trat sogar den Schritt zurück, den Vertreter, Polizisten und sonstige Türklingler gewöhnlich machen. Aus Geschäftstüchtigkeit, aus Vorsicht oder Höflichkeit. Je nachdem.

Thiel öffnete misstrauisch nur einen Spalt, dann zog er die Tür ganz auf und murmelte etwas Unverständliches. Bevor Pieplow im Flur war, schlurfte er schon ins Wohnzimmer zurück.

Es roch nach ungewaschenem Kettenraucher. Neben Aschenbecher und Tabak stand ein Glas mit einer dunkelgelben Flüssigkeit.

»Sieht aus wie Whisky, ist aber Tee«, sagte Thiel. »Was anderes bleibt nicht drin.«

Er sah grauenvoll aus. Ein Auge hatte sich unter der geplatzten Braue geschlossen, die Haut über dem Jochbein war rotblau und mit Schorf überzogen. Den Tee musste er sich durch den rechten Mundwinkel eingeflößt haben, die linke Seite war bis zur Nase geschwollen.

»Wenn Sie nichts essen können, sollten Sie vielleicht besser auch nicht rauchen«, sagte Pieplow.

»Rauchen verursacht keine Schmerzen, Essen und Kotzen schon.« Thiels rechter Mundwinkel brachte ein halbes Grinsen zu Stande. »Gibt's was Neues?«

»Inwiefern?« Pieplow warf seine Jacke über die Sessellehne und setzte sich.

»Die Fahrrinne. Ist sie wieder frei?«

»Sie arbeiten daran. Heute Mittag ist die *Ranzow* in Stralsund ausgelaufen. Bis zur Dunkelheit sollte sie hier sein.«

»Das heißt?«

»Dass es Lebensmittel und Heizöl gibt, mehr nicht. Keine Personenbeförderung. Selbst wenn Sie weniger ramponiert wären, müssten Sie hierbleiben.«

»Was den Vorteil hat, dass ich mit dieser Visage nicht auf Quartiersuche gehen muss.« Thiel kniff vor Schmerz das gesunde Auge zusammen, als er mit den Fingerkuppen seine Wange abtastete. »Was dagegen, wenn ich mich wieder hinlege? Mir ist schwindlig.« Er ließ sich auf das Sofa gleiten und schloss, mit dem Handrücken auf der Stirn, die Augen. Ihm wollte kein Thema einfallen, mit dem er die unangenehme Stille im Raum hätte beenden können.

»Ich glaube, ich habe mich noch gar nicht bedankt«, sagte er schließlich. »Für die Wohnung und alles.«

»Wenn es eine andere Möglichkeit gegeben hätte, wäre mir das lieber gewesen.«

»Deswegen machen Sie mir jetzt wohl auch einen Krankenbesuch. Aus purer Notwendigkeit.«

»Wenn Sie so wollen. Ich wollte sicher sein, dass Sie nicht bewusstlos auf meinem Sofa herumliegen.«

»Schon klar. Wie Sie sehen, bin ich in ganz passabler Verfassung.«

»Wie man's nimmt«, sagte Pieplow. Und nach einer Pause: »Ich habe zwei Zeitungsberichte über Ihre Verhandlung gefunden. Und die Ablehnung der Revision. Eher keine Lektüre, die Zweifel aufkommen lässt.«

»Die hatte damals auch keiner, was nichts daran ändert, dass sie den Falschen verurteilt haben.«

»In dessen Besitz sich rein zufällig die Tatwaffe fand. Ganz zu schweigen von den Blutspuren am Ärmel seiner Arbeitsjacke, dem Haustürschlüssel des Opfers und …«

»Das haben Sie alles aus zwei Zeitungsartikeln?«

»Und aus dem Gutachten des Rechtsmediziners.«

»Wie sind Sie denn daran gekommen, wenn ich fragen darf?«

»Ich habe mit ihm gesprochen.«

»Einfach so?« Thiel legte eine Hand auf seine schmerzenden Rippen, als er sich mühsam aufrichtete. Einen Dorfpolizisten, der mal eben Informationen aus der Gerichtsmedizin einholt, bekam man nicht alle Tage zu Gesicht.

»Nicht ganz«, sagte Pieplow. »Ich kenne ihn. Er ist praktisch mein Nachbar.«

»Ich fasse es nicht!« Thiel sah unwillkürlich in den Garten hinaus, als stünden dort Gerichtsmediziner wie Gartenzwerge herum. »Und wen kennen Sie sonst noch so? Bei der Kripo zum Beispiel?«

»Kommt drauf an«, sagte Pieplow. »Die Bergener waren alle schon mal hier, von der Stralsunder Kripo erst einer, und das ist auch schon ein paar Jahre her.«

»Ehmke?« Er las in Pieplows Augen, dass er eine Niete gezogen hatte. »Ostwald?« Er sah, wie Pieplow sich vorbeugte. Treffer.

»Ein kleiner Dicker?«, fragte Pieplow. »Einer, der sich schnell aufregt?«

»Genau«, sagte Thiel. »Der hat damals die Ermittlungen geleitet.«

Pieplow sah Hauptkommissar Ostwald vor sich. Wie er vom Polizeiboot stieg und sich schon auf dem Weg ins Rathaus Bericht erstatten ließ. Nichts vergaß und nach den kleinsten Nebensächlichkeiten fragte. Kette rauchte, brüllte, mit den kurzen Armen fuchtelte wie ein wütender Dirigent. Und alles im Auge behielt, was seine Ermittler zusammentrugen.

Unwahrscheinlich, dass er ausgerechnet bei Thiel Fehler gemacht haben sollte. Sehr unwahrscheinlich.

»Wissen Sie, was das Verrückte ist?« Thiel hatte eine Zigarette gedreht und rauchte durch den unverletzten Mundwinkel. »Wäre ich der Richter gewesen, ich hätte mich auch verurteilt. Alles passte nahtlos zusammen. Die Indizien, die Zeugenaussagen. Einfach alles. Ich hatte die Mittel, ich hatte die Gelegenheit und, nicht zu vergessen, ein Motiv. Die Angelegenheit hatte nur einen Schönheitsfehler: Ich war's nicht. Wenn Sie wollen …«

»Hören Sie auf, Thiel. Selbst wenn ich Ihnen glauben würde – was sollte das nützen?«

»Ich weiß nicht. Es ist nur …« Ja, was eigentlich, dachte Thiel. Die Absicht, den ganzen Dreck noch einmal durchzuackern? Der tausendste Versuch, den entscheidenden Fehler zu finden, anstatt ein für alle Mal Ruhe zu geben. Die Dinge hinzunehmen, wie sie nun einmal waren.

Es gab noch einen anderen Gedanken.

»Wenn ich Sie überzeuge, könnten Sie ein Wort für mich einlegen. Wäre doch möglich, dass der eine oder andere dann seine Meinung ändert.«

»Darauf würde ich an Ihrer Stelle lieber nicht hoffen«, sagte Pieplow. »Die Hiddenseer können sehr stur sein. Das sollten Sie doch wissen.« Er warf einen Blick auf seine Uhr. Kurz vor sieben. Höchste Zeit, sich im Hafen nach dem Stand der Eisdinge zu erkundigen. Er stand auf und griff nach seiner Jacke.

»Trotzdem.« Thiel erhob sich ebenfalls. Humpelte um den Tisch herum und kramte etwas aus seiner Reisetasche. »Lesen Sie das hier.« Er hielt Pieplow eine dünne Mappe hin. »Bitte.«

Pieplow löste die Gummibänder an den Ecken und schlug den Pappdeckel auf.

»Im Namen des Volkes« stand auf dem ersten Blatt. Oben rechts in der Ecke hatte ein Kaffeebecher eine runde Spur hinterlassen.

Der Schneefall hatte nachgelassen. Der böige Wind jagte nur noch einzelne Flocken durch das Licht der Hafenlaternen. Die Männer vorm Rettungsschuppen hatten die Jackenkragen hochgeschlagen und sahen nur kurz herüber, als Pieplow aus dem Wagen stieg. Dann richteten sie ihre Blicke wieder auf das Boddeneis, über dem es nichts gab als tiefe, lichtlose Dunkelheit.

»Das wird nichts«, sagte Plagge, der Steuermann. »Sonst würden wir sie schon sehen.«

»Wart's ab. Bisher sind sie immer durchgekommen.« Siegfried Gau rauchte und stampfte sich die Kälte aus den Füßen.

»Immer nicht«, stellte Mall Breker richtig und schob seinen Priem in die andere Backenseite.

»Wann soll das denn gewesen sein?« Sigi jedenfalls konnte sich nicht erinnern.

»Sechzig, einundsechzig. Da warst du noch nicht mal 'ne Kaulquappe.«

»Das waren andere Zeiten.«

Mall machte eine wegwerfende Handbewegung. Die anderen Alten schüttelten stumm die Köpfe. Andere Zeiten! Als ob der Winter sich darum scherte. Wenn das Eis erst einmal meterdick war, richteten eben auch dreihundert PS nichts mehr aus. Damit musste man leben.

»Sie kehren um!« Plagge brachte die Nachricht aus dem Reedereibüro. »Die Sicht ist zu schlecht, und sie wollen nicht riskieren, dass die *Ranzow* auch noch verreckt.«

»Tja«, sagte Mall, »das werden wir nun wohl auswettern müssen.« Zufrieden, um nicht zu sagen liebevoll, wanderte sein Blick dorthin, wo jetzt Positionslichter hätten aufblinken sollen. »Hilft ja alles nichts.«

Als das Licht im Reedereibüro erlosch, zerstreuten sich die Männer.

Mit Pieplow hatte keiner ein Wort gewechselt.

Es gab zwei gute Gründe, sich an den Tresen im *Godewind* zu stellen.

Der eine, eher undienstliche, war Marie. Genauer gesagt, ihre Einsilbigkeit, seit sie wusste, was in der Mappe war, die Pieplow oben ins Bücherregal gelegt hatte. Weit genug weg von Leonies neugierigen Fingern. Trotzdem hatte Marie darauf beharrt, dass sie so beängstigende Dinge wie Obduktionsberichte und Mordurteile nicht im Haus haben wollte.

Pieplow hatte die Mappe genommen und ins Büro gebracht.

Der zweite Grund für das eine oder andere Bier war zweifellos dienstlich. Wenn seine Vermutung zutraf, ließ sich bei dieser Gelegenheit feststellen, wem Thiel sein zerschlagenes Gesicht zu verdanken hatte.

Sie standen zu sechst an der Theke.

Sigi, den es wohl ohne Umweg von der Eisbrecherpleite ins *Godewind* gespült hatte. Neben ihm Hella, deren Zigarettenladen schon seit Stunden geschlossen war. Keine Zeitungen, kaum noch Zigaretten und ganz gewiss keine Kunden, die Souvenirs kaufen wollten. Wozu also sinnlos im Laden herumstehen?

Und Zorro war da. Ganz in Schwarz wie immer und mit seiner neuen Flamme im Schlepptau. Ein dünnes, blasses Mädchen, das hier fehl am Platz wirkte. So, als habe sie nur vergessen, die letzte Fähre ans Festland zu nehmen.

Schließlich noch Speedy und Hein, im Sommer treue Stammtrinker im *Wieseneck* und beide nicht von der zimperlichen Sorte.

Eine erlesene Gesellschaft.

»Was willst du denn hier?« Sofern von einer Begrüßung die Rede sein konnte, war sie alles andere als freundlich.

»Dasselbe wie ihr, schätze ich mal. Oder hat jemand etwas dagegen?« Pieplow bestellte ein Bier und rutschte auf den Hocker rechts außen. Mit bestem Blick auf Theke, Tabak und Hände.

»Wenn du uns mit irgendwelcher Bullenscheiße nervst, schon.« Hein kippte seinen Klaren und knallte das Glas zurück auf den Tresen. Seine Hand lag schwer neben dem Bierdeckel. Grob und voller Narben. Alle alt, alle bei schwerer Arbeit als Fischer verdient. Die eine oder andere ehrliche Kneipenschlägerei nicht mitgerechnet.

Pieplow ließ seinen Blick wandern. Was er sah, überraschte ihn nicht im Geringsten.

»Was bei euch Bullenscheiße heißt, nenne ich Körperverletzung.« Sein Blick ruhte demonstrativ auf

Zorros rechter Hand. »Oder hast du dir die Knöchel beim Schneeschippen zerschrammt?«

»Das geht dich gar nichts an. Meine Pfoten sind meine Sache.« Sein Blick in die Runde forderte Beifall für seine geniale Antwort.

»Sie gehen mich sehr wohl etwas an. Genau wie deine, Sigi. Du kannst sie ruhig wieder aus der Tasche nehmen.« Pieplow trank sein Bier aus. Bestellte ein neues und ließ sich feindselig anstarren. Trank, wischte sich den Schaum von der Oberlippe. Sie wussten, dass er hartnäckig sein konnte. Er brauchte nur zu warten, bis einer von ihnen das Kampfschweigen verlor.

»Hat er sich ausgeheult bei dir, dein Mörder?« Zorro grinste verächtlich.

»Wenn du wissen willst, ob er euch angezeigt hat – nein, hat er nicht.«

»Na also.«

»Nichts na also, Sigi. Ihr könnt von Glück sagen, dass er nicht im Schnee liegen geblieben ist. Dann hättet ihr jetzt nämlich eine Todesfallermittlung am Hals.«

Sigi schwieg bockig, Speedy und Hein verschwanden mit ihren Zigaretten nach draußen. Der Wirt stülpte ein Glas so energisch über die Spülbürste, dass es zerbrach.

»Er begreift eben nicht, dass er sich vom Acker machen soll.« Zorro blieb stur.

»So ist es«, sekundierte Sigi. »Aber vielleicht hat er's ja jetzt begriffen.«

»Ihr wisst doch genau, dass er gar nicht weg kann.«

»Klar kann er das«, sagte Zorro. »Zu Fuß übers Eis. Machen andere ja auch.«

»Aber nicht so, wie ihr ihn zugerichtet habt.« Selbst ein unversehrter Thiel wäre nicht der Erste, der in der kilometerweiten Schneewüste in einem Eisloch versank. »Er bleibt also hier, solange es nötig ist, und ihr werdet ihn nicht mehr anrühren. Habt ihr das verstanden?«

»Und wie lange soll das dauern?« Sigi sah Pieplow herausfordernd an. »Zum Schluss findet er's bei dir so gemütlich, dass er gar nicht mehr geht.«

»Selbst wenn – dann müsstet ihr euch auch damit abfinden«, sagte Pieplow. Er bezahlte sein Bier und klopfte kurz auf das Thekenholz. An der Tür drehte er sich noch einmal um. »Nur zur Warnung: Solltet ihr euch wieder an Thiel vergreifen, werde ich dafür sorgen, dass ihr nicht so glimpflich davonkommt wie diesmal. Sagt das auch allen anderen, für die das wichtig sein könnte.«

»Aye, aye, Sheriff!«, höhnte drinnen jemand. Aber da war die Tür schon hinter Pieplow ins Schloss gefallen.

In der Wärme der Gaststube hatte er vergessen, wie kalt der Wind war. Scharf und schneidend jagte er mit unverminderter Kraft über die Insel. Pieplow schlug den Jackenkragen hoch und war froh, dass er nur ein paar Schritte laufen musste.

»Wie geht es ihm?«

Pieplow hatte die Hand schon auf dem Gartentor, als Hella ihn erreichte. Es dauerte einen Moment, bis er wusste, nach wem sie fragte. Und was ihre Frage zu bedeuten hatte.

»Du hast mich gestern angerufen.«

Hella nickte. Sie hatte die Hände unter die Achseln geschoben und schien noch mehr als Pieplow zu frieren.

»Ich hatte Angst, dass etwas Schlimmes passiert«, sagte sie. »Aber ich will nicht, dass die anderen es erfahren. Dass ich dich angerufen habe, meine ich.« Sie sah den Weg zum *Godewind* zurück, aber dort war niemand.

Pieplow erklärte ihr, was er unter Dienstverschwiegenheit verstand.

»Er hält sich ganz gut«, sagte er. »Auch wenn er fürchterlich aussieht. Es wird eine Weile dauern, bis er wieder unter Leute kann. Aber du bist wohl die Einzige, die sich seinetwegen Sorgen macht.«

Hella schwieg einen Moment. Zuckte mit den Achseln. Stupste mit ihrer Schuhspitze eine Delle in den Schnee und schien nach einer passenden Antwort zu suchen.

»Na ja«, sagte sie dann, »er ist schließlich auch ein Mensch, oder?«

13

Die Alten brauchten keinen Wetterbericht. Lange bevor der Sturm die nördliche Ostsee erreichte, hatten sie ihn in ihren Knochen gespürt. In den Narben, die der Krieg und die Seefahrt hinterlassen hatten. Behaupteten sie jedenfalls.

Zwei Tage tobte er über der Insel. Die See bäumte sich in mannshohen Wellen auf und stürzte donnernd gegen den Eiswall im Westen. Abseitsgelegene Häuser versanken bis zur Dachtraufe im Schnee. Die Windflüchter krallten sich mit ihren Wurzeln ins Steilufer und krümmten sich mit pfeifenden Kronen landeinwärts. Im Hochland ächzten die Bäume unter der zentnerschweren Last auf ihren Zweigen. Böen in Orkanstärke rasten durch die Dörfer und fegten Schindeln wie Herbstlaub von den Firsten. Der alte Gutshof büßte Fensterscheiben und nach Norden hin einen Großteil seines Daches ein.

Die Hiddenseer nahmen es gelassen. Nur die empfindlicheren Seelen meinten das Zittern der Insel zu spüren.

Natürlich hätte Pieplow zuhause bleiben können. Es gab nichts Zwingendes, das ihn vor die Tür trieb.

Trotzdem kämpfte er sich über das menschenleere Norderende zum Rathaus vor. Er hoffte auf einen ungestörten Nachmittag, den er mit einem frischen Kaffee und einem fünfzehn Jahre alten Gerichtsurteil zu verbringen gedachte. Insbesondere mit den zwanzig Seiten ausführlicher Urteilsbegründung, die ein ziemlich klares Bild der Ereignisse zeichneten.

Da waren zunächst die örtlichen Gegebenheiten. Ein kleines Haus am Dorfrand. Vom Festplatz samt Festzelt nur wenige Minuten Fußweg entfernt zwischen niedrigen Kiefern und Strauchwerk gelegen. Zwei Zimmer, eine Kammer. Der winzige Flur mit der Haustür, hinter der Manuela F. gefunden wurde.

Auf der anderen Dorfseite das Gut. Das Gesindehaus, Thiels Unterkunft. Daneben der Werkzeugschuppen. Ein altes, wenig stabiles Bretterding, mit einem für Schuppentüren üblichen Kastenschloss gesichert.

Warum dies in der Tatnacht nicht der Fall gewesen sein soll, konnte der Angeklagte nicht nachvollziehbar erklären.

Ebenso wenig die dort gefundenen Beweise.

Allem voran das vom gerichtsmedizinischen Gutachten zweifelsfrei als Tatwaffe identifizierte Messer. Dreißig Zentimeter lang und eindeutig aus dem Besitz des Angeklagten, der sein Werkzeug mit dem Großbuchstaben H zu kennzeichnen pflegte.

Ein leerer Benzinkanister, auf dem keine anderen Fingerspuren als die des Angeklagten gesichert werden konnten. Arbeitshandschuhe mit Antragungen von Blut, das zweifelsfrei von Manuela F. stammte. Genau wie an der Arbeitsjacke, in deren Tasche sich der Haustürschlüssel des Opfers fand.

Das war, im Großen und Ganzen jedenfalls, die erdrückende Beweislage.

Pieplow schob die Papiere beiseite und massierte sich die Stirn, hinter der Kopfschmerzen aufzogen. Er sah aus dem Fenster, vor dem der Sturm mit unverminderter Wucht tobte. Die Mühle am Deich ließ sich im dicht jagenden Schnee nur als grauer Schemen ausmachen.

Was hatte der Professor gesagt?

Ein extrem kontrollierter Täter. Äußerst planvoll.

Und gleichzeitig so dämlich, einen Haufen Beweisstücke in den eigenen Schuppen zu schleppen?

Klang unwahrscheinlich.

Andererseits … Die Zeit war knapp gewesen. Eine Stunde, anderthalb, wenn es hoch kam. Genug, um am Tatort alle Spuren zu verwischen. Zu wenig, um die Beweise auch noch zu vernichten.

Und wenn, wofür außer Thiels Unschuldsbehauptung eigentlich nichts sprach, ein anderer diesen Mord begangen hatte? Dann war der Täter allerdings äußerst planvoll vorgegangen. Er musste ortskundig sein. Und intelligent genug, Thiel eine lückenlose Indizienkette um den Hals zu hängen.

Pieplow seufzte. Über das Kopfschmerz verursachende Bohren seiner Gedanken und wegen des kalt gewordenen Kaffees.

Glücklich ist man nur, solange der Kaffee heiß ist. Angeblich ein spanisches Sprichwort. Es fiel ihm hin und wieder ein, wenn er sich Kaffee kochte. Wo er es gelesen hatte, wusste er nicht mehr.

Er setzte sich zurück an den Schreibtisch, pustete ein paar Kringel in die hellbraune Oberfläche und sah über den Becherrand auf die dicht beschriebenen Blätter des Urteils. Er hatte es mehrmals gelesen, sich Notizen gemacht, einen Überblick verschafft. Nach und nach hatten sich aus den Einzelheiten Bilder zusammengesetzt. Ein Film, der umso weniger stockte und zuckte, je öfter er ihn abspulte.

Thiel und Manuela hatten das Festzelt gemeinsam verlassen. Kurz nach eins, wie er selbst und die Zeugen Baring, Möhle und Jensen übereinstimmend aussagten. Er habe, so Thiel, Manuela bis zu ihrem Haus begleitet, sei nur kurz mit ihr hineingegangen, habe sich dann aber von ihr verabschiedet, weil sie allein sein wollte. Es sei ihm wenig reizvoll erschienen, zum Festplatz zurückzukehren. Er sei nach Hause und dort sofort ins Bett gegangen.

Das war eine Version der Abläufe, die im Licht zweier weiterer Zeugenaussagen fraglich erschien. Der Arzt Dr. Schwarzkopf, unterwegs zu einem Patienten, hatte etwa eine Stunde später eine dunkel gekleidete, männliche Person für einige Augenblicke mit dem Licht seiner Autoscheinwerfer erfasst. Ob es sich dabei um den Angeklagten handelte, konnte Dr. Schwarzkopf jedoch nicht mit Sicherheit sagen. Wohingegen der Zeuge Rohrbach sicher war, auf seinem eigenen Heimweg den Angeklagten gesehen zu haben. Thiel sei schnell und sich mehrfach umblickend vom Haus des Opfers in Richtung Gutshof gelaufen.

Kurz darauf, um 03:32 Uhr, war Feueralarm ausgelöst worden. Danach war die Lage unübersichtlich geworden. Das ganze Dorf war auf den Beinen gewesen. Hatte die Löscharbeiten aus nächster Nähe verfolgt und voller Entsetzen zugesehen, wie Manuela F. leblos aus ihrem Haus geborgen wurde.

Wer zuerst nach Thiel gefragt hatte, wusste später niemand zu sagen. Auch nicht, wer auf die Idee gekommen war, nach ihm zu suchen.

Fest stand jedoch, dass Oberkommissar Ehmke rechtzeitig hatte eingreifen und dafür sorgen können, dass niemand das Recht in die eigene Hand nahm. Und zudem, was in der allgemeinen Aufregung leicht hätte geschehen können, wichtige Sachbeweise zerstörte.

Die Einlassung der Verteidigung, die Ermittlungen hätten sich schon zu diesem Zeitpunkt und damit viel zu früh auf den Angeklagten als einzigen Tatverdächtigen konzentriert, wurde ebenso zurückgewiesen wie das Argument, es habe durchaus andere gegeben, gegen die ein Tatverdacht hätte bestehen können. Die hierzu namentlich Genannten, der Bauleiter Ole Jensen und der Bauhelfer Arek Jablonsky, hatten Alibis, an denen sich im weiteren Verlauf der Ermittlungen keinerlei Zweifel ergeben hatten. Nach Aussage mehrerer Zeugen hatte sich Ole Jensen zum Tatzeitpunkt im Festzelt aufgehalten. Arek Jablonsky war erst am Tag nach der Tat aus Polen zurückgekehrt, wo er das Wochenende bei seiner Familie verbracht hatte. Dass beide sexuelle Beziehungen zum Opfer einräumten, sprach nicht gegen sie, sondern vielmehr dafür, dass darin das Tatmotiv des Angeklagten begründet lag.

Sexuelle Beziehungen. Zu drei Männern. Ob gleichzeitig oder nacheinander, darauf war das Gericht nicht eingegangen.

Thiel hatte aufgeräumt. Nicht besonders gründlich, wie Pieplow feststellte. Aber immerhin.

»Und davon wollen Sie nichts gewusst haben?« Pieplow versuchte, in Thiels Gesicht nach Zeichen von Lüge oder Wahrheit zu forschen. Er sah wenig mehr als eine grünblaue Fläche, die von der Augenbraue bis zum Kinn reichte. An den Rändern begann sie ins Gelbliche zu schimmern.

»Ich wollte es gar nicht wissen«, sagte Thiel.

»Das verstehe ich nicht. Ich meine, wenn …«

»… wenn man an so eine gerät, lässt man besser die Finger davon, das meinen Sie doch, oder?«

»In etwa, ja.«

»Sie war kein Flittchen, wenn es das ist, was Sie denken. Sie war …«

Stolz. Frei. Solche Worte fielen ihm ein, wenn er an Manu dachte.

Aussprechen wollte er sie nicht. Zu altmodisch, zu theatralisch. »Sie hat nur das getan, was sie wollte. Egal, was es war. Reden. Schweigen. Lieben. Und wenn sie lachte, klang das manchmal … wie soll ich sagen … es klang, als ob Glück eine ernste Angelegenheit wäre.« Thiel seufzte. Er lehnte sich ins Sofa zurück und verschränkte die Arme. Was ließ sich sonst noch sagen?

Dass sie gern tanzte. Am liebsten diese alten Sachen, die außer den Tanzschulstrebern kaum einer konnte. Walzer und Rumba zum Beispiel. Und wenn man ihr dabei zusah, war das zum Verrücktwerden schön. Daran änderte auch nichts, dass ein anderer sie in den Armen hielt.

»War das am Tatabend auch so?«

»Was?«

»Dass Sie am Rand standen und es zum Verrücktwerden schön fanden, wie Ihre Geliebte mit anderen tanzte.«

»Ich weiß, worauf Sie hinauswollen, Pieplow. Ja, ich habe am Rand gestanden. Und, bevor Sie danach auch noch fragen, nein, es hat mich nicht wütend gemacht. Nicht mehr als sonst jedenfalls.«

»Erinnern Sie sich, mit wem Manuela an diesem Abend getanzt hat?«

»Auch das habe ich schon hunderte Male beantwortet. Soweit ich weiß, waren das Möhle …«

»Der Feuerwehrmann.«

»Genau. Als er noch nüchtern war. Dann Rohrbach, der Lehrer, und Jensen, der Bauleiter.«

»Die Tanzstundenstreber?«

»Kann man so sagen, ja. Auf jeden Fall machten sie ihre Sache besser als ich.«

»Aber von Ihnen ließ sie sich nach Hause bringen.«

Thiel antwortete nicht gleich. Er drehte sich eine Zigarette und zündete sie an. Den Rauch blies er rücksichtsvollerweise zur Seite.

Pieplow ging die Qualmerei trotzdem gegen den Strich. Es würde wahrscheinlich Wochen dauern, bis die Wohnung nicht mehr stank wie früher die Kneipen.

»Ich bin ihr hinterhergelaufen«, sagte Thiel. »Sonst wäre sie allein gegangen.«

»Warum?«

»Warum was?«

»Wenn ich richtig verstanden habe, hat sie gar keinen Wert auf Ihre Begleitung gelegt. Warum also haben Sie sich aufgedrängt?«

»Das können Sie sich ja wohl denken.«

»Sagen Sie es mir.«

»Natürlich hatte ich gehofft, ich könnte noch bei ihr bleiben. Wenigstens eine Stunde oder so. Aber das wollte sie nicht. Also bin ich in meine Wohnung gegangen, habe noch ein Bier getrunken und mich dann schlafen gelegt.« Thiel hätte seine Wahrheit gerne beschworen. Bei allem, was ihm heilig war, beispielsweise. Bei seiner ewigen Seele.

Weder das eine noch das andere kam infrage. Es gab nichts, was seiner sterblichen Seele heilig war.

Dieser traurige Umstand beschäftigte ihn eine Weile, deshalb bemerkte er nicht gleich, dass Pieplow schweigend und mit gerunzelter Stirn in die Dunkelheit hinaussah. Der Sturm war abgeebbt, und es hatte zu schneien aufgehört.

»Dieser Ehmke«, sagte Pieplow schließlich, ohne den Blick von der weißen Dünenlandschaft in seinem Garten zu nehmen, »der war doch, wenn ich das richtig verstanden habe, Kriminalpolizist.«

»Stimmt. In Stralsund.«

»Und zufällig auf diesem Feuerwehrfest?«

»Nicht zufällig. Im Sommer war er am Wochenende immer da. Er hatte ein Haus am Bodden.«

»Verstehe«, sagte Pieplow. »Wie die Stralsunder hier oder die Rostocker auf dem Darß.«

»So ähnlich«, sagte Thiel. »Für mich war das damals ein Glück. Die hätten mit mir sonst kurzen Prozess gemacht, wenn Sie wissen, was ich meine.«

»Allerdings«, stimmte Pieplow zu. »Sieht fast aus, als hätten Sie ein Abonnement darauf.«

Thiels unverletzte Mundhälfte brachte ein schiefes Grinsen zu Stande.

»Da hilft nur eins – der Beweis, dass jemand anderem der Prozess gemacht werden müsste. Ob nun ein kurzer oder langer wäre mir persönlich scheißegal.«

»Mal angenommen, Sie wären tatsächlich unschuldig: Wie sollte das gehen – fast sechzehn Jahre nach der Tat diesen Beweis noch zu finden?«

»Wie wär's damit, den Zeugen nochmal auf die Pelle zu rücken? Kann doch sein, dass einer dabei ist, den die Lügerei mürbe gemacht hat. Der froh ist, wenn man ihm ein bisschen zusetzt, damit er endlich mit der Wahrheit herausrücken kann.«

»So was gibt's nur im Kino, Thiel. Ich gebe Ihnen einen guten Rat: Rücken Sie niemandem auf die Pelle. Was dabei herauskommt, haben Sie ja am eigenen Leib erfahren. Seien Sie vernünftig. Gehen Sie irgendwohin, wo man Sie nicht kennt, und fangen Sie neu an.« Pieplow griff nach seiner Jacke und stand auf.

»Genau das werde ich nicht tun.«

»Was soll das heißen?«

»Ich gehe nirgendwohin. Ich bleibe hier.« Thiel sah zu, wie Pieplow sich wieder hinsetzte.

»Ich habe schon bessere Witze gehört.«

»Es ist mein voller Ernst«, sagte Thiel. »Ich habe die Schnauze voll. Ein für alle Mal. Mir sagt keiner mehr, was ich zu tun und zu lassen habe. Ich bin hier mit demselben Recht wie jeder andere auch.« Er hob den Kopf und setzte sich aufrecht hin. Sie hatten ihm das Gesicht zerschlagen und die Rippen grün und blau getreten, das Kreuz gebrochen hatten sie ihm nicht. Es hatte seine Zeit gebraucht, bis ihm das und einiges andere klar geworden war. Dass er hier zuhause war, zum Beispiel. Dass er nicht davonlaufen würde wie ein geprügelter Hund. Dass er allein bestimmte, ob er ging oder blieb. Niemand sonst.

»Wie stellen Sie sich das vor, Thiel? In Ihr Haus

können Sie nicht, und das hier ist meine Wohnung. Sie können sich hier nicht einfach so einnisten.«

»Was spricht dagegen? Sie brauchen sie schließlich nicht, oder?«

Pieplow fühlte sich überrumpelt. Die ganze Angelegenheit lief irgendwie aus dem Ruder.

14

Das Unwetter hatte sich gelegt. Über der Insel wölbte sich ein wolkenloser, saphirblauer Himmel, und der Schneemann warf einen scherenschnittscharfen Schatten auf das Weiß des Vorgartenbeets. Pieplow hatte ihn mit Leonie gebaut, als Kästner die Tagbereitschaft übernahm und für das Wenige zuständig war, was in diesen stillen Tagen geschah. Im Wesentlichen waren das die regelmäßigen Starts und Landungen des Hubschraubers, der alles Notwendige brachte und holte, solange der Bodden nicht schiffbar und die *Vitte* nicht fahrtüchtig war.

Es gab wieder frisches Brot, die Regale im Supermarkt füllten sich mit Obst und Gemüse, und die Frauen mit ihren Einkaufstaschen standen vor dem Eingang in der Februarsonne, um Neuigkeiten auszutauschen.

Es waren vorzugsweise die Männer, die das ungewöhnliche Interesse von Fernsehen und Presse mit sachkundigen Geschichten von Eiswintern verschiedener Härte und Länge bedienten.

Über Thiel wurde nur gesprochen, wenn die Fremden außer Hörweite waren.

Seit er sich wieder auf den Beinen halten konnte, ging er jeden Tag von Kloster nach Vitte. An den Frauen vorbei, deren Gespräche verstummten, bis er im Supermarkt verschwunden war. An den Männern, die seinem Blick zwar nicht auswichen, aber im Leben nicht daran dachten, das Nicken zu erwidern, mit dem er sie grüßte. Im Tabakladen war das nach wie vor anders. Außer Tabak und Zeitung bekam er ein freundliches Lächeln und die Frage danach, wie es ihm ging.

Er hatte sie inzwischen genauer in Augenschein genommen. Sie war schlank, aber nicht dünn, und einen halben Kopf kleiner als er. Ihr dunkles Haar trug sie in der Mitte gescheitelt, manchmal offen, meist aber im Nacken zusammengebunden. Thiel hatte begonnen, die verschiedenen Ohrringe zu zählen, die sie trug. Elf waren es bisher.

»Sie rauchen zu viel«, sagte sie. »Das ist nicht gut für die Heilung.« Sie betrachtete ihn mit Krankenschwesterblick.

Über den geprellten Rippen hatte er den Arm in eine Schlinge aus elastischer Binde gelegt. Die Platzwunde über dem Auge war von einem Pflaster verdeckt, aber die grünblaue Fläche vom Ohr bis zur Nase und der dunkle Schorf auf der Oberlippe waren für jedermann sichtbar.

»Vielen Dank für die Fürsorge«, sagte er.

Sie lachte.

»Ich meine es ernst. Sie sind die Einzige, die einen Gedanken daran verschwendet, wie es mir geht.«

»Das gehört zum Service«, sagte sie. »Kunde ist Kunde, und Sie sind gerade einer meiner besten.«

»Der nicht mal weiß, wie Sie heißen.«

»Sommer«, sagte sie. »Hella Sommer. Und ich kann Jahreszeitenscherze nicht ausstehen.«

»Verstehe. Und ich bin …«

»Ich weiß, wie Sie heißen.«

Klar, dachte Thiel, wie hätte es auch anders sein sollen. Hier gab es wahrscheinlich niemanden mehr, dem er sich vorstellen musste.

»Na dann«, sagte er. »Einen schönen Tag noch, Frau Sommer.«

»Ihnen auch, Herr Thiel«, sagte Hella Sommer, die Ohrringe sammelte und irgendwo am Norderende wohnte. Das hatte Thiel herausgefunden, indem er mittags genau dann den Supermarkt verließ, wenn sie für zwei Stunden ihren Tabakladen schloss und nach Hause ging.

Wenn es dunkel war, tat Thiel keinen Schritt mehr vor die Tür. Eine gewisse Schreckhaftigkeit machte ihm noch einige Tage zu schaffen, dann hörte er Geräusche wieder als das, was sie waren. Ein Knacken wintertrockenen Holzes, das Schaben rutschenden Schnees auf dem Dach, das Klopfen von Zweigen, die der Wind gegen die Fenster trieb.

Es stellte sich eine Art von Zufriedenheit ein, an der auch das Unklare, Unwägbare seiner Situation nichts änderte.

Er hatte Zeit. Er konnte warten. Auf was auch immer.

»Ich habe ihn gesehen«, sagte Marie. »Heute Vormittag, vor der Kaufhalle.« Sie hatte Leonies Siebensachen auf dem Esstisch beiseitegeräumt und ihre Unterlagen ausgebreitet. Es waren Buchungsanfragen für die kommende Saison eingegangen.

»Wen?«, fragte Pieplow, obwohl er ahnte, von wem die Rede war.

»Diesen Thiel. Er sieht ganz fürchterlich aus.« Ihr Blick ging an Pieplow vorbei auf das Kapitänsbild gegenüber den Südfenstern. Die Brigg *Matilde* des seligen Hermann Carl Gau. Wenn, so wie jetzt, die Sonne darauf schien, leuchteten die Segel über wild bewegter See.

»Hm«, machte Pieplow nur. Es war das erste Mal, dass Marie das Thema Thiel zur Sprache brachte, und ihm war nicht recht klar, worauf das hinauslaufen würde.

»Ist er deswegen noch hier?« Sie wischte sich eine Haarsträhne aus dem Gesicht und sah ihn an. »Weil er so, wie er aussieht, nirgendwo Quartier findet?«

»Das auch«, sagte Pieplow. Das Gespräch erreichte den ersten heiklen Punkt schneller, als er gedacht hatte. Er stand auf und trat ans Fenster. Auf der Straße zogen Kinder mit Schlitten vorbei.

»Was meinst du damit?«

Er drehte sich zu ihr um, bevor er antwortete.

»Er wird auch nicht weggehen, wenn er wieder hergestellt ist.« Pieplow setzte sich zu Marie. Ihre Hände lagen auf dem Tisch nah beieinander, ohne sich zu berühren.

»Ich verstehe nicht«, sagte Marie. »Ich dachte, es war klar, dass er …«

»Er hat es sich anders überlegt«, sagte Pieplow. »Er bleibt hier.«

»Einfach so?«

Pieplow nickte. Einfach so.

»Aber es ist deine Wohnung, Daniel. Du kannst ihn doch …« Marie stutzte und zog misstrauisch die Augenbrauen zusammen. »Sag jetzt nicht, dass du damit einverstanden bist.« Sie nahm ihre Hände vom Tisch und verschränkte sie im Schoß.

Das Gespräch näherte sich dem zweiten heiklen Punkt.

»Nicht direkt einverstanden«, sagte Pieplow. »Aber was bleibt mir übrig, wenn er mich vor vollendete Tatsachen stellt? Ihn mit Gewalt in den Hubschrauber verfrachten? Außerdem …«

»Was?«

»Es sieht doch so aus, als hätten die Gemüter sich einigermaßen beruhigt. Vielleicht können sie ihn irgendwie sogar dulden. Es muss ja niemand mit ihm zu tun haben, der das nicht will.«

»Darauf kannst du lange warten«, sagte Marie. »Hier wird keiner seine Meinung ändern. Sie wollen keinen Mörder auf ihrer Insel. Ist das so schwer zu verstehen?«

»Und was, wenn er das gar nicht ist? Wenn er unschuldig ist?«

»Also wirklich, Daniel. Das ist doch eine hanebüchene Frage.«

»Sag, was wäre dann?«

Marie wich seinem Blick aus und senkte den Kopf. Drehte den Ring an ihrem Mittelfinger langsam hin und her. Zog ihn ab. Setzte ihn wieder auf.

»Behauptet er das?«, fragte sie schließlich.

»Er schwört es bei seinem Leben.«

»Und du glaubst ihm.«

»Ich wäre mir gern sicher. Aber ich bin es nicht.«

»Was willst du damit sagen?«

Pieplow zögerte kurz, bevor er antwortete. Marie zu gestehen, was er vorhatte, war das Schwerste. Dagegen würde alles andere ein Klacks sein. Redete er sich zumindest ein.

»Dass ich versuchen will es herauszufinden, bevor er davongejagt wird.«

Weil Marie nichts erwiderte, saßen sie einander gegenüber und schwiegen sich an. Pieplow fühlte sich unwohl in der beklommenen Stille. Er unterdrückte den Wunsch, Maries Hände in seine zu nehmen. Er wusste, sie würde die Berührung nicht zulassen. So gut kannte er sie.

»Sie werden dir die Schuld geben, wenn das nicht gut geht.« Als Marie sprach, klang ihre Stimme dunkel vor Sorge. »Ist dir denn nicht klar, was das bedeutet? Nicht nur für dich. Ich könnte vielleicht noch verkraften, wenn die Leute über uns reden. Uns aus dem Weg gehen. Aber was ist mit Leonie? Ich will nicht, dass sie unter dem leidet, was du tust. Oder nicht tust, je nachdem.« Sie hob den Kopf und sah ihn an.

Von draußen hörten sie Kinderlachen. Das Gartentor fiel ins Schloss, Schlitten rumpelten gegen die Hauswand. Dann wurde die Tür aufgerissen.

»Wir wollen Kakao!« Leonie meinte sich und die beiden durchgefrorenen kleinen Mädchen in ihrem Schlepptau.

15

Pieplow nahm das erste Mittagsschiff, das nach genau drei Wochen und einem Tag die Insel Richtung Rügen verließ. Wie ein schwankender dunkler Pfad wand sich die Fahrrinne durchs Eis. Es war so kalt, dass die Möwen vergeblich die Reling umkreisten. Niemand ging aufs Deck, um ihnen Brot entgegenzuwerfen.

Pieplow zählte neun Passagiere. Zehn, wenn er den Neufundländer mitrechnete. Er gehörte der Urlauberfamilie, die mit dem Hubschrauber angereist war und jetzt per Schiff wieder abfahren konnte. Worüber sie wegen des Hundes und dessen Flugangst erleichtert waren, wie Pieplow dem lauten Familienpalaver entnehmen musste. Er setzte sich allein an einen Fenstertisch im warmen Fahrgastraum. In der abgestandenen Luft hing der Geruch von nassen Winterjacken und Hundefell. Abgesehen davon, dass die *Vitte* nur mit einer Maschine lief, war alles wie gewohnt. Kaffee aus Reederei-Hiddensee-Bechern, Bockwurst mit Brot. Über Steuerbord die Insel, wie sie im Winterdunst langsam unsichtbar wurde.

In Schaprode ging er als Erster von Bord. Im oberen Teil der Langen Straße stand sein Auto in einer Stallgarage, vor deren Tor sich kniehoch der Schnee türmte. Pieplow suchte und fand eine Schaufel im Durchgang zum Hof.

Kurz nach zwei konnte er zufrieden feststellen, dass der Wagen gleich beim ersten Versuch ansprang. Nach der Eiseskälte der letzten Wochen durchaus keine Selbstverständlichkeit. Immerhin hatte der feuerwehrrote Golf neun Jahre und fast achtzigtausend Kilometer auf dem Buckel. Als er startete, schaltete sich das Radio ein und dudelte vor sich hin, ohne dass Pieplow zuhörte. Ihn interessierten bestenfalls die Verkehrsnachrichten, für die automatisch die Lautstärke hochgehen würde.

Er fuhr langsam. Es war ein trüber, diesiger Tag und die Straße zwischen den meterhohen Schneewällen so schmal, dass sie gefahrlos nur einspurig befahrbar war. In größeren Abständen gab es Buchten, in die er hätte ausweichen können, wenn ihm, aller Wahrscheinlichkeit zum Trotz, etwa ein Trecker oder etwas ähnlich Ausladendes entgegenkommen sollte.

Er gewöhnte sich schnell an die Straßenverhältnisse. Als es im Wagen warm wurde, verging seine Anspannung vollends, und er ließ seine Gedanken zu den vergangenen Tagen zurückschweifen.

Ein paar Mal hatte er daran gedacht, die Dinge auf sich beruhen zu lassen. Thiel zur Einsicht zu bringen, dass er die Insel verließ. In seinem Interesse und in dem der Hiddenseer. Ob unschuldig oder nicht – es wäre der schnellste und einfachste Weg gewesen.

Wenn auch keine Antwort auf die Fragen, die im Raum standen. Und so hatte schließlich etwas wie kriminalistischer Ehrgeiz die Oberhand gewonnen. Das etwas peinliche Gefühl, sich selbst und wer weiß wem beweisen zu wollen, dass er mehr konnte, als auf einer Tausend-Seelen-Insel für Ruhe und Ordnung zu sorgen. Und wohl auch der Gedanke, dass die Wahrheit Ziel und Ergebnis polizeilicher Arbeit sein sollte. Ein romantisches Ideal, das in der Hiddenseer Abgeschiedenheit äußerst selten auf die Probe gestellt wurde und sich deswegen hartnäckig hielt.

Das Radio riss ihn aus seinen Gedanken. Es gab mit plötzlicher Lautstärke bekannt, dass sich an Wetter und Verkehrslage so bald nichts ändern würde. Auch auf den geräumten Straßen musste mit einer Eisdecke gerechnet werden, über die Schneegrieseln im Laufe des Nachmittags eine tückische Schicht legen konnte.

In Gingst bedeckte ein imposanter Schneeberg den Marktplatz. Pieplow bog nach Ummanz ab und fuhr noch langsamer, weil die Straße schmaler und glatter wurde. Außerdem wollte er nicht vor der vereinbarten Zeit ankommen. Halb vier, hatte Ostwalds Frau gesagt und versichert, ihr Mann freue sich auf den Besuch. Ihn selbst hatte Pieplow nicht am Telefon gehabt und sich darüber ein wenig gewundert. Ostwald war nicht der Typ, der andere für sich sprechen ließ. Dick, laut, alles überblickend, alles beherrschend, so hatte Pieplow ihn in Erinnerung. Schwer vorstellbar, dass jemand wie Ostwald seine Verabredungen nicht selbst traf.

Den Hauptkommissar aufzuspüren, war Pieplow nicht auf Anhieb gelungen. Er sei nicht mehr im Dienst, hatte die Kollegin in der Zentrale des Präsidiums erklärt, und dass sie zu weiteren Auskünften nicht befugt sei. Im Stralsunder Telefonbuch fanden sich drei Ostwalds, die nie bei der Polizei gewesen waren und auch nichts mit ihr zu tun haben wollten. Der Vierte war ein Vetter des Gesuchten und so misstrauisch, dass er sich die Rufnummer der Polizeistation Hiddensee geben ließ. Zwecks Rückruf, weil man heutzutage nie wissen konnte, ob man es nicht mit irgendwelchen Halunken zu tun hatte.

Die Fahrt über die Dörfer zog sich in die Länge. Wo der Wind Eiszungen zwischen die mächtigen Alleebäume getrieben hatte, konnte Pieplow nur Schritt fahren. Ihm blieben genau zwölf Minuten, als er die Brücke zwischen Rügen und Ummanz überquerte. Er fand das Haus wie beschrieben am Rand von Waase etwas abseits der Straße, das einzige mit einer bunten Tür, wie Pieplow sie vom Darß kannte. Es hieß, in ihren komplizierten Mustern verfange sich das Böse, bevor es ins Haus kommen konnte.

Na dann, dachte Pieplow und klingelte.

Wie alt die Frau war, die ihm öffnete, ließ sich schlecht sagen. Anfang fünfzig, vielleicht etwas älter. Sie trug eine hellblaue Bluse und Jeans, ihr graues Haar war zu einem kinnlangen Bubikopf geschnitten.

»Auf die Minute pünktlich«, sagte sie lächelnd und bat ihn mit einer Handbewegung hinein. Sie nahm ihm seine Jacke ab, um sie an die Garderobe zu hängen. »Mein Mann erwartet Sie schon. Er hat sich gleich erinnert, als ich ihm von Ihrem Anruf erzählte. Sie haben damals das kleine Mädchen gefunden, nicht wahr?«

»Das stimmt, aber …«

»Meinen Mann wird es freuen, von der Kleinen zu hören.« Frau Ostwald wandte sich um. »Sie wissen, dass er krank war?« Mit einem Kopfnicken wies sie zu einer der Türen. »Es hat ihn sehr verändert. Aber abgesehen von den Sprachproblemen fühlt er sich wieder ganz gut.« Mit einer leichten Berührung am Arm führte sie Pieplow ins Wohnzimmer.

Vielleicht hätte er vorbereitet sein können. Schon Ostwalds Stralsunder Vetter hatte Andeutungen gemacht. Eine Pensionierung aus gesundheitlichen Gründen. Pieplow wünschte, er hätte gründlicher darüber nachgedacht, was das bedeuten konnte. Jetzt traf ihn der Anblick vollkommen unvorbereitet.

Der kleine, magere Mann mit dem eingefallenen Gesicht musste Ostwald sein, weil niemand sonst im Zimmer war. Es machte ihm Mühe, aus dem Sessel aufzustehen, mit dem rechten Arm stützte er sich ab, den linken hielt er leicht einwärts gebogen eng am Körper. Aber die Schritte, mit denen er auf Pieplow zuging, waren überraschend sicher, und die Hand, die er ihm reichte, hatte einen energischen Griff. Er nickte stumm zur Begrüßung und setzte sich ebenso umständlich wieder hin, wie er aufgestanden war.

Mit einer Geste dirigierte er Pieplow zu einem Sessel am gedeckten Tisch. Es war so heiß im Raum, dass Pieplow einen Schweißfilm auf Gesicht und Nacken spürte.

»Wenn Sie möchten, können Sie sich Ihren Pullover ausziehen.« Ostwalds Frau musste bemerkt haben, wie er sich mit den Fingerspitzen über die Oberlippe gefahren war. »Wir heizen mehr, als für Sie und mich nötig wäre, aber für meinen Mann ist die Temperatur gerade richtig.«

Pieplow war dankbar. Für den Vorschlag und die Tatsache, dass er ein herzeigbares T-Shirt angezogen hatte. Und, weshalb auch immer, neue Socken.

»Ich weiß, ich hätte Ihnen sagen müssen, dass mein Mann seit seinem Schlaganfall nicht mehr spricht«, fuhr Ostwalds Frau fort, während sie Kaffee einschenkte. »Ich hoffe, Sie fühlen sich nicht allzu sehr überrumpelt.«

Pieplow versicherte, das sei keineswegs der Fall, und dankte für den Sandkuchen, den sie ihm anbot. Aus den Augenwinkeln nahm er wahr, dass Ostwald den Kopf schüttelte.

Seine Frau lächelte Pieplow wie einen ertappten Schuljungen an.

»Bezieht sich Ihr Schwindeln nur auf die Überrumplung oder auch auf meinen Sandkuchen?«, fragte sie.

»Ich verstehe nicht …«

»Es ist eigentlich ganz einfach«, erklärte sie. »Mein Mann erkennt sofort, wenn jemand lügt. Sein Neurologe sagt, dass Aphasiker diese Fähigkeit manchmal entwickeln. Als junger Klinikarzt in irgendeinem amerikanischen Krankenhaus ist er fast zufällig darauf gestoßen. Und zwar während dieser Clinton-Affäre, Sie wissen schon, diese Sex-Geschichte mit dem großen Ehrenwort. Als das im Fernsehen gezeigt wurde, haben sich zwei Schlaganfallpatienten auf der Station ausgeschüttet vor Lachen. Eher als irgendjemand sonst wussten sie, dass sie belogen wurden.«

Pieplow musste schmunzeln. Vielleicht sollten Politikerehrenworte immer erst auf psychiatrischen Stationen gezeigt werden.

»Ich weiß, das klingt amüsant«, sagte Ostwalds Frau, »aber es ist nicht leicht, mit solchen Menschen umzugehen. Man gewöhnt sich nur schwer daran, immer die Wahrheit zu sagen. – Und jetzt lassen Sie es uns noch einmal versuchen: Mögen Sie Sandkuchen?«

»Doch, ja«, druckste Pieplow herum, »auch wenn ich lieber Pfannkuchen esse. Oder Kirschschnecken.« Die Antwort schien Ostwald zufriedenzustellen. Er nickte wohlwollend mit dem Kopf.

»Aber Sie fühlen sich überrumpelt. Von mir, von meinem Mann. Von der Situation, in der Sie sich nicht wohlfühlen.«

Unter den prüfenden Blicken beider Ostwalds rang Pieplow um eine Lösung des Dilemmas zwischen Höflichkeit und Wahrheit.

»Doch, ja«, gab er schließlich zu. »Sie hätten mir sagen können, was mich erwartet.«

»Und – wären Sie trotzdem gekommen?«

Pieplow begann zu schwitzen. Das Ganze bekam Verhörqualität.

»Wohl nicht, wenn ich ehrlich sein soll.« In Ostwalds Gesicht bemerkte er ein Lächeln. Etwas schief und auf unklare Weise zufrieden.

»Sehen Sie«, sagte seine Frau, »genau das ist der Grund, weswegen ich am Telefon nicht darüber gesprochen habe. Sie wären genauso wenig gekommen wie all die Kollegen, die ihn anfangs noch besucht haben. Nach und nach sind sie alle weggeblieben. Es war ihnen offenbar zu anstrengend, immer bei der Wahrheit bleiben zu müssen. Das war bitter für meinen Mann. Er hätte gern ab und zu noch erfahren, womit sich die Kollegen befassen.« Sie schenkte Kaffee nach und lenkte zu Pieplows Erleichterung das Gespräch erst einmal auf andere Themen.

Den langen, harten Winter natürlich. Dann Hiddensee, wo die Ostwalds sich gern niedergelassen hätten, sich dann aber wegen der besseren Erreichbarkeit diverser Ärzte und medizinischer Einrichtungen für Ummanz und seine Brückenverbindung nach Rügen entschieden hatten. Schließlich die Ostwaldschen Enkelkinder, die gern, aber seltener kamen, seit sie zur Schule gingen.

Schneller als gedacht stellte sich bei Pieplow das Gefühl ein, zu dritt über unverfängliche Themen zu plaudern. Ostwalds Frau sprach, ihr Mann stimmte zu oder widersprach wortlos. Runzelte beim Winterthema besorgt die Stirn und war offensichtlich vergnügt, als die Sprache auf die Enkelkinder kam.

Dann sollte Pieplow berichten. Von Leonie, von Marie, vom Leben auf der Insel ganz allgemein. Während er sprach, schüttelte Ostwald zweimal den Kopf. Bei der Behauptung, Marie gehe es gut, und, zu Pieplows Überraschung, als er versicherte, nirgendwo sonst als auf Hiddensee Polizist sein zu wollen. Ob er sich das selbst glaubte, war nicht von Bedeutung. Ostwald ließ sich den Mangel an Alternativen nicht als Wahrheit verkaufen.

Wenn er sich jetzt daran festbeißt, dachte Pieplow, zerrt er die wahre Geschichte ans Tageslicht. Von einem Polizisten, der zu jung und zu unerfahren ist, um das Richtige zu tun. Der im Treppenhaus einer Mietskaserne zu lange zögert und daran Schuld hat, dass eine Frau in ihrer Wohnung niedergestochen wird und verblutet.

Nicht einmal Marie wusste, dass ihn die Bilder dieses Desasters heute noch manchmal einholten.

Ostwalds Frau bewahrte Pieplow davor, dass ihr Mann weiter nachbohrte.

»Es ist schon spät«, sagte sie. »Vielleicht sollten wir zum eigentlichen Grund Ihres Besuchs kommen.«

Der Hauptkommissar signalisierte Zustimmung, indem er sich in seinem Sessel sehr gerade aufrichtete und Pieplow konzentriert ansah.

»Wie ich am Telefon schon sagte – es geht um den

Mordfall Manuela Fischer. Ihr Mann hat damals die Ermittlungen geleitet.«

Ja, und? Ostwald zog die linke Augenbraue fragend zur Nasenwurzel.

»Heiner Thiel, der Hauptverdächtige, wurde für diesen Mord zu fünfzehn Jahren Haft verurteilt.«

Allerdings. Langsames Nicken, zustimmend geschürzte Lippen.

»Er behauptet heute noch, er sei unschuldig.«

Hochgezogene Augenbrauen, erstaunt gerunzelte Stirn.

»Und Sie haben Grund, ihm das zu glauben?«, übersetzte Ostwalds Frau.

»Keinen stichhaltigen«, gab Pieplow zu. »Es ist …« Er zögerte. Wie mochte Ostwald wohl zum Ausdruck bringen, dass er etwas lächerlich fand? »Es ist eigentlich nur eine Art Gefühl.« Zu seiner Erleichterung blieb Ostwalds Gesicht ernst, sein Blick aufmerksam. Pieplow wagte sich einen weiteren Schritt vor. Fragte, ob es damals, rein theoretisch natürlich, eventuell Ermittlungsfehler gegeben haben könnte. Falsche Spurenbewertungen zum Beispiel, oder vielleicht doch eine zu frühe Festlegung auf den verdächtigen Thiel, wie es die Verteidigung behauptet hatte?

Für ein paar Sekunden war es so still, dass Pieplow hören konnte, wie das angekündigte Schneegrieseln an den Scheiben prickelte. Dann sah er, wie Ostwald beide Hände hob, mit gespreizten Fingern und nach oben gewandten Innenflächen.

Fehler konnten immer und überall gemacht werden. Auch in Mordermittlungen.

Und nun?

Sie saßen zu dritt im zu warmen Ostwaldschen Wohnzimmer und dachten nach. Es war Ostwalds Frau, die schließlich einen ungewöhnlichen Vorschlag machte.

16

»Interessant, wahrhaftig sehr interessant!« Dass Professor Dahlke begeistert war, ließ sich sogar durchs Telefon hören. »Er spricht tatsächlich kein einziges Wort?«

»Nein«, sagte Pieplow. »Er bewegt zwar manchmal die Lippen oder holt Luft, als wollte er etwas sagen, aber er bleibt stumm.«

»Ah ja«, sagte der Professor und klang sehr ärztlich. »Aber Sie rufen mich doch sicher nicht nur an, um mir von diesem zweifellos ungewöhnlichen Gespräch zu berichten.«

»Nein«, sagte Pieplow. Er lehnte sich auf seinem Schreibtischstuhl zurück und betrachtete das ernste, etwas aufgequollene Gesicht Bill Clintons auf dem Bildschirm des Dienstcomputers. »Ich wollte Sie fragen, ob es medizinisch überhaupt möglich ist, dass jemand …«

Dahlke antwortete schneller, als Pieplow fragen konnte.

»Möglich, mein lieber Freund, möglich ist fast alles. Nun ist die Neurologie nicht mein Spezialgebiet und das Gehirn ein höchst komplexes Organ, über das wir noch betrüblich wenig wissen, aber grundsätzlich …«

Pieplow wartete geduldig, bis der Professor sich von den denkbaren Folgen einer Verletzung des Frontalhirns über Schäden an der Großhirnrinde bis zu den Auswirkungen eines Schlaganfalls auf das Sprachzentrum vorgearbeitet hatte. Reversiblen und irreversiblen. Schäden, die den Patienten dumpf und teilnahmslos machen konnten oder, was zugegebenermaßen seltener der Fall war, ihm zu ganz außergewöhnlichen Fähigkeiten verhalfen. Zum Beispiel zu einer Wahrnehmung, die weit über das Normale hinausging.

»Und da bei unserem Hauptkommissar, dessen Scharfsinn mich als Rechtsmediziner immer sehr beeindruckt hat, da bei ihm also offensichtlich die Fähigkeit zur nonverbalen Kommunikation erhalten geblieben ist, könnte er in Vernehmungen durchaus von Nutzen sein. Warum es also nicht einfach probieren?«

Genau, dachte Pieplow, warum nicht.

Er legte den Hörer auf und schaltete den Computer aus. Das Bild des amerikanischen Expräsidenten erlosch.

Pieplow hatte sich schon fast daran gewöhnt, in seinem eigenen Wohnzimmer wie ein Gast im Sessel zu sitzen und sich von Thiels Selbstgedrehten einnebeln zu lassen. Wenigstens konnte die Terrassentür einen Spalt offen stehen, weil der Nachmittag sonnig und mild war.

Thiel zog so heftig an seiner Zigarette, dass er hohlwangig wirkte.

»Die Idee ist absolut hirnrissig«, sagte er und tippte mit dem Zeigefinger gegen seine Schläfe.

»Das finde ich ganz und gar nicht«, sagte Pieplow. »Betrachten Sie es einfach als eine Art Lügendetektortest, dem Sie sich unterziehen müssen, bevor in der Sache weitere Schritte unternommen werden.«

»Unterziehen müssen … Schritte unternehmen … hört sich schwer nach Anwaltsgewäsch an. Sie wollen mir doch nicht allen Ernstes weismachen, dass es was bringt, wenn ich einem stummen Exkommissar meine Lebensgeschichte erzähle?«

»Ich mache Ihnen nichts weis, sondern einen Vorschlag. Sie haben dabei doch nichts zu verlieren, warum also wollen Sie sich nicht darauf einlassen?«

»Weil ich nicht erpicht darauf bin, diesem Ostwald öfter als unbedingt notwendig zu begegnen, und weil ich, wie schon gesagt, die Idee mehr als beknackt finde.«

»Anscheinend haben Sie mich nicht richtig verstanden, Thiel. Es tut nichts zur Sache, was Sie von dem Gespräch halten. Sie werden es führen, wenn ich mir weiter Gedanken über Ihre angebliche Unschuld machen soll.« Pieplow, dem harsche Töne eigentlich nicht lagen, stellte zufrieden fest, dass er sehr wohl energisch wirken konnte.

»Sie meinen das tatsächlich ernst, oder?« Thiels Blick forschte in Pieplows Gesicht vergeblich nach Spuren von Humor.

»Allerdings.«

»Und danach? Was passiert, wenn ich mit Ostwald geredet habe?«

»Das wird sich zeigen, wenn wir wissen, was dabei herausgekommen ist«, sagte Pieplow und klang jetzt tatsächlich ein wenig vergnügt.

»Auf so eine Schnapsidee kannst auch nur du kommen«, sagte Kästner. »Nicht genug damit, dass sich der feine Herr Thiel in deiner Wohnung einnisten und Unruhe stiften darf, jetzt machst du dich auch noch mit dieser absurden Geschichte zum Affen. Wenn die Leute das spitzkriegen, kannst du hier einpacken.«

»Du brauchst es ihnen ja nicht auf die Nase zu binden.«

Sie saßen im Dienstzimmer, jeder an seinem Schreibtisch, und waren gereizt. Kästner, weil er den Frieden auf der Insel und das Ansehen ihrer Polizei in Gefahr sah, Pieplow, weil es ihm auf die Nerven ging, zum hundertsten Mal wie ein verschrobener Spinner behandelt zu werden.

»Das muss ich gar nicht. Sie werden sich ihre ganz eigenen Gedanken über euren kleinen Ausflug machen.« Kästner stand auf und zerrte wütend an seiner Uniformjacke, deren Ärmel sich in der Lehne des Besucherstuhls verhakt hatte. »Lass die Finger davon, Pieplow. Du machst dich nur lächerlich.« Kästner schloss den letzten Knopf seiner Uniformjacke und war schon an der Tür, als er sich noch einmal umdrehte. »Was sagt eigentlich Marie dazu?«

»Warum ausgerechnet du? Kann er sich nicht jemand anderen suchen? Jemanden, dessen Leben davon weniger durcheinandergebracht wird als unseres?« Marie wirkte noch ernster und abweisender als in den vergangenen Tagen.

»Es wird sich niemand finden, der den Fall wieder aufrollt, solange es keine stichhaltigen Gründe dafür gibt.«

»Kein Polizist, meinst du. Aber ein Privatdetektiv zum Beispiel. Der wird dafür bezahlt, solche Gründe zu suchen, ganz gleich, ob es sie gibt oder nicht. Und Geld hat dieser Thiel doch genug, nach allem, was man so hört.«

Sie hat Recht, dachte Pieplow und wartete auf die Frage, um die es eigentlich zwischen ihnen ging.

»Ist es das wert, Daniel? Dass die Leute über uns herziehen, dass manche nicht mehr als notwendig mit uns reden, dass Leonie schon jetzt nicht mehr weiß, was all die Anspielungen bedeuten, die sie überall hört?«

»Nein, das ist es nicht wert, Marie.« Pieplow legte eine Hand auf ihren Arm und war froh, dass sie ihn nicht zurückzog. »Aber ich will mir auch nicht vorschreiben lassen, was ich zu tun oder nicht zu tun habe. Vielleicht beruhigen sich die Gemüter, wenn ich jetzt aufhöre, aber früher oder später werde ich mir übel nehmen, dass ich klein beigegeben habe.«

»Und mir wahrscheinlich auch.« Marie hob den Kopf und sah ihn an.

Sie wusste, dass es so kommen würde. So gut kannte sie ihn.

Zu Recht nannten die Alten den kräftigen Wind aus Nordost einen Himmelsbesen. Er hatte auch die letzten dünnen Wolkenfetzen davongefegt, im Südosten stand eine blassgelbe Februarsonne und ließ den Hauch von Pulverschnee glitzern, der in der vergangenen Nacht gefallen war.

Pieplow und Thiel standen am Anleger so dicht nebeneinander, dass sie einen einzigen tiefschwarzen Schatten warfen. Pieplow teilte ihn, indem er einen Schritt zur Seite trat. Sie sprachen nicht miteinander und nicht mit den anderen Fahrgästen, die darauf warteten, dass die Container für Supermarkt und Post, ein Kleinlaster mit Baumaterial und zwei mit Gepäck vollbeladene Handwagen von Bord der *Vitte* gerollt waren.

Wie immer stand Werner Dröge am Schott, verabschiedete und begrüßte Ankommende oder Abreisende und entwertete nebenbei sehr routiniert Fahrscheine.

Thiels Gruß erwiderte er nicht, und auch Pieplow musste sich mit einem knappen Kopfnicken begnügen.

»Bring ihn bloß nicht wieder mit«, knurrte Dröge und wandte sich dem nächsten Fahrgast zu.

Noch nie hatte Pieplow sich während einer Überfahrt so unwohl gefühlt. Daran änderte weder ein Becher mit frischem Kaffee etwas noch die Tatsache, dass Thiel auf dem Außendeck blieb, um Kette zu rauchen, und erst wieder auftauchte, als die Fähre kurz vor Schaprode ihre Maschine drosselte.

Es hatte in den vergangenen Tagen nur noch wenig geschneit, und die Straßen waren in ihrer ganzen Breite geräumt, so dass sie kurz vor zwölf schon auf Gingst zufuhren. Ein Gespräch hatten sie während der Fahrt nicht zu Stande gebracht, obwohl in ihren Köpfen sehr ähnliche Gedanken kreisten und auf sehr ähnliche Fragen hinausliefen.

Was konnte herauskommen bei diesem Unterfangen, das mit jedem Kilometer, den sie zurücklegten, aberwitziger wirkte? Und wenn es etwas Brauchbares zu Tage förderte, was sollten sie damit anfangen?

Sie konnten genauso gut wieder umkehren.

»Wie sind sie denn so?«, fragte Thiel, als sie auf die Straße nach Ummanz einbogen. Sein Mund war so trocken, dass seine Stimme pelzig klang.

»Die Ostwalds?«, fragte Pieplow unsinnigerweise nach. Er kniff die Augen zusammen, weil Sonne und Schnee ihn blendeten. »Nett«, sagte er schließlich. »Freundliche, nette Leute.«

»Dann muss er sich aber ziemlich verändert haben.« Thiel wischte seine feuchten Handflächen am Hosenstoff trocken. »Jedenfalls muss ich noch eine rauchen, bevor ich ihm begegne.«

»Ausnahmsweise«, sagte Pieplow und ließ das Beifahrerfenster bis zum Anschlag herunter. Trotzdem stanken beide nach kaltem Qualm, als sie ankamen.

Ostwalds Frau öffnete, bevor sie geklingelt hatten.

»Ich habe Ihr Auto gesehen«, sagte sie und reichte ihnen zur Begrüßung die Hand. »Mein Mann erwartet Sie schon.«

Ostwald saß am Esstisch, von dem abgeräumt war, was vor ein paar Tagen noch darauf gestanden hatte. Statt Blumen, Obstschale und Kerze gab es einen verhörzimmerkahlen Tisch, von dem Ostwald nicht aufstand, als Pieplow und Thiel hereinkamen. Sein Gesicht war so ausdruckslos, dass Pieplow einen Moment zögerte, bevor er auf Ostwald zuging und ihn begrüßte.

Thiel hätte am liebsten kehrtgemacht. Stumm oder nicht – vor ihm saß ein alter, ausgebuffter Bulle, der nur darauf wartete, ihn auf die Hörner zu nehmen. Seine Hand war kalt und feucht, als er sie Ostwald entgegenstreckte.

»Wir haben überlegt, welches die beste Sitzordnung wäre.« Ostwalds Frau stand hinter dem Stuhl an der Schmalseite des Tisches. »Sie, Herr Thiel, nehmen bitte hier Platz, meinem Mann genau gegenüber, dann können Sie sich am besten mit ihm verständigen.« Eine Längsseite wies sie Pieplow zu, an die andere, rechts von ihrem Mann, würde sie sich selbst setzen.

»Aber erst mal hole ich uns Kaffee. Zu einer ordentlichen Vernehmung gehört das einfach dazu, nicht wahr?«

Was für eine Situation, dachte Pieplow und musste

schmunzeln. Ein Stummer, eine Hausfrau, ein Exknacki und ein Dorfpolizist wollen einen fünfzehn Jahre alten, längst abgeschlossenen Fall wieder aufrollen. In so etwas kann auch nur ich geraten.

Als er die Blicke bemerkte, die zwischen Ostwald und Thiel hin und her gingen, wurde er wieder ernst. Während sie auf den Vernehmungskaffee warteten, nahm er die Papiere, die er in den nächsten Stunden brauchen würde, und sortierte sie vor sich auf dem Tisch. Er fühlte sich – wie lange war das her? – wie auf der Polizeischule. Rollenspiel Vernehmungstechnik. Reden lassen, nichts suggerieren, auf das Gesagte eingehen, offene Fragen geschickt einsetzen, taktisch vorgehen. Damals hatte ihm das Spaß gemacht. Jetzt würde sich zeigen, wie viel davon hängen geblieben war.

Er wartete, bis er Blickkontakt hatte.

»Sie wissen, worum es geht, Thiel. Lange Erklärungen sind deshalb überflüssig. Am besten, Sie schildern uns einfach, was damals geschehen ist.«

»Nur das, was in der Nacht, in der Manu … in der Mordnacht passiert ist? Oder soll ich etwa die ganze Geschichte von Anfang an erzählen?«

Allerdings, nickte Ostwald mit halb geschlossenen Augen.

»Von Anfang an«, sagte Pieplow.

Thiel saß mit gesenktem Kopf da und starrte auf seine Finger, die sich ineinander verknoteten, sich lösten und wieder verhakten.

»Eigentlich ging es damit los, dass ich …« Er zuckte zusammen, als Ostwalds Frau seinen Arm berührte.

»Heben Sie bitte den Kopf, Herr Thiel. Mein Mann muss Ihr ganzes Gesicht sehen können, Ihre Augen, den Mund, die Stirn, die vielen kleinen Muskeln, die sich bewegen, wenn Sie sprechen.«

Thiel wollte nicht den Kopf heben und Ostwald ansehen schon gar nicht. Er tat es trotzdem. Straffte sich, holte noch einmal tief Luft und begann zu erzählen. Von der Werft und den unverkauften Fischtrawlern. Der Suche nach Arbeit, bei der sich nichts fand als ein Handlangerjob auf einer Gutshausruine. Von dem Leben unter Menschen, die ihm und denen er gleichgültig war.

Und er beschrieb Manu, die sich an nichts und niemanden band, auch nicht an ihn. Die nach ihren ganz eigenen Regeln gab und nahm. Das hatte er gewusst und akzeptiert. Auch weil ihm nichts anderes übrig geblieben war.

Zweimal unterbrach Pieplow ihn, weil Ostwald energisch den Kopf schüttelte.

Es stimmte nicht, dass Thiel den Leuten im Dorf gleichgültig gewesen war.

Sie hatten ihn, gab er zu, genauso wenig leiden können wie er sie. Erst recht nicht, nachdem er Möhle verdroschen hatte.

»Warum?«, fragte Pieplow.

»Er muss mir in der Kneipe mit irgendwas dumm gekommen sein. Womit, wusste ich schon am Morgen danach nicht mehr. Auch nicht, dass ich ihn ziemlich zugerichtet hatte. Das haben mir die Polen erst am nächsten Tag erzählen müssen.«

Jetzt nickte Ostwald. So ungefähr hatte es sich wohl zugetragen. Aber dass Thiel es akzeptiert haben wollte, nicht der einzige Mann in Manuela Fischers Leben gewesen zu sein, glaubte er nicht den Bruchteil einer Sekunde. Die Geste, mit der er Thiels Lüge vom Tisch wischte, war unmissverständlich.

»Wäre ich an Ihrer Stelle gewesen …«, sagte Pieplow mit hörbarem Verständnis, »es hätte mich wahnsinnig gemacht.«

Thiel atmete schwer. Seine Hände gerieten wieder in Bewegung. Er beobachtete sie, als führten sie ein Eigenleben. So wie in der Juninacht am Strand, als sie sich in plötzlicher Wut fest um Manus Arme geschlossen und sie in den Sand gedrückt hatten. In seiner Lust auf sie hatte er so viel Gewalt gefühlt, dass er über sich selbst erschrak. Sie hatte es gespürt und ihn trotzdem in sich aufgenommen.

Tu das nie wieder, hatte sie gesagt, als sie danach nebeneinanderlagen. Hörst du? Nie wieder.

Thiel hob den Kopf.

»Es hat mich fast um den Verstand gebracht«, gestand er leise. »Ich habe sie manchmal ebenso gehasst wie geliebt. Aber ich habe sie nicht getötet.«

Bisher war es, alles in allem wenigstens, leicht gewesen, Ostwalds Miene zu deuten. Jetzt sah Pieplow zwei tiefe Furchen zwischen den zusammengezogenen

Augenbrauen. Jemand, der gerade die Wahrheit gehört hatte, sah anders aus. Bevor Pieplow nachfragen konnte, erhob Ostwald sich langsam, ging zum Terrassenfenster und starrte minutenlang in seinen verschneiten Garten. Wie er sich mit der Hand übers Haar fuhr, sie in den Nacken presste und den Kopf kreisen ließ, wirkte ratlos und erschöpft. Als er sich umwandte, war sein Gesicht ausdruckslos. Er zögerte noch einen Moment, dann ging er auf Thiel zu und legte ihm die Hand auf die Schulter.

Wie hat das geschehen können, fragte der Blick, mit dem er Pieplow über Thiels Kopf hinweg ansah.

Anfangs nahm er noch einzelne Sätze wahr. Pieplows Stimme, die nach der ersten Verwirrung erstaunlich rasch wieder in einen ruhigen Tonfall gefunden hatte. Die Fragen von Ostwalds Frau. Er glaubte, sogar Ostwald zu hören, was schlechterdings unmöglich war. Aber dann fühlte er eine Woge mit solcher Wucht über sich hinwegrauschen, dass er nach Atem rang. Die einen Morast aus Zorn und Hass an die Oberfläche seines Bewusstseins spülte.

Er hatte sich nicht abgefunden. Nur eine dünne Schicht aus Resignation über den Abgrund gelegt. Wie eine glasige, hellrote Haut über eine schwärende Wunde. Jetzt war sie geplatzt und überschwemmte ihn mit ihrem Gift.

Sein Stuhl fiel um, als er aufsprang. Er riss seine Jacke vom Haken im Flur, rannte hinaus in die kalte

Dämmerung und blieb erst stehen, als er keine Luft mehr bekam. Ein Baum gab ihm Halt, während er kotzte, bis er mit hellgelber Galle kleine Blutsprengsel in den Schnee spuckte.

Fünfzehn qualvoll vergeudete Jahre!

Er schlug mit der Stirn gegen den Baumstamm. Hielt sich an ihm fest und begann zu weinen.

»Geht's wieder?«, fragte Pieplow. Weil er für die Straßenverhältnisse zu schnell fuhr, wagte er keinen Blick zur Seite.

»Hm«, machte Thiel. Er hatte die letzten beiden Stunden kein Wort gesprochen und würde das auch jetzt nicht tun. Seine Augen brannten, sein Mund schmeckte nach fauligen Kartoffeln.

Ihn fror, obwohl die Heizung ihm warme Luft ins Gesicht blies, und seine Knochen schmerzten wie nach einer Doppelschicht auf der Werft.

»Wollen Sie gar nicht wissen, was wir besprochen haben, als Sie nicht da waren?«

»Nein«, sagte Thiel. »Jetzt nicht.«

»Wie Sie wollen.« Pieplow musste sich eingestehen, dass er pikiert war.

»Gib wenigstens zu, dass es sich, vorsichtig ausgedrückt, sonderbar anhört.« Vergeblich forschte Marie in seinem Gesicht nach Zeichen des Zweifels. Sie hatte die Beine aufs Sofa gezogen und saß so nah neben ihm wie seit Langem nicht mehr.

»Ich gebe zu, was du willst, wenn du noch etwas weiter an mich heranrückst.« Pieplow lehnte sich entspannt zurück. Er war müde, aber zufrieden und hätte nichts dagegen gehabt, zum Schluss des Tages Marie noch eine Weile im Arm zu halten.

»Wie wär's, wenn du meine Meinung etwas ernster nehmen würdest?« Sie klang ärgerlich.

»Ich nehme dich doch ernst«, beschwichtigte er. »Und du hast Recht, es hört sich so sonderbar an, dass ich mit niemandem außer dir darüber reden möchte.«

»Kästner wirst du es erzählen müssen.«

»Wohl oder übel. Er ist jetzt schon davon überzeugt, dass ich nicht ganz zurechnungsfähig bin.« Es gefiel ihm, dass Marie lächelte.

»Wundert es dich?«

»Höchstens ein ganz klein wenig.«

»Jetzt hole ich uns noch ein Bier, und dann möchte ich wissen, wie es weitergehen soll.«

Als sie zurückkam, setzte sie sich fast so nah neben ihn, wie er es sich vorgestellt hatte.

»Ostwald und ich wollen übermorgen nach Groß Zicker. Dann ist Samstag, und die meisten Leute müssen nicht arbeiten. Ich gehe morgen noch einmal alle Informationen durch, die ich habe, und dann versuchen wir, so viel wie möglich davon zu überprüfen.«

»Wie stellt Ihr euch das vor?«, unterbrach ihn Marie. »Fahrt ihr da hin, klingelt an den Türen und fragt die Leute nach Zeugenaussagen, die sie vor fünfzehn Jahren gemacht haben?«

»Um es genauer zu sagen: Ich frage, und Ostwald hört zu.«

»Es erinnert sich doch kein Mensch nach all der Zeit so genau, dass ihr Dinge herausfinden könnt, die damals verborgen geblieben sind.«

»Wahrscheinlich nicht«, räumte Pieplow ein. »Aber wer gelogen hat, weiß das noch sehr genau. Oder würdest du eine Lüge vergessen, die einen Unschuldigen für fünfzehn Jahre ins Gefängnis gebracht hat?«

»Verstehe«, sagte Marie. »Und wer damals gelogen hat, wird es heute wieder oder immer noch tun müssen. Aber was nützt es, das herauszufinden? Eine Lüge aufzudecken heißt doch noch lange nicht, auch die Wahrheit zu finden.«

»Stimmt«, sagte Pieplow. »Und für beides bräuchten wir Beweise. Für die Lüge ebenso wie für die Wahrheit.«

»Wie soll das gelingen?«, fragte Marie. »Nach so langer Zeit?«

»Ich weiß es nicht«, sagte Pieplow. Jedenfalls das entsprach zweifelsfrei der Wahrheit.

17

»Hätt ich mir auch nicht träumen lassen, dass ich nochmal freiwillig ein Polizeirevier betrete.« Thiel zog den Besucherstuhl ein wenig von Pieplows Schreibtisch weg und setzte sich. Er sah zu Kästners leerem Platz. »Sie arbeiten wohl nicht viel zusammen?«

»Kommt drauf an«, sagte Pieplow. »Im Normalbetrieb wechseln wir uns mit Tagschicht und Nachtbereitschaft ab.«

»Deswegen hatte ich noch nicht das Vergnügen.«

»Wenn Sie Wert darauf legen, lässt sich das problemlos nachholen.«

»Nee, lassen Sie mal. Sagen Sie mir lieber, was ich hier soll.«

»Die Zeugenliste mit mir durchgehen.«

»Alles, was Sie wissen müssen, steht doch da drin.« Mit einem Nicken deutete Thiel auf die Papiere, die auf dem Tisch lagen.

»Ich will sicher sein, dass ich nichts übersehen habe.« Pieplow ließ sich nicht beirren. Er hatte sich Notizen gemacht, und die würde er Punkt für Punkt durchgehen, ob es Thiel passte oder nicht.

Thiel zog sein Tabakpäckchen aus der Jackentasche und hielt es fragend hoch.

»Sonst kann ich mich nicht konzentrieren.«

Im untersten Schubfach seines Schreibtisches kramte Pieplow nach dem Reklameaschenbecher. Rostocker Pils. Er schob ihn widerwillig in Thiels Reichweite.

»Ich möchte, dass Sie mir den Tattag beschreiben«, sagte er, als Thiels Zigarette brannte.

»Wie jetzt? Den ganzen Tag?«

»Genau. Ich will wissen, womit Sie den Tag verbracht, was Sie getan und gesehen haben. Alles, woran Sie sich erinnern.«

»Wozu soll das denn gut sein?«

»Für meine Vorstellung von den Menschen, mit denen Sie zu tun hatten. Vom Festverlauf, von der Stimmung im Dorf.«

»Vom Wetter vielleicht auch noch?« Thiel konnte sich nicht entscheiden, ob er amüsiert oder genervt sein wollte.

»Schaden kann's nicht«, erwiderte Pieplow ruhig. »Es vervollständigt auf jeden Fall das Bild.«

»Oh, Mann.« Thiel schloss die Augen und massierte die Nasenwurzel mit Daumen und Zeigefinger. Das half vielleicht gegen den Widerwillen, das Ganze zum tausendsten Mal durchzukauen.

Am besten, er fing tatsächlich mit dem Wetter an.

Es war gut gewesen. Richtig gut. Fast windstill und so warm wie selten in diesem Sommer.

Ein Wetter zum Helden zeugen, hatte Jensen gesagt,

als sie sich auf dem Gutshof begegneten. Thiel hatte lachen und zustimmen können, weil er nicht ahnte, dass sie dabei wohl an dieselbe Frau dachten.

»Und Jensen?«, fragte Pieplow. »Wusste der von Ihrer Beziehung zu Manuela?«

Was für ein Wort für diese wilde Liebesgeschichte, dachte er und bedauerte, dass im Jargon polizeilicher Befragungen wilde Liebesgeschichten eher selten vorkamen.

»Wahrscheinlich«, sagte Thiel. »Ich habe jedenfalls nie ein Geheimnis daraus gemacht.«

»Die beiden anderen aber schon. Jensen und dieser Jablonsky.«

»Sagen wir so: Sie haben es nicht an die große Glocke gehängt. Aber die Bullen … bei den Ermittlungen ist es dann ja doch herausgekommen.«

»Das muss hart für Sie gewesen sein.«

»Kann sein«, sagte Thiel. Warum noch darüber reden, dass er Jensen und Jablonsky im Gerichtssaal am liebsten an die Gurgel gegangen wäre. Es tat jetzt nichts mehr zur Sache. »Wollen Sie in irgendwelchem Psychoquark rühren oder hören, was ich an dem Tag damals sonst noch gemacht habe?«

Aufgeräumt zum Beispiel. Auf dem Hof, im Haus, im Werkzeugschuppen. Dabei festgestellt, dass ein paar Dinge fehlten, und sich vorgenommen, sie bei Gelegenheit zurückzuholen. Zwei Schraubenzieher und das Messer, mit dem er bei Manu die Tapeten geschnitten hatte.

Mittags hatte er eine Konserve aufgewärmt. Letscho, wenn er sich richtig erinnerte, und danach eine Weile in der Sonne gesessen. Geraucht, Kaffee getrunken und daran gedacht, dass er Manu sehen würde. Vielleicht nachmittags schon, vielleicht erst abends. Bei ihr wusste man nie …

Auf dem Festplatz war viel los gewesen. Erst um den Galgen mit der Katzentonne, dann am Grill und vor dem Bierwagen.

An den Doktor erinnerte Thiel sich, der wie immer mürrisch geguckt und wenig geredet hatte.

Die Schulkinder waren blau-weiß gekleidet und sangen Lieder von Seefahrt und Schiffbruch. Rohrbach, der Lehrer, dirigierte. Seine Frau stand neben dem Chor und sah ihm zu, während ein Kleinkind zwischen ihnen beiden hin- und herlief.

Thiel hatte das alles nicht interessiert.

Manu hatte er nirgends entdecken können und deswegen keinen Grund, noch länger zu bleiben.

»Ich habe mit Möhle und Baring noch ein halbes Bier getrunken, dann bin ich gegangen.«

Warum gerade mit diesen beiden?

»Keine Ahnung.« Thiel zuckte mit den Schultern. »Bestimmt nicht aus Sympathie. Wahrscheinlich weil sie mit jedem trinken, der ihnen ein Bier ausgibt. Jedenfalls war das damals so.«

»Und danach?«

»Bin ich zurück aufs Gut, hab eine Stunde geschlafen, Sportschau geguckt und die Zeit bis zum Abend totgeschlagen. Was dann passiert ist, muss ich ja wohl nicht nochmal erzählen.«

»Ich denke, das ist nicht nötig«, sagte Pieplow. »Nur eines kann ich mir beim besten Willen nicht vorstellen.«

»Was?«

»Dass Sie von den Ereignissen der Nacht erst erfahren haben wollen, als Sie zwei Stunden nach dem Brand geweckt wurden. Feuerwehr und Polizei werden ja nicht geräuschlos angerückt sein, und so groß ist dieses Groß Zicker nun auch wieder nicht.«

»Ich hatte einiges intus. Gut anderthalb Promille.« Thiel zog an seiner Zigarette. Zeige- und Mittelfinger hatten sich im Lauf der letzten Tage gelb verfärbt.

»Und ob Sie den Schuppen verschlossen haben, wussten Sie tatsächlich nicht mehr?«

»Nein. Und selbst wenn – es wäre nicht wichtig gewesen. Das Schloss war schrottreif. Jedes Kind hätte es aufknacken können.«

»Was bedeutet …« Pieplows Kugelschreiber zog ellipsenförmige Kreise um die Schlussfolgerung, die ganz unten auf dem ersten seiner Notizzettel stand. »Was bedeutet, dass der oder die Täter unbemerkt ein halbes Dutzend Indizien in den Schuppen bringen konnten, ohne dass Sie auch nur das Geringste bemerkt haben. Tatwaffe, Benzinkanister, Arbeitskleidung mit Blutspuren des Opfers, dessen Schlüssel – alles arrangiert, um Sie zu belasten.«

»Klingt aberwitzig, aber so muss es gewesen sein.« Zigmal hatte er das damals gesagt. So und nicht anders. Meistens hatten sie nur gegrinst. Ehmke verächtlich. Ostwald manchmal fast mitleidig.

»Was ist mit den Zeugen?«, fragte Pieplow.

»Das können Sie sich aussuchen«, sagte Thiel. »Entweder haben sie sich geirrt oder sie haben gelogen.«

»Alle fünf?«

»Was weiß ich. Baring fuhr immer in Möhles Kielwasser, und der hat mich ums Verrecken nicht ausstehen können. Erst recht nicht, nachdem er bei Manu nicht hat landen können. Außerdem – was soll das schon heißen, sie hätten mich nicht zurückkommen sehen. Sie werden wohl kaum am Weg zwischen Festzelt und Manus Haus auf mich gewartet haben.«

»Und Jensen? Hat der Sie auch reinreißen wollen, wie Sie sich ausdrücken?«

»Kann ich mir nicht vorstellen. Aber dass er mich nicht gesehen hat, lag nicht an mir. Ich saß mit meinem Bier vorm Haus, als er auf den Hof kam. Ziemlich angeschlagen, den Blick stur geradeaus. Er hat einfach nicht gemerkt, dass ich da war.«

Blieben noch Rohrbach, der Lehrer, und Dr. Schwarzkopf. Beide zur fraglichen Zeit nüchtern. Beide in Bezug auf Thiel von gleichgültiger Neutralität. Das Gericht hatte den Aussagen entsprechendes Gewicht beigemessen.

»Ich weiß nicht, wen sie gesehen haben«, sagte Thiel. »Vielleicht sogar den Täter. Mich jedenfalls nicht.« Er fühlte Müdigkeit und den Wunsch in sich aufsteigen, alles hinzuschmeißen. Sich einzugestehen, dass er auch diesmal Schiffbruch erleiden würde. Andererseits … Was hatte er schon zu verlieren?

»Hören Sie mir überhaupt zu, Thiel?«

Thiel fuhr zusammen.

»Nein … äh, ja natürlich.« Es ging immer noch um die Zeugen, so viel hatte er mitbekommen. Sie lebten alle noch in Groß Zicker. Möhle und Baring sowieso. Die hatten dort ihre Höfe und keinen Grund, woanders hinzugehen. Jensen war geblieben und immer noch auf dem Gut gemeldet. Der Lehrer und Dr. Schwarzkopf wohnten beide in der Boddenstraße.

»Wissen die, dass Sie kommen?«

»Nein«, sagte Pieplow. »Ich glaube, es ist besser, wenn wir uns nicht anmelden.«

»Verstehe«, sagte Thiel. »Der Überraschungseffekt.«

»Sie sagen es. Sowohl für die Zeugen als auch für uns.«

»Was ist mit Ehmke? Weiß der Bescheid?«

»Noch nicht«, sagte Pieplow. »Aber er wird der Erste sein, der informiert wird. Vorausgesetzt, es gibt überhaupt etwas von Belang, über das er informiert werden muss. Dann wird das Ganze sowieso eine Angelegenheit für die Kripo.«

»Er erfährt's so oder so.« Thiel drehte seine Kippe im Aschenbecher hin und her, bis sie zerkrümelte. »Wenn nicht von Ihnen, dann von den anderen. Sie werden's ihm brühwarm erzählen.«

»Ich habe kein Problem damit«, sagte Pieplow, schob Notizen und Unterlagen in den Ordner und stand auf. Er hätte gerne gewusst, was auf ihn zukam. Immer wenn er es sich vorzustellen versuchte, zerfransten die Bilder an den Unwägbarkeiten seines Vorhabens.

18

»Da ist noch etwas, Herr Pieplow.« Ostwalds Frau zögerte kurz, bevor sie weitersprach. »Mein Mann hat … Es ist so, dass er etwa alle zwei Stunden eine Toilette aufsuchen muss. Das müssen Sie ihm ermöglichen, sonst bringen Sie ihn in eine sehr unangenehme Situation.«

Ach du liebe neune, dachte Pieplow. Wie war das mit den Unwägbarkeiten?

Ostwald war sehr offensichtlich mit seinem Schal beschäftigt und sah nicht herüber.

»Ist klar«, sagte Pieplow. »Geht auch … äh … muss es unbedingt eine Toilette sein? Ich meine, können wir auch einfach nur irgendwo anhalten?«

»Zur Not ginge das auch.« Ostwalds Frau sah zu ihrem Mann, der sich jetzt seinen Mantelknöpfen widmete. »Es ist eben nur sehr kalt, meine ich. Fünf Grad minus. Und dann dieser eisige Wind …«

Pieplow hatte seine Uniformjacke auf den Rücksitz gelegt und die Heizung bis zum Anschlag aufgedreht. Ostwald saß in Mantel und Schal auf dem Beifahrersitz und schien mit der Temperatur zufrieden. Seine

Hände lagen entspannt auf den Oberschenkeln, sein Blick durchstreifte die Landschaft.

Sie mussten quer über die Insel. Von Nordwesten in den Südosten Rügens. Nach dreißig Kilometern, irgendwo zwischen Bergen und Zirkow, ging Pieplow der Gesprächsstoff aus. Bis dahin hatte sein Monolog den Ablauf des Tages beschrieben.

Am frühen Mittag würden sie in Groß Zicker sein. Eine gute Zeit, dachte Pieplow, um Möhle und Baring zuhause anzutreffen. Vorausgesetzt, sie machten noch dasselbe wie vor fünfzehn Jahren. Landwirtschaft und Fischerei, Zimmervermietung.

Danach aufs Gut. Mit ein bisschen Glück hatte auch Jensen im Winter weniger zu tun und Zeit für eine ausgiebigere Pause.

Der Nachmittag war für den Lehrer und den Arzt vorgesehen.

So weit der Plan.

Kurz nach elf fuhren sie in Baabe durch das straßenbreite Tor aufs Mönchgut. Die Straße wand sich durch einen Buchenwald, der Pieplow an den winterlichen Darß denken ließ, durchschnitt den Höhenzug hinter Göhren und führte in den Baumtunnel einer Eichenallee.

In Lobbe hatte ein Café geöffnet. Der Kaffee war stark und hatte zu lange in der Maschine gestanden. Dafür waren die Toiletten leicht zu finden und verschafften ihnen zwei Stunden Zeit, bevor das Thema wieder akut wurde.

Den schmalen Landstreifen, der schnurgerade auf Thiessow zuführte, säumten verwaiste Sommerparkplätze und ein Kiefernband, hinter dem der Strand und das Meer zu ahnen waren.

Den Abzweig nach Groß Zicker hätte Pieplow beinahe verpasst. Das Dorf war größer, als er erwartet hatte. Die Rohrdächer trugen dicke Schneehauben, über den Schornsteinen quirlte der Wind Rauchfetzen in den blassblauen Himmel. In den meisten Häusern brannte Licht, aber die Straße war menschenleer.

Wo ein Weg hoch auf den Friedhofshügel abzweigte, hielt Pieplow an. Er zog eine Skizze aus der Tasche, auf der Thiel eingezeichnet hatte, woran er sich erinnerte. Den Festplatz am Dorfrand im Norden mit dem Zugang entweder von der Boddenstraße oder, sozusagen hintenherum, über den Trampelpfad vom Feldweg zwischen Wald und Gut. Am Wald hatte Manuelas Haus gestanden. Das Dach des Gutshauses konnte Pieplow hinter kahlen Eichenkronen sehen, wenn er über die Schulter zurücksah.

Der Weg zum Haus war geräumt. Die Stammrosen im Vorgarten trugen Jutesackmützen. Irgendwo auf dem Hof wurde Holz gehackt.

Die Frau an der Tür mochte um die siebzig sein. Sie trug eine filzige Wolljacke über ihrer Kittelschürze und umgekrempelte Wollsocken in grauen Hausschuhen.

Barings Mutter, vermutete Pieplow. Auf dem Schild am Gartentor hatte nur ein Name gestanden.

»Frau Baring?«

Sie nickte. Ihr Blick ging fragend von Pieplow zu Ostwald und wieder zurück.

»Ich bin Polizeiobermeister Pieplow, und das ist Hauptkommissar Ostwald. Wir würden, wenn das möglich ist, gern mit Ihrem Sohn sprechen.«

»Und weswegen?« Sie ließ die Tür los und wischte die Hände an der Schürze ab. Aus dem Haus kam der Geruch von Kohl und gebratenem Fleisch.

»Wir haben nur ein paar Fragen an ihn«, antwortete Pieplow ausweichend.

In ihrem Gesicht ließ sich lesen, wie sie zwischen Ärger und Neugier schwankte.

»Er hackt Holz«, sagte sie schließlich und wies mit dem Daumen hinter sich. »Sie können durch den Garten gehen.«

Sie selbst nahm den bequemen Weg durchs Haus und stand schon in der Hintertür, als Pieplow und Ostwald um die Ecke bogen.

Torsten Baring sah seiner Mutter auffallend ähnlich. Dünnes, blondes Haar, das unter einer blauen Wollmütze an der verschwitzten Stirn klebte, ein rundes Gesicht mit dicken, roten Backen. Unter seinem Troyer wölbte sich ein ungesunder Kugelbauch. Ein freundlicher Mann mittleren Alters, der nicht verbergen konnte, dass ihn der Anblick zweier fremder Polizisten erschreckte. Er schlug seine Axt in den Hackklotz, schob seine Hände in die Hosentaschen und hörte sich an, was man von ihm wollte und warum.

Die Floskel von neuen, bislang unbekannten Hinweisen, denen nachgegangen werden müsse, nahm er ohne Nachfrage hin. Dass nur Pieplow sprach, schien ihn nicht zu verwundern. Dem kleinen, blassen Zivilisten in seinem zu großen Mantel schenkte er kaum Beachtung.

»Alles war so, wie ich es damals gesagt hab, und daran hat sich auch nichts geändert.« Ihm entging, dass Ostwald die Augenbrauen hob und den Kopf schüttelte.

»Ich habe eine Skizze«, sagte Pieplow. Er zog die Axt aus dem Hackklotz und legte das Papier auf die raue Holzfläche. »Wenn Sie mir zeigen würden, wo Sie gewesen sind, als Thiel an Ihnen vorbeilief?«

»Ich weiß nicht«, sagte Baring, während er angestrengt auf die Zeichnung starrte. Sein Atem roch nach Restalkohol. »Es ist ja auch verdammt lange her.« Er sah zu seiner Mutter hinüber, als wüsste die, woran er sich nicht mehr erinnerte. »Hier ungefähr, glaube ich.« Er deutete auf einen Punkt am Ende des Pfades zwischen Festplatz und Weg.

Weil Baring den Kopf über die Skizze gesenkt hielt, blieb Ostwalds Mimik stumm.

»Aber Sie wissen noch, dass Sie bemerkt haben, wie Heiner Thiel nachts um kurz nach zwei vorbeigelaufen ist?«

Baring sah auf, als Pieplow den Zettel an sich nahm. »Wenn ich das damals so gesagt habe, dann war es auch so.«

Eben nicht, dachte Pieplow, als er beobachtete, wie nachdrücklich Ostwald den Kopf schüttelte.

Auch bei Möhle öffnete eine Frau. Aber sie war jung, trug Leggings unter einem langen, dicken Pullover und ein quengelndes Kind auf dem Arm.

»Kommen Sie erst mal rein, damit nicht die ganze Wärme nach draußen verschwindet.« Sie lächelte unbefangen und setzte das Kind ab, das sich nun hinter ihren Beinen versteckte. Auch unter ihrem Pullover wölbte sich ein Kugelbauch, wenn auch wohl aus anderer Ursache als bei Torsten Baring.

»Polizei? Welche Polizei?«, kam es aus dem oberen Stockwerk zurück, als sie nach ihrem Mann rief. Bevor Pieplow Auskunft geben musste, kam Arnold Möhle die Treppe herunter.

»Was gibt's?«, fragte Arnold Möhle so salopp, als wäre es selbstverständlich, dass zwei Polizisten in seinem Hausflur standen.

Er war groß und dürr und mindestens zehn Jahre älter als seine Frau. Sein Gesicht hatte mit der hohen, flachen Stirn und dem vorgeschobenen Kinn etwas Pferdehaftes. »Was kann ich für Sie tun, meine Herren?«, fragte er und begrüßte sie mit Handschlag. Wenn es ihn befremdete, dass Ostwald nichts zur Begrüßung beitrug, ließ er es sich nicht anmerken.

Er war Pieplow auf Anhieb unsympathisch.

»Wir gehen neuen Hinweisen im Fall Heiner Thiel …«

»Müsste es nicht ›der Fall Manuela Fischer‹ heißen?«, unterbrach Möhle ihn.

»Ja … also es gibt in diesem Fall neue Hinweise, denen wir nachgehen.« Noch bevor Möhle antwortete, wusste Pieplow, dass sie in einer Sackgasse landen würden.

»Und was habe ich damit zu tun?« Möhle sah Ostwald an, der nur den Kopf seitlich neigen und die Lippen viel sagend schürzen konnte.

Es war an der Zeit, dass Pieplow eine Erklärung abgab.

»Hauptkommissar Ostwald ist leider etwas gehandicapt.« Pieplow hielt sich die Hand an den Hals. »Eine Kehlkopfentzündung. Er soll nur sprechen, wenn es unbedingt nötig ist.«

»Und warum kommt dann nicht Kommissar Ehmke? Oder ist der auch irgendwie gehandicapt?« Möhle bleckte seine kräftigen Zähne zu einem unfreundlichen Lächeln.

»Das wird er sicher, wenn es ein neues Ermittlungsverfahren gibt, aber zunächst geht es, wie gesagt, um die Überprüfung von …«

»Verstehe ich das richtig? Es laufen gar keine offiziellen Ermittlungen, Sie stochern hier nur zum Vergnügen ein bisschen mit der Forke im Nebel? In einem Fall, der seit fünfzehn Jahren geklärt ist?« Möhle musterte Pieplow mit spöttischem Blick.

»Möglicherweise stellen sich die Dinge heute etwas anders dar«, sagte Pieplow. »Um das zu überprüfen, möchten wir Ihnen ein paar Fragen zu Ihrer Aussage von damals stellen.«

»Da gibt's nichts zu fragen. Und ich habe nicht die geringste Lust, mich noch einmal mit dem ganzen Mist zu beschäftigen. Mir hat es damals mehr als gereicht.« Damit war das Gespräch beendet. Ein Schwall kalter Luft kam herein, als Möhle die Haustür öffnete und sie verabschiedete. Ohne Handschlag.

Es war kurz vor zwei, als sie wieder auf der Straße standen. Pieplow wendete das Auto und fuhr zurück zum Parkplatz hinter der Kirche. Zeit für ein Mittagessen und was sonst noch nach zwei Stunden mehr oder weniger ergiebiger Gespräche notwendig war. Als sie die Tür zum *Boddenblick* aufzogen, kam ihnen eine Duftmischung mit der Kopfnote gebratener Zander und Rumgrog entgegen.

Sie waren die einzigen Gäste. Der Zander wurde mit Petersilienkartoffeln serviert und schmeckte vorzüglich. Auf den Rumgrog verzichteten sie. Dienst ist Dienst.

»Sie sind wegen diesem Thiel da, oder?« Die Kellnerin legte die Rechnung auf den Tisch. Ihre Hände waren gerötet und rochen nach Spülmittel.

»Hat sich das schon herumgesprochen?«

»Nicht direkt«, sagte sie. »Aber erst taucht er selbst hier auf, dann kommt die Polizei und will was von Baring und Möhle. Da fragt man sich doch, was das zu bedeuten hat.«

»Und – sind Sie zu einer Antwort gekommen?«

»Dann bräuchte ich ja nicht mehr zu fragen.«

Wenn sie lächelte, kamen weiße, ein wenig schiefe Zähne zum Vorschein, und sie wirkte jünger, als sie war.

»Da ist was dran«, stimmte Pieplow zu. »Vielleicht können wir uns auf ein Tauschgeschäft einigen?«

»Kommt drauf an.«

»Ich sage Ihnen, dass wir wegen Thiel hier sind und Sie beantworten ein paar Fragen?«

»Ich kann's ja versuchen. Aber erst bringe ich das Geschirr nach hinten.« Sie verschwand mit den schmutzigen Tellern in der Schwingtür zur Küche und kam mit Aschenbecher und Zigaretten zurück.

»Jetzt kommt sowieso keiner mehr«, sagte sie. »Oder stört es Sie?«

»Überhaupt nicht«, versicherte Pieplow.

Ostwald schüttelte freundlich den Kopf.

Sie hieß Susanne Kilian, war ein paar Häuser weiter vor siebenunddreißig Jahren geboren und hatte, wie konnte es auch anders sein, Manuela gekannt.

Ziemlich gut sogar.

»Wenigstens solange wir zur Schule gegangen sind. Danach … Sie ist erst nach Bergen wegen der Lehre und dann nach Stralsund. Ich bin hiergeblieben. Und als sie weggezogen ist, haben wir nicht mehr viel miteinander zu tun gehabt.«

»Moment«, unterbrach Pieplow. »Ich denke, sie hat hier gewohnt?«

»Später wieder, ja. Eines Tages war sie wieder da.

Angeblich weil sie in Sellin eine bessere Stelle gefunden hatte.«

»Aber Sie haben das nicht geglaubt?«

»Ich weiß nicht … Nein, eigentlich war ich sogar überrascht.«

»Und wieso?«

»Ich dachte immer, sie würde ganz von hier weggehen. Aber nein, sie kommt zurück und fängt hier diese ganzen Geschichten an.«

»Männergeschichten, meinen Sie?«

»Was denn sonst? Es war … wie soll ich sagen … es war, als ob sie irgendwas beweisen wollte. Oder irgendwem. Was weiß ich.«

»Darüber gesprochen haben Sie nicht?«

»Ich hab's einmal versucht. Aber da hat sie mich ziemlich abblitzen lassen. Also hab ich meinen Mund gehalten und mir meinen Teil gedacht.«

Hatten das alle getan? Den Mund gehalten und nicht gesagt, was sie dachten? Von knapp vier Jahren abgesehen, hatte Pieplow sein Leben in Dörfern verbracht und hielt das für unwahrscheinlich.

»Natürlich wurde getratscht, was glauben Sie denn. Schon aus Gnatz darüber, dass Manu sich nicht darum scherte.« Susanne Kilian verstummte. Schaute wie abwesend aus dem Fenster. Schüttelte langsam den Kopf. »Ich mochte sie wirklich. In mancher Hinsicht wäre ich sogar gern gewesen wie sie. So unabhängig, so … stolz, würde ich sagen, obwohl das vielleicht ein bisschen altertümlich klingt.«

Ganz und gar nicht, fand Pieplow. Stolze Frauen gefielen ihm sogar dann, wenn er sie nicht verstand.

Er hatte den Mann nicht kommen hören, der plötzlich mitten in der Gaststube stand. Ein kräftiger, rotgesichtiger Mann, der so energisch wirkte, dass er eigentlich nur der Wirt sein konnte.

»Ich muss dann mal wieder.« Susanne Kilian griff nach Aschenbecher und Zigaretten. »Die Küche wird leider nicht von alleine sauber.« Sie erhob sich und verschwand durch die Schwingtür neben der Theke.

»Ist was nicht in Ordnung?« Der Wirt sah von Pieplow zu Ostwald und dann auf den Teller mit der unbeglichenen Rechnung.

»Nein, nein«, beeilte sich Pieplow zu versichern und legte dreißig Euro auf den Teller mit dem Coupon. »Alles in bester Ordnung.«

Ostwald schüttelte den Kopf und bedachte Pieplow mit dem Blick, mit dem er notorische Lügner auf den Boden der Tatsachen zu holen pflegte.

»Na dann«, sagte der Wirt. Er nahm Geld und Teller und trug es hinter den Tresen.

Ostwald erhob sich und wies mit einem Nicken in den hinteren Teil der Gaststube.

Pieplow nickte zurück. Alles klar. Jedenfalls was diese ganz spezielle Notwendigkeit betraf.

Pieplow blieb am Tisch sitzen und wartete. Starrte vor sich hin. Trommelte mit den Fingern auf dem Tischtuch.

Was hatte es mit diesem Jahr in Stralsund auf sich?

Hatte Manu sich tatsächlich verändert? Oder war sie nur flügge und den Nesthockern fremd geworden?

Wenn die Ermittlungen Hand und Fuß gehabt hatten, würde sich die Antwort in den Akten finden lassen.

Und wenn nicht?

Pieplow beschloss, die Tagesordnung um einen Punkt zu erweitern.

»Sagen Sie, leben Manuelas Eltern noch hier?«

»Der Vater nicht. Der ist vorletztes Jahr gestorben.« Für einige Sekunden war der einzige Ton im Raum das Quietschen des Glases, an dem der Wirt herumwienerte. »Die Mutter lebt noch.« Das Glas wurde gegen das Thekenlicht gehalten, für sauber befunden und mit größter Sorgfalt weggestellt.

»Und wo?«

»Wo sie wohnt?«

»Ja.« Pieplow bat die nordischen Götter um Geduld mit so viel pommerscher Geschwätzigkeit.

»Dahinten. Rechts, kurz vor den Neubauten. Das Haus, das ein bisschen zurückliegt. Kann man gar nicht verfehlen.«

Das Haus war das kleinste in der Straße, hatte aber wie die anderen im Vorgarten ein Schild, das Zimmer anbot. Der Weg durch den Vorgarten war mit Asche gestreut, aber der Trittstein gefährlich glatt. Es dauerte eine Weile, bis nach ihrem Klingeln im Haus Geräusche zu hören waren. Als die Tür geöffnet wurde, schrammte sie über die Schachbrettfliesen. Wie alt die Frau war, die durch den Türspalt spähte, ließ sich schlecht schätzen. Ihr Haar war weiß und so schütter, dass ihre Kopfhaut durchschimmerte, ihr Gesicht wirkte müde.

»Ja?«, fragte sie reserviert, aber nicht unfreundlich. Es schien niemanden zu geben, um den sie sich hätte ängstigen müssen. Die meisten Menschen erschraken, wenn unvermutet die Polizei vor ihrer Tür stand. Sie hörte sich ruhig Pieplows Erklärungen an, dann zog sie die Tür so weit auf, dass sie eintreten konnten.

»Wir müssen uns in die Küche setzen«, sagte sie entschuldigend. »Die Stube heize ich nicht, wenn ich allein bin.«

Also nie, dachte Pieplow. Er nahm auf einem hellblau gestrichenen Küchenstuhl Platz und hatte das Gefühl, eine willkommene Abwechslung an einem sehr tristen Wintertag zu sein.

Frau Fischer dirigierte Ostwald zur Küchenbank und zog für sich selbst den zweiten Stuhl unter dem Tisch hervor.

»Ehrlich gesagt, verstehe ich nicht, was es nach all dieser Zeit wieder zu fragen gibt. Es ist doch alles gesagt worden damals.«

Ostwald nickte freundlich. Was sie anbelangte, musste das stimmen. Sie hatte doch gewollt, dass dieser Thiel seine gerechte Strafe bekam, und deshalb alle Fragen beantwortet.

Auch die nach Manuelas Stralsunder Zeit?

»Ich weiß gar nicht, ob die jemand gestellt hat.

Wozu hätte das auch gut sein sollen? Sie ist schließlich hier und nicht in Stralsund … Ich meine, der Mord …« Es fiel ihr immer noch schwer, darüber zu sprechen. »Und außerdem …«

»Ja?«

»Außerdem war es schon schrecklich genug, wie über Manuela geredet wurde.«

»Sie meinen die Leute aus dem Dorf?«

»Auch, ja. Obwohl die einem ja nicht ins Gesicht sagen, was sie denken. Aber dieser Anwalt – den Namen weiß ich nicht mehr – der war schlimm. Richtig schlimm.« Sie schüttelte den Kopf. Bis heute verstand sie nicht, warum sie das hatten ertragen müssen. »Der hat gerade so getan, als sei Manuela selbst schuld gewesen, dass sie …«

Pieplow konnte sich vorstellen, wie die Strategie der Verteidigung ausgesehen hatte. Das Flittchen, das die Männer verrückt macht, bis sie von Sinnen sind und nicht mehr wissen, was sie tun.

So in etwa.

Ein Wunder, dass die Presse nicht auf diesen Zug aufgesprungen war.

»Hat dieser Anwalt auch etwas über Manuelas Zeit in Stralsund gesagt?«

»Ich glaube nicht, nein.«

»Und Sie? Wissen Sie etwas darüber?«

»Was man eben so weiß als Mutter. Es gefiel ihr gut. Die Arbeit, ihre Wohnung. Dass ihr niemand mehr in irgendetwas reinreden konnte.«

»Warum ist sie zurückgekommen, wenn es ihr so gut gefiel?«

»Sie hat gesagt, weil die Stelle in Sellin besser war. Das war wohl so eine Art Beförderung.«

»Haben Sie ihr das geglaubt?«

»Schon, obwohl … Wie soll ich sagen, es war mehr ein Gefühl, dass das nicht der einzige Grund war.«

»Sondern?«

»Manchmal war mir so, als wäre sie wieder bei uns untergekrochen. Wie ein Küken, das sich zu früh aus dem Nest gewagt hatte.« Wieder schüttelte sie den Kopf. Diesmal wie jemand, der sich geirrt haben musste. »Dabei war sie doch alles andere als ein ängstliches Mädchen. Aber sie hatte ein Talent dafür, sich in Schwierigkeiten zu bringen. Vielleicht wollte sie von allem zu viel.«

Als sie zum Auto zurückgingen, bemerkte Pieplow, dass Ostwald hinkte. Unauffällig musterte er den Exkommissar von der Seite, entdeckte aber nichts Beunruhigendes. Keinen herabgesunkenen Mundwinkel, kein plötzlich erschlafftes Augenlid. Dass die linke Hand zitterte, fiel nicht mehr auf, als Ostwald sie in die rechte legte und festhielt.

»Ist alles in Ordnung?«, fragte Pieplow vorsichtshalber trotzdem.

Ja.

»Wir können auch aufhören. Auf einen Tag mehr oder weniger kommt es nun ja auch nicht mehr an.«

Nein.

In Ostwalds Blick lag etwas Wütendes, Bohrendes, das Pieplow an seine erste Begegnung mit ihm denken ließ. An die Kraft und das Tempo, mit dem Ostwald die Dinge in die Hand genommen und vorangetrieben hatte. An den Ingrimm, mit dem er sein Ziel verfolgte. Und immer erreicht hatte.

Es deutete einiges darauf hin, dass es mindestens einmal das falsche gewesen war.

»Machen wir also weiter«, sagte Pieplow und ließ den Motor an.

Das Gut lag im Winterschlaf und sein Verwalter irgendwo unter südlicher Sonne.

»Malediven oder so«, sagte der Mann, der währenddessen immer mal nach dem Rechten sah, damit nichts kaputt fror. »Aber nächste Woche ist er wieder da. Die Saison geht ja bald wieder los. – Soll ich ihm was ausrichten?«

»Danke, es ist nicht so wichtig«, sagte Pieplow und ging zum Auto zurück.

»Sie sind wegen dieser Sache damals hier, oder?«

Pieplow drehte sich um und ging einen Schritt auf den Mann zu.

»Das hat sich also schon herumgesprochen?«

»Im Winter geht das schnell, wenn sonst nichts zu tun ist.« Der Mann stellte sich als Georg Kamenke vor und erwies sich als redselig. Wahrscheinlich, weil sonst nichts zu tun war.

»War ’ne schlimme Geschichte. Die Leute reden nicht gern darüber. Schon gar nicht mit Fremden. Ist ja auch nicht gut fürs Geschäft, wenn so was passiert.« Kamenke zog den Zeigefinger unter seiner rotgefrorenen Nase entlang und wischte ihn am Hosenbein ab.

Er war dabei gewesen damals und sah heute noch alles vor sich, als sei es gestern gewesen. Den Brand, der das Feuerwehrfest so abrupt beendet und auch den Besoffensten ernüchtert hatte. Manus verkohlte Leiche. Den Sturm auf Thiels Behausung im ehemaligen Gesindehaus, dem man heute nicht mehr ansah, was für eine Bruchbude es gewesen war.

»Im Prozess haben Sie nicht zu den Zeugen gehört?« Kamenke war kein Allerweltsname, und Pieplow konnte sich nicht erinnern, ihn irgendwo gelesen zu haben. Auch Thiel hatte ihn nicht erwähnt.

»Nee«, sagte Kamenke, »von dem, worauf’s ankam, hatte ich ja nichts gesehen.« In seiner Stimme schwang Bedauern. So ein Auftritt vor Gericht … das hatte doch was. Die Zeitungen und das Fernsehen nicht zu vergessen.

Pieplow lenkte das Gespräch auf Baring und Möhle. Die hatten doch entscheidende Aussagen machen können?

»Stimmt. Obwohl sie hackedicht waren. Besonders Möhle. Der hatte ganz schön hingelangt damals.« Kamenke untermalte seine Behauptung mit einer Kippbewegung in Mundhöhe. »Wie das eben so ist, wenn’s was zu feiern gibt.«

Offenbar nicht nur dann, dachte Pieplow. In Kamenkes Atemluft wehte eine beachtliche Fahne.

Pieplow sah zu Ostwald hinüber, der nicht aus dem Auto gestiegen war, und hätte gern gewusst, ob Möhles eingeschränkte Wahrnehmungsfähigkeit irgendwo aktenkundig und irgendjemand darüber stutzig geworden war.

»Und Baring?«, hakte er nach.

»Pah«, machte Kamenke. »Die waren wie Leuchtturm und Beiwagen, hat Jensen immer gesagt.«

Leuchtturm und Beiwagen?

»So heißen in Dänemark Pat und Patachon«, erklärte Kamenke.

Aha.

Ob er denn damals seine Bedenken nirgends zu Protokoll gegeben habe, wollte Pieplow zum Schluss noch wissen.

»Bedenken? Ich hab doch keine Bedenken! Ich sage nur, wie's war und was jeder weiß.« Kamenke machte die Augen schmal und fixierte Pieplow mit plötzlicher Skepsis. »Warum fragen Sie eigentlich nicht Ihren Kollegen Ehmke? Der kennt sich hier doch aus.«

»Das haben wir vor.« Pieplow fror und wollte ins warme Auto zurück.

»Dann müssen Sie aber nach Stralsund!«, rief Kamenke ihm nach. »Im Winter ist er höchstens am Wochenende mal da!«

19

Im Hause Rohrbach fing Pieplow schon auf dem Flur zu schwitzen an und beneidete Ostwald, dessen Mantel Rohrbach abnahm und an die Garderobe hängte. Pieplow legte nur seine Dienstmütze ab.

Frau Rohrbach erschien in der Wohnzimmertür und sah fragend zwischen ihrem Mann und den überraschenden Besuchern hin und her. Als Rohrbach ihr erklärte, mit welchem Anliegen sie gekommen waren, klang seine Stimme trocken und pelzig.

»Wir wollen gerade Kaffee trinken«, sagte Frau Rohrbach. Sie hatte ein schmales, fast spitzes Gesicht und einen forschenden Blick. Wenn sie lächelte, zeigten sich Krähenfüße in den Augenwinkeln. »Möchten Sie vielleicht auch eine Tasse?«

Ostwald nickte.

»Wenn es Ihnen keine Umstände macht«, sagte Pieplow höflich.

»Ganz und gar nicht«, versicherte sie und sagte damit die erste Unwahrheit.

»Wer ist da? Ich will wissen, wer da ist!« Aus dem Wohnzimmer kam ein Klirren, als würde mit Porzellan geworfen.

»Hier sind zwei Herren von der Polizei, Vater«, antwortete Rohrbach. Er führte sie in den Raum und deutete auf zwei freie Plätze am Tisch.

»Die sollen sich nicht hinsetzen!«, schimpfte der Alte. »Anfangen sollen sie! Anfangen!« Sein knochiger Zeigefinger stach in die Luft.

Pieplow blieb irritiert stehen. Ostwald setzte sich an die Schmalseite des Tisches und sah den Alten interessiert an.

»Vater, bitte«, sagte Rohrbach. Er strahlte eine Müdigkeit aus, die mit ein paar Stunden Schlaf nicht zu beheben sein würde.

»Halt den Mund!« Der Alte fuchtelte wild mit der Hand. Die Tasse, die er umgeworfen hatte, rollte über den Tisch. »Jetzt kommt alles raus! Alles!«

»Sie müssen entschuldigen«, sagte Rohrbach. »Mein Vater kann schwierig sein.« Er trat hinter den Rollstuhl und machte Anstalten, seinen Vater aus dem Zimmer zu schieben.

»Hände weg, Bengel!« Der Alte krallte die Hände ins Tischtuch. Es würde ein Schlachtfeld aus Kaffee, Kuchen und Geschirr geben, wenn sein Sohn nicht nachgab. »Worauf warten Sie?«, herrschte er Pieplow und Ostwald an. »Durchsuchen Sie ihn! Und das Haus! Er hat es gut versteckt!«

»Herr Rohrbach, wir sind nicht …« Weiter kam Pieplow nicht.

»Mein Geld!«, schrie der Alte. »Er stiehlt mein Geld. Es muss hier irgendwo sein!« Als er klagend die Hände hob, nutzte sein Sohn die Gelegenheit und rollte ihn in ein Zimmer auf der anderen Seite des Flurs. Durch die geschlossene Tür hörten sie sein Keifen und sehr laute Fernsehstimmen.

Ostwald hatte die Szene mit großem Interesse verfolgt und keine Miene verzogen. Das änderte sich, als Rohrbach ihnen Rede und Antwort stand.

Es stimmte noch, dass er wusste, wie unangenehm eine Kehlkopfentzündung war, weil er selbst einmal wochenlang nicht hatte sprechen können. Und das in seinem Beruf. Auch dass er Ostwald bedauerte, entsprach noch der Wahrheit.

Aber dann folgte eine Lüge auf die andere. Vorausgesetzt, Ostwald irrte sich nicht.

Rohrbach war nicht über den Weg zwischen Wald und Gut nach Hause gegangen. Er war Thiel nicht begegnet und konnte ihn demzufolge auch nicht erkannt haben, wie er ausgesagt hatte und hier an seinem verwüsteten Esstisch noch immer behauptete.

Ostwald hob und senkte und runzelte die Augenbrauen. Er schürzte skeptisch die Lippen, schüttelte immer wieder den Kopf. Am Ende lag fast etwas wie Mitleid in den Augen, die Rohrbach nicht aus dem Blick ließen.

Kann das sein?, dachte Pieplow, bevor er die entscheidenden Fragen stellte. Sollten wir tatsächlich die Lösung gefunden haben? Den Mann, der einen Unschuldigen fünfzehn Jahre im Knast schmoren ließ? Den Täter?

»Wie war Ihre Beziehung zu Manuela Fischer?«

Rohrbach zögerte.

»Wenn Sie damit meinen, ob ich ein Verhältnis mit ihr hatte, lautet die Antwort nein.«

Interessanterweise schien Ostwald mit der Antwort wenig anfangen zu können. Sein Gesicht wirkte unentschlossen, seine Hand machte eine zweifelnde Drehbewegung.

Kann sein, kann auch nicht sein.

Dann, dachte Pieplow, machen wir jetzt mal Nägel mit Köpfen.

»Und Sie haben sie auch nicht getötet?«

»Nein!« Einen Moment sah es so aus, als wollte Rohrbach aufspringen. Dann sackte er zusammen, saß mit hängenden Schultern auf seinem Stuhl und wiederholte leise: »Nein, ich habe sie nicht getötet.«

Das, so Ostwalds stumme Expertise, entsprach der Wahrheit.

»Aber Sie wissen, wer es getan hat.« Pieplow fragte nicht, er stellte fest.

Es konnte eigentlich gar nicht anders sein.

Rohrbach nickte. Natürlich wusste er das. Wie alle anderen auch.

»Thiel«, sagte er. »Wer denn sonst?«

Gute Frage, dachte Pieplow. Deswegen sind wir hier.

Ostwald schüttelte betrübt den Kopf. Dieser Lehrer log wie gedruckt, daran gab es nicht den geringsten Zweifel.

Rohrbachs Frau musste zugehört haben, von wo wusste Pieplow nicht. Sie kam in den Flur, während Ostwald sich mit seinem Mantel abmühte, und berührte Pieplows Arm, als wollte sie ihm etwas zustecken.

»Sie können meinem Mann glauben«, sagte sie. Ihre Finger legten sich fest um Pieplows Handgelenk, als habe sie vor etwas Angst. »Ich würde meine Hand für ihn ins Feuer legen.«

Ostwald verzog das Gesicht. Dabei würde sie wohl schwere Verbrennungen erleiden, das war mal sicher.

Was für eine Familie, dachte Pieplow, als sie zum Wagen gingen. Der Einzige, der nicht lügt, ist der Alte. Und der sagt nicht die Wahrheit.

20

Thomas Rohrbach drückte die Kellertür vorsichtig ins Schloss. Mit etwas Glück konnte er für eine Weile verschwinden, ohne dass sie es merkten. Wenn sie nicht in die Waschküche musste, kam Sabine nicht nach unten. Und die Mädchen waren nur selten bei ihm. Wenn, dann fühlten sie sich unbehaglich. Er sah das an ihren linkischen Bewegungen und der Art, wie sie dasaßen. Ganz auf der Sesselkante, wie auf dem Sprung. Als sei es ihnen peinlich, dass ihr Vater im Keller hauste. Seinen Schreibtisch dort hatte, sein Bett und die Regale mit seinen Büchern.

Die Gründe dafür kannten sie nicht.

Kein Vater erklärt seinen Töchtern, warum er es nicht ertrug, mit ihrer Mutter das Bett zu teilen. Was ihn nachts aus dem Haus trieb, wenn sie schliefen. Die unerträgliche Spannung, die Sehnsucht nach Erlösung.

Nach dem Schneefall am Morgen hatte er die Kellertreppe und den Gartenweg freigeschaufelt. Jetzt lag auf den Steinplatten nur eine pudrige Grieselschicht, in der seine Stiefelsohlen dunkle Abdrücke hinterließen. Der Wind hatte aufgefrischt und war eisig.

Wenn der Schnee sich nicht meterhoch türmte,

ginge er nach Westen. Hoch aufs Steilufer, wo ihm der Eiswind messerscharf ins Geschlecht fahren würde, bis es sich anfühlte, als sei da nichts mehr. Keine Hoden, kein Glied. Nichts mehr, was quälte.

Er wandte sich nach rechts. Ging langsam und brauchte doch nur ein paar Minuten, bis er am Hafen war. Vor ihm ragte der Bootssteg aus dem Eis, hinter ihm knisterte trockenes Schilf im Wind.

Thomas Rohrbach schloss die Augen und sog die kalte Luft tief ein, bis seine Lungen brannten. Dann öffnete er Jacke und Hose.

»Du bist und bleibst ein Schwein, Rohrbach. Ein armseliges, perverses Schwein.«

Rohrbach fuhr herum. Mit den Händen vor dem Schoß und außer Stande, etwas zu sagen.

Er hatte Ehmke nicht kommen hören.

»Mach gefälligst die Hose zu, wenn ich mit dir rede.«

Rohrbach zerrte mit klammen Fingern am Reißverschluss. Ehmke sah gelangweilt zu. Ein siegesgewisser Kater, der sich an den Zuckungen seiner Beute weidet.

»Was willst du?«, brachte Rohrbach heraus, obwohl die Frage überflüssig war. Er konnte sich denken, was Ehmke wollte.

»Sagen wir mal so: Mir ist zu Ohren gekommen, dass du Besuch hattest und möglicherweise Unterstützung brauchst.«

»Ich pfeife auf deine Unterstützung.«

»Vorsicht, Rohrbach. An deiner Stelle würde ich nicht so große Töne spucken. Du weißt, wie schnell ein Leben ruiniert ist. Ein Hinweis an die Schulbehörde, und das war's mit dem Lehrerleben. Aus, Ende, Feierabend. Keine Gattin mehr. Keine Kinder, kein Haus.«

Es müsste anders heißen, dachte Rohrbach. Keine Angst mehr. Keine Schuld und keine Scham.

Ein paradiesischer Zustand.

21

Es war nach fünf und stockdunkel, als sie sich auf den Rückweg machten. Ihr letzter Besuch war kurz und unergiebig gewesen. Dr. Schwarzkopf erinnerte sich noch in allen Details an seine Zeugenaussage vor mehr als fünfzehn Jahren, hatte aber nicht das Geringste hinzuzufügen. Er war nachts, etwa um Viertel nach zwei, zu einem Notfall gerufen worden. Hatte den Weg hinter dem Festzelt gewählt, weil er eine Abkürzung war, und vor sich in der Dunkelheit eine schwarze Gestalt ausgemacht. Ein Mann, da war er sehr sicher, obwohl – beschwören konnte er das nicht. Also natürlich auch nicht sagen, ob es sich bei diesem Mann um Heiner Thiel handelte. Von der Statur her hätte es möglich sein können. Aber Thiel war schließlich nicht der einzige eins achtzig große, schlanke Mann im Dorf gewesen.

Das, so der Doktor, hätte er damals ausgesagt und dem, wie schon erwähnt, heute nichts hinzuzufügen. Und wenn sie ihn jetzt bitte entschuldigen würden? Auf ihn wartete ein Wartezimmer voller ungeduldiger Patienten.

Ostwald hatte keine Einwände gehabt.

Hinter Göhren setzte Schneefall ein, der schnell dichter wurde und besonnenes Fahren verlangte. Pieplow drosselte die Geschwindigkeit und hätte gern die Heizung heruntergedreht. Die warme Luft aus dem Gebläse vernebelte ihm den Kopf und machte ihn müde. Er gähnte, dass seine Kiefergelenke knackten, und ließ seine Gedanken zum Nachmittag zurückschweifen.

Am aufschlussreichsten war das Gespräch mit diesem Rohrbach gewesen, der, wenn vielleicht nicht als Mörder, so doch auf irgendeine andere Weise beteiligt gewesen sein musste.

Aber auf welche?

Pieplow ärgerte sich, dass ihm entscheidende Fragen erst jetzt einfielen. Er hätte sich diesen Lehrer energischer vornehmen, hartnäckiger nachbohren müssen.

Und die beiden anderen? Leuchtturm und Beiwagen – was wussten, was verschwiegen sie?

Selbst wenn er dahinterkäme, bliebe die große Frage nach den Sachbeweisen. Nach der Tatwaffe, dem Benzin, dem Blut des Opfers. Wie, zum Henker, mochten die in Thiels Schuppen gekommen sein?

Oder was war mit diesem Jensen, der sich auf den Malediven in der Sonne aalte? Ihn und sein Alibi sollte man vielleicht noch einmal unter die Lupe nehmen.

Eigentlich, dachte Pieplow, eigentlich müsste man wieder ganz von vorn anfangen.

Als im Schneegestöber ein Rotlicht aufleuchtete, trat er vorsichtig auf die Bremse. Am Bahnübergang

Samtens senkte sich langsam die Schranke. Die Uhr im Armaturenbrett zeigte neunzehn Minuten vor sechs. Wenn es nicht bald weiterging, würde er das Abendschiff noch verpassen.

Ostwald schlief. Sein Kopf lehnte an der Nackenstütze, links hing der halb offene Mund etwas herunter, die linke Hand lag schlaff auf dem Oberschenkel und wackelte leicht. Im Licht der Ampel wirkte er hohlwangig und krank. Auch der Regionalexpress nach Stralsund konnte ihn nicht wecken.

Verdammt, dachte Pieplow, dem plötzlich das spezielle Problem des Hauptkommissars wieder einfiel. Vor mehr als drei Stunden war er das letzte Mal pinkeln. Er hält hoffentlich dicht, bis wir da sind.

Das Wetter wurde zusehends schlechter und damit die Wahrscheinlichkeit geringer, dass Pieplow das Abendschiff noch erreichte. Selbst wenn er Ostwald nur ablieferte und sofort weiterfuhr, war die Zeit mehr als knapp.

Er würde sich ein Nachtquartier suchen müssen.

Egal, dachte er. Irgendwo wird sich ein Bett finden lassen. Und eine Mahlzeit natürlich. Ihm stand der Sinn nach Räucherfisch mit Bratkartoffeln und frischgezapftem Bier.

Beides gab es im Waaser Hafen. Außerdem so viel Papier, wie er brauchte, um das Wichtigste des Tages festzuhalten, bevor es verloren ging. Als das erledigt war, bestellte er noch ein Bier und fragte sich, was sein nächster Schritt sein sollte. Er gestand sich ein, dass sie einen Punkt erreicht hatten, an dem ein Dorfpolizist und ein stummer Exkommissar nicht mehr viel ausrichten konnten. Die drei wichtigsten Zeugen logen, davon waren sie beide überzeugt. Beweisen konnten sie es nicht. Dafür brauchte es Mittel und Methoden, die sie nicht hatten.

Bevor er Marie anrief, fasste er einen Entschluss. Dann trank er aus und ging schlafen.

22

Im Haus war es endlich still. Thomas Rohrbach schloss die Mappe, in der alles Wichtige war. Geburtsurkunde, Studiennachweise, Examenszeugnis, Anstellungsvertrag, Heiratsurkunde. Sein Leben in Dokumenten. Mehr würden es nicht werden, von der Sterbeurkunde mal abgesehen. Die würde Sabine abheften müssen und das auf eine so penible Art, wie sie alles erledigte.

Als er die Mappe zur Seite legte, kam der Umschlag zum Vorschein. Wenn alles wie geplant lief, konnte er ihn morgen schon abschicken. Per Einschreiben mit Rückschein.

Er beobachtete seine Hand, wie sie über den packpapierbraunen Umschlag strich. Sanft, als sei darin ein Liebesbrief. Was in gewisser Weise ja sogar stimmte. Er hatte den Rest von Zuneigung zu sich selbst zusammengekratzt und Tage gebraucht, um ihn zu schreiben. Jetzt musste er ihn nur noch auf den Weg bringen.

Im Nebenraum sprang der Brenner an. Rohrbach stand auf und lauschte. Außer dem gleichmäßigen Brummen der Heizung hörte er nichts. Er zog seine Schuhe aus und ging geräuschlos nach oben.

Bevor er die Klinke herunterdrückte, hatte er

noch Zeit, sich über die Leichtigkeit seiner Schritte zu wundern und darüber, dass sein Herz ruhig und gleichmäßig schlug.

Der Atem des Alten ging etwas flacher als sonst. Nach einer dreifachen Dosis Zopiclon war das zu erwarten gewesen und würde die Sache wohl einfacher machen.

Es knisterte leise, als er die Folie aus der Tasche holte.

Sie war dünn und weich und glasklar. Als er sie über das Gesicht legte, sahen Mund und Nase des Alten aus, als drückte er sie an eine Scheibe.

Rohrbach hatte sich auf dramatische Szenen vorbereitet. Auf einen qualvollen Kampf und das nackte Entsetzen in weit aufgerissenen Augen.

Aber dann hob sich der Brustkorb des Alten nur ein paar Mal im vergeblichen Ringen nach Luft. Der Körper zuckte und bäumte sich auf, dann lag er still. Die Hände öffneten sich, die Füße fielen zur Seite.

Er hatte nicht einmal die Augen geöffnet.

Rohrbach sah auf den Wecker. Sechzig endlose Sekunden ließ er verstreichen, anschließend löste er die Folie vom Gesicht des Alten und steckte sie wieder ein.

Es war unfassbar einfach gewesen.

Er nahm das Glas mit dem Saftrest, spülte es in der Küche, bis der weiße Bodensatz sich ganz gelöst hatte, und stellte es wieder neben die Saftflasche auf den Nachttisch. Erst jetzt fiel ihm auf, wie still es im Zimmer war. Zum ersten Mal hatte er nicht den Wunsch, es fluchtartig zu verlassen. Zum ersten Mal ertrug er es ohne Furcht, mit seinem Vater in einem Raum zu sein.

Er schob den Stuhl ans Bett und setzte sich neben den Toten, dessen Gesicht sich zu verändern schien. Die Stirn wurde glatter, um Augen und Mund verschwand das Schmale, das bösartig Verkniffene, vor dem er sich gefürchtet hatte, seit er denken konnte.

Die Hände des Alten lagen so entspannt auf der Bettdecke, als hätten sie sich nie wie Schraubstöcke um Kinderarme gelegt, nie nach der Gerte gegriffen und zugeschlagen.

Weide, erinnerte sich Rohrbach. Der Alte hatte Weide bevorzugt. Nicht zu dicht am Stamm und nicht zu weit an der Spitze geschnitten. Fest, doch ausreichend biegsam, denn so hinterließ sie auf nackter Haut bei jedem richtig geführten Schlag einen anständigen Striemen.

Du hast mir mehr eingebläut als ausgetrieben, dachte er, während er die Hände des Alten betrachtete. Die Angst und die Feigheit und den ewigen Wunsch, mich von dir zu befreien.

Leise, als fürchte er, den Alten zu wecken, schlich Rohrbach aus dem Zimmer. Er ging zu Bett und wachte erst auf, als sein Wecker klingelte.

Soweit er wusste, hatte er nichts geträumt.

23

Ausgerechnet im Kreisel hatte es gekracht. Auf dem Frankendamm stauten sich die Fahrzeuge in beiden Richtungen. Die Stralsunder Kollegen gaben ihr Bestes, um den Verkehr auf einer schmalen Spur an der Unfallstelle vorbeizuleiten. Pieplow trommelte mit den Fingern aufs Lenkrad. Mit ein bisschen Glück konnte er noch pünktlich ankommen.

Vor dem klobigen Gebäude der Polizeidirektion stand zwischen den Einsatzfahrzeugen der Stralsunder ein schwarzer Mercedes mit Hamburger Kennzeichen. Hanseatische Kooperation morgens um zehn.

Privatwagen, sofern befugt zum Aufenthalt auf dem Polizeigelände, gehörten auf den Parkplatz zwischen den rückwärtigen Gebäuden. Pieplow stellte sein Auto ab und blieb noch einige Minuten sitzen. Er war nervös, und in seinem Bauch rumorte es hohl.

Er hätte sich unterwegs ein Brötchen kaufen sollen. Jetzt musste er diesem Ehmke mit gurgelndem Magen gegenübersitzen. Er kramte im Handschuhfach und fand tatsächlich etwas Essbares. Eine angebrochene Tüte Weingummi, die schon ein paar Monate dort gelegen haben musste. Die Sommerhitze hatte den

Inhalt zu einem glasigen Block in unappetitlichen Farben geschmolzen.

Besser als nichts. Pieplow biss ein großes Stück ab und stieg aus dem Wagen.

Hauptkommissar Ehmkes Büro war eindeutig moderner als der Rest des Gebäudes. Ein breiter Schreibtisch stand schräg zum Fenster, war aufgeräumt und sah trotzdem nach Arbeit aus. An den Wänden hingen großformatige Stadtansichten, die unbestreitbar schöner waren als der Ausblick auf das gegenüberliegende Landgericht. Neben dem Aktenschrank gab es einen Besprechungstisch mit sechs Plätzen, darauf standen eine Thermoskanne und zwei Tassen.

»Herr Pieplow, nehme ich an?« Ehmke erhob sich und umrundete seinen Schreibtisch. Ein großer, schlanker Mann mit kräftigem Händedruck. Mit einer Armbewegung leitete er Pieplow zum Tisch.

»Wir sind uns schon einmal begegnet, erinnern Sie sich?«

»Nein, tut mir leid«, sagte Pieplow, wusste aber auch, dass er ihn irgendwoher kannte.

»Es muss fünf oder sechs Jahre her sein. Wir haben damals auf Hiddensee ermittelt.«

»Stimmt. Fast sieben Jahre ist das her.« Ehmke musste damals zu Ostwalds Tross gehört haben. Wirklich erinnern konnte sich Pieplow nicht an ihn.

»Möchten Sie?« Ehmke hob fragend die Thermoskanne an.

»Gerne, danke.«

»Es hätte mich auch irritiert, wenn Sie Nein gesagt hätten. Ich finde, eine gepflegte Koffeinsucht gehört zur Polizeiarbeit wie der Diesel zum Schiff.«

Der Schiffsdiesel war heiß, trübe und bitter. Pieplow nahm mehr Milch und eine doppelte Portion Zucker.

Ehmke trank das Gebräu schwarz. Er lehnte sich zurück und schlug die Beine übereinander. Zu schwarzen Jeans trug er einen hellgrauen Rollkragenpullover, über der Lehne seines Schreibtischstuhls hing ein dunkelgraues Jackett. Obwohl er auf die fünfzig zugehen musste, hatten seine Bewegungen das Geschmeidige eines gut trainierten Sportlers.

Tanzstundenstreber, fiel Pieplow ein. Gegen den hätte ein Stiesel mit zwei linken Füßen wohl kaum eine Chance.

Aber darum ging es hier schließlich nicht.

Ehmke ließ sich berichten. Nahm ab und zu einen Schluck aus seiner Tasse, wechselte die Beinstellung oder verschränkte die Arme vor der Brust. Manchmal lächelte er, ansonsten hörte er konzentriert zu.

»Und jetzt sind Sie, wenn ich das richtig verstehe, davon überzeugt, dass Thiel unschuldig ist?« Eine gewisse Herablassung war nicht zu überhören.

»Vielleicht nicht überzeugt«, sagte Pieplow. »Aber ich halte es für mehr als wahrscheinlich.«

Ehmke nickte und schwieg. Sein Blick ging durch das Fenster auf die Gerichtsfassade.

»Ohne Ihnen zu nahe treten zu wollen«, sagte er höflich und wandte sich Pieplow wieder zu, »was

Sie hier vorbringen, ist, gelinde gesagt, hanebüchen. An keinen anderen Fall in meiner Laufbahn kann ich mich so gut erinnern wie an diesen. Weil ich dort aufgewachsen bin. Weil ich jeden Einzelnen im Dorf kenne. Und weil ich von Anfang an dabei war. Von der Tat bis zum Urteil sozusagen. Wir haben damals ganz nach den Regeln der Kunst in alle nur denkbaren Richtungen ermittelt. Obwohl nichts, aber auch gar nichts auf einen anderen Täter als Thiel hingewiesen hat, haben wir praktisch jeden befragt, der eine Beziehung zu Manuela hatte. Freunde, Nachbarn, Kollegen. Selbstverständlich auch ihre diversen Liebhaber. Wir sind jeder Spur nachgegangen. Sogar den vagen Vermutungen von Susanne Kilian. Das Ergebnis war gleich null. Und wie Sie wissen, war die Beweislage gegen Thiel erdrückend. Ich bin sicher, Herr Ostwald würde das heute noch genauso sehen, wenn er noch … wenn sein Erinnerungsvermögen nicht beeinträchtigt wäre.«

»Aber er ist …« Pieplow kam nicht dazu, Ostwalds sehr spezielle Fähigkeiten noch einmal ins Spiel zu bringen. Mit einer unwirschen Geste schnitt Ehmke ihm das Wort ab.

»Wir können es kurz machen, Herr Pieplow. Selbst wenn ich wollte, was nicht der Fall ist, würde ich keinen Staatsanwalt der Welt zur Aufnahme neuer Ermittlungen bewegen können, nur weil Sie und ein sehr geschätzter, aber eben auch erheblich eingeschränkter, ehemaliger Kollege Wahrheitsfindung betreiben.« Ehmke stand auf und reichte Pieplow die

Hand. »Aber wenn ich Ihnen einen guten Rat geben darf: Überlegen Sie sich gut, was Sie Thiel sagen werden, und sorgen Sie dafür, dass er nichts Unüberlegtes tut. Er wäre nicht der Erste, der sich umgehend wieder in den Knast bringt.«

Lackaffe. Das kam am ehesten hin. Ein bornierter Lackaffe.

Es dauerte eine halbe Stunde, bis die Wut auf Ehmke sich legte.

Kurz hinter Samtens war Pieplow bereit, sich selbst ein paar kritische Fragen zu stellen.

Zwischen Gingst und Trent kam er zu dem Ergebnis, dass er Ehmke in gewisser Hinsicht sogar verstand. Es war in der Tat eine hanebüchene Geschichte, die er ihm aufgetischt hatte.

Aber nun war sie in die Welt gesetzt und würde ihre Wirkung entfalten. Das spürte er wie einen Windhauch, der im Begriff war, einen Sturm auszulösen. Auch wenn er nicht den leisesten Schimmer hatte, über wem das Unwetter niedergehen würde, früher oder später würde es kommen.

Fragte sich nur, ob und wie es sich beschleunigen ließe.

Vielleicht reichten schon ein paar Gespräche mit denen, die so offenkundig Angst hatten. Baring und Rohrbach. Vor allem der.

Pieplow beschloss, über Einzelheiten erst nachzudenken, wenn er geduscht und gegessen hatte.

24

Zum dritten Mal hatte er vergeblich gewartet. Auch auf dem Mittagsschiff war Pieplow nicht gewesen. Thiel trat aus dem Windschatten der Fahrkartenbude und ging zurück ins Dorf.

In zehn Minuten würde sie den Tabakladen schließen.

Manchmal kaufte sie noch ein, meistens ging sie gleich nach Hause. Ob über das Norderende oder den Wiesenweg, ließ sich nicht voraussehen. Ein paar Mal hatte er sie verpasst, weil er hinter den Türen des Supermarkts auf sie gewartet hatte.

Vor dem Rathaus bestand diese Gefahr nicht. Hier musste sie vorbei, und er konnte ihr folgen. Ihren geraden Rücken betrachten, wenn sie vor ihm her ging. Den Schwung ihrer Hüften, den der dicke Wintermantel nicht verbergen konnte. Ihre festen Schritte in den kniehohen Stiefeln.

Wenn sie nach links zu den Häusern am Deich abbog, lief er weiter geradeaus und stellte sich vor, sie ginge im Sommer vor ihm her. In kurzem Rock, mit sonnenbraunen Beinen, das Haar sommerblond und vielleicht offen über den nackten Schultern.

Knastphantasien, die ihn im Schlaf noch umtrieben.

Heute kam sie über den Wiesenweg. Als er sie entdeckte, drehte er sich um und starrte auf den Kasten mit den amtlichen Bekanntmachungen. Die Tagesordnung der nächsten Gemeinderatssitzung und die neuen Abwasserbeseitigungstarife kannte er inzwischen auswendig.

Als sie hinter ihm vorbeiging, wehte ihr Duft zu ihm herüber. Er wartete ein paar Atemzüge lang, dann folgte er ihr mit einigem Abstand. Sie verhielt sich anders als sonst. Verlangsamte ihren Schritt, um gleich darauf wieder schneller zu gehen. Sah über die Schulter zurück und blieb schließlich stehen.

»Was soll das?« In ihrem Blick lagen Zorn und Entschlossenheit.

»Ich verstehe nicht ...« Thiel versuchte ahnungslos zu lächeln.

»Warum laufen Sie mir nach?«

»Wer sagt denn, dass ich Ihnen nachlaufe? Ich trage meine Einkäufe nach Hause. Das ist alles.« Thiel hob die Plastiktüte hoch. Sie war kaum zur Hälfte gefüllt.

»Und warum jeden Tag zur selben Zeit?«

»Keine Ahnung«, sagte Thiel. »Hat sich eben so ergeben.«

»Dann sorgen Sie dafür, dass es sich anders ergibt.«

»Ich verstehe nicht ...«

»Hören Sie zu, Herr Thiel. Ich verkaufe Ihnen Zigaretten. Ich verkaufe Ihnen Zeitungen. Ich wechsele ein paar Sätze mit Ihnen wie mit jedem anderen Kunden. Das ist aber auch alles. Ich will nicht, dass Sie mir auflauern und nachlaufen.«

»Aber es ist helllichter Tag! Glauben Sie allen Ernstes, ich könnte …« Ja, was? Sie niederwerfen und vergewaltigen? Ins Schilf schleifen und erwürgen?

»Es geht nicht um das, was ich glaube. Es geht um das, was ich will. Und ich will nicht mit Ihnen gesehen werden. Habe ich mich klar genug ausgedrückt?« Sie wartete eine Antwort nicht ab.

Thiel sah ihr nach, bis sie zu den Häusern am Deich abbog. Dann drehte er sich um und ging zurück ins Dorf. Was er jetzt brauchte, war wasserklar und hatte vierzig Prozent Alkohol.

Auf der Arbeitsplatte neben dem Herd kühlte ein Apfelkuchen ab. Der Einkaufskorb stand auf seinem Platz im Flur, Maries Anorak hing an der Garderobe.

Pieplow rief nach ihr, bekam aber keine Antwort.

Er fand sie auf dem Boden der Ferienwohnung. Ihre Hände waren staubgrau und damit beschäftigt, eine Steckdose in der Wand zu befestigen.

»Ich bin gleich fertig.« Sie sprach undeutlich, weil ein Spannungsprüfer zwischen ihren Zähnen klemmte.

»Lass dir Zeit«, sagte Pieplow. »Es beruhigt mich, wenn ich dir beim Arbeiten zusehe.«

»Genau deshalb habe ich beschlossen, diese Steckdose zu verlegen. Damit du nach deiner gefährlichen Polizistenarbeit ein wenig Ruhe findest.« Sie stand auf und wischte sich mit dem Handrücken über den Mund, bevor sie ihn küsste.

Es schmeckte trotzdem nach Zement.

»Wie war's in Stralsund?«, fragte sie.

»Deprimierend«, sagte er und zog sie an sich. »Ich fürchte, ich habe mich mit meiner Geschichte zum Kantinenwitz des Monats gemacht.«

»Es gibt Schlimmeres.« Diesmal küsste sie ihn auf die Wange.

Er hielt sie im Arm, bis sie sich von ihm löste und verlangte, er solle die Hauptsicherung wieder einschalten. Kaffee und Kuchen gebe es nämlich erst nach erfolgreicher Endkontrolle der geleisteten Arbeit.

Sie quittierte das Glimmen des Spannungsprüfers mit einem zufriedenen Nicken.

»Frau Ostwald hat angerufen«, sagte sie, während sie die Steckdose festschraubte.

»Bei dir?«

»Warum nicht? Sie hat versucht, dich zu erreichen, weil sie sich Sorgen um ihren Mann macht.«

»Was ist mit ihm?«

»Er hat letzte Nacht kaum geschlafen und zwei Stunden lang Schubert gespielt.«

»Deswegen macht sie sich Sorgen?«

»Genau. Sie sagt, er spielt Schubert nur, wenn es ihm schlecht geht. Wenn er zornig ist oder verbittert.«

»Und warum ist er verbittert?«, fragte Pieplow, obwohl er ahnte, was sie antworten würde.

»Seine Frau meint, weil er sich die Schuld gibt, dass

Thiel verurteilt wurde, und weil er nichts tun kann, um das ungeschehen zu machen.«

»Das kann keiner«, sagte Pieplow. Mit Dingen, die sich nicht ungeschehen machen ließen, kannte er sich aus. »Höchstens dafür sorgen, dass der Mörder nicht ungeschoren davonkommt. Aber nicht mal das scheint zu gelingen.«

Marie richtete sich auf. Klopfte sich den Zementstaub von den Knien und sah ihn an.

»Zwei Dinge gefallen mir nicht, Daniel«, sagte sie. »Erstens die Probleme, die wir haben, weil Thiel hier ist, und zweitens die Vorstellung, du könntest aufgeben, obwohl du weißt, dass es falsch ist.«

»Findest du das nicht ein bisschen widersprüchlich?«

»Ganz und gar nicht«, sagte Marie. »Und jetzt lass uns Kaffee trinken. Mir steht der Sinn nach Wärme und Kuchen.«

Aus dem gelben Kern der Sonne floss Licht über die träge rollende See. Tauchte die Wolken in Purpur und färbte die Eisschollen an der Wasserlinie hellviolett. Kurz vor sechs berührte die Sonne den Horizont, ein paar Minuten später war sie versunken, und der Wind schien eine Spur kälter zu werden.

Pieplow hatte sich für den Weg auf dem Deich entschieden und zum ersten Mal in diesem Jahr das Gefühl, der Winter neige sich dem Ende zu. In den märzwarmen Mittagsstunden hatte es getaut und dolchspitze Eiszapfen von den Dächern gelöst. An den

Wegrändern schmolz der Schnee und lief in schlammigen Rinnsalen zusammen. In schmuddeligen Vorgärten kamen Schneeglöckchen und Winterlinge zum Vorschein, die gemeinhin als Vorboten des Frühlings betrachtet wurden.

Sehr konzentriert dachte Pieplow über die weitere Vegetationsentwicklung nach. Wenn ihn seine botanischen Kenntnisse nicht täuschten, folgten demnächst Krokusse, bevor Anfang April Buschwindröschen den Waldboden wie frischgefallener Schnee bedeckten. Er war bei den Narzissen und Tulpen angelangt, als er auf die *Seemöwe* zusteuerte und nicht mehr umhin konnte, sich wieder dem Thema zu stellen, das er die letzten beiden Stunden erfolgreich verdrängt hatte.

Er zog seinen Schlüssel aus der Tasche, steckte ihn wieder ein und klingelte an seiner eigenen Haustür. Es dauerte eine ganze Weile, bis er hörte, wie Thiel durch den Flur schlurfte.

»Ach nee, Sie lassen sich tatsächlich noch blicken?« Thiel ließ die Türklinke los und schlurfte wieder zurück.

Die Luft im Haus war ein übles Gemisch aus Rauch, Schnaps und ungewaschenen Socken. Bevor die Winterstiefel auf dem Flurteppich gelandet waren, musste mit ihnen gegen die Wand getreten worden sein. Die Abdrücke der Stiefelspitzen waren schwarz und auf der weißen Raufaser gut erkennbar. Beim Anblick der Verwüstung im Wohnzimmer fehlten Pieplow für einige Sekunden die Worte. Seit er das letzte Mal hier gewesen war, hatte Thiel weder abgewaschen noch aufgeräumt. In zwei Bechern auf dem Tisch waren Teereste eingetrocknet, der Aschenbecher quoll über, und auf der Fensterseite neben dem Sofa bildeten Zeitungen und dreckige Wäsche einen unansehnlichen Haufen.

»Verdammt, Thiel, was soll das?«

»Was?«

»Das fragen Sie noch? Wenn Sie diesen Saustall nicht auf Vordermann bringen, schmeiß ich Sie raus. Dies ist immer noch meine Wohnung, falls Sie das vergessen haben sollten!«

»Scheiß drauf«, sagte Thiel. »Ich hab Wichtigeres im Kopf als Ihre beknackte Ordnung.« In der Flasche vor ihm fehlte mindestens ein Wasserglas Wodka.

»Und was wäre das, außer sich die Hucke vollzusaufen?«

»Vielleicht nachdenken?«

»Verraten Sie mir auch, worüber?«

»Das geht Sie einen Scheißdreck an.«

»Sie machen es einem wirklich nicht leicht, Thiel.« Pieplow nahm ein T-Shirt vom Sessel, warf es zu den anderen zwischen den Zeitungen und setzte sich.

»Warum sollte ich«, sagte Thiel. »Es denkt ja auch keine Sau daran, mir etwas leicht zu machen.« Er schraubte den Verschluss von der Wodkaflasche auf und schenkte sich drei Finger breit ein. »Sie zum Beispiel. Sie lassen mich hier zwei Tage schmoren, schalten Ihr Telefon ab und nehmen sich nicht eine beschissene Minute Zeit, um mich anzurufen.«

»Hören Sie auf zu jammern, Thiel. Und wenn Sie den Schnaps nicht wegstellen, rede ich auch jetzt nicht mit Ihnen.«

»Ist ja gut, Mann.« Thiel schob das Glas beiseite. Er legte den Kopf zurück und schloss für einen Moment die Augen. Bloß nicht durchdrehen, beschwor er sich. Bloß nicht durchdrehen. Der Bulle ist verflucht nochmal der Einzige, der überhaupt noch mit dir redet.

»Also?«

»Es ist schwierig«, sagte Pieplow. »Einerseits sieht es tatsächlich so aus, als taugten die Hauptbelastungszeugen nicht das Schwarze unterm Fingernagel. Möhle hat sich zwar geweigert, mit uns zu sprechen, aber Baring und Rohrbach lügen, dass sich die Balken biegen.«

»Und andererseits?«

»Andererseits nützt uns das überhaupt nichts, solange wir nur die Lüge aufdecken, aber nicht die Wahrheit herausfinden. Und das ist, wie gesagt, schwierig.«

»Wieso«, widersprach Thiel. »Ihr nehmt sie euch vor und bearbeitet sie, bis sie damit rausrücken.« Es war ziemlich klar, was er damit meinte. Er hatte die rechte Hand zur Faust geballt und schlug sie in den Handteller der linken. Immer wieder und ohne dass es ihm bewusst war.

»Niemand wird sich irgendwen vornehmen. Es sei denn, die drei unterziehen sich freiwillig dem, was Sie eine Bearbeitung nennen, und das ist wohl mehr als unwahrscheinlich.«

»Moment!« Thiel rutschte nach vorn auf die Sofakante, beugte sich über den Tisch und starrte Pieplow aus schmalen Augen an. »Seit wann sind Verhöre freiwillig? Ihr fragt, die müssen antworten. Basta.«

»In einem Ermittlungsverfahren vielleicht. Aber das wird es nicht geben.«

»Wer sagt das?«

»Ehmke. Ich war heute Morgen bei ihm. Er sagt, kein Staatsanwalt der Welt nimmt ein Verfahren wieder auf, nur weil zwei Typen wie Ostwald und ich Wahrheitsfindung betreiben.«

»Das war's?«

»Im Großen und Ganzen, ja.«

»Für Sie auch, Pieplow? Ziehen Sie jetzt den Schwanz ein, oder was?«

»So würde ich es nicht ausdrücken«, erwiderte Pieplow pikiert. »Ich weiß nur nicht, was wir noch tun könnten.«

Aber ich, dachte Thiel.

Er griff nach dem Glas und leerte es in einem einzigen Zug.

Gern hätte er jetzt jemandem auf die Schnauze gehauen. Einfach so. Zuschlagen, bis die Wut verebbte. Nach fünfzehn Jahren Knast wusste man, wie gut das tat.

Er presste die Zähne aufeinander, bis sein Kiefer schmerzte, und wartete stumm, bis Pieplow ihn endlich allein ließ.

Irgendwann war die Flasche leer. Er glaubte, Hunger zu haben, und brachte es fertig, eine Bohnensuppendose zu öffnen, bevor sie ihm entglitt und sich über den Boden ergoss. Die grünweiße Pampe ließ sich nur teilweise in die Dose zurückschieben, im Rest rührte er eine Weile mit dem Spüllappen herum, dann gab er auf. Aus der Hocke kam er noch hoch. Aber der Weg durch Bohnensuppe und Dreckwäsche zum Sofa zurück erwies sich als schwierig. Auf der Suche nach einer Stütze griffen seine Hände ins Leere. Seine Knie gaben nach, er stürzte mit einer halben Drehung vornüber. Als sein Kopf auf die Tischkante schlug, begann die frischverheilte Wunde über dem Auge wieder zu bluten.

Kurz nach zwei wälzte er sich stöhnend vom Bauch auf den Rücken. Morgens um fünf pisste er sich ein. Gegen Mittag kam er das erste Mal zu sich. Stellte fest, dass es ihm noch nie beschissener gegangen war, drehte sich auf die Seite und schlief weiter.

Als er endgültig wach wurde, war es fast vier.

Sein Kopf schien auf das Doppelte angeschwollen und schmerzte, als stecke er in den Zwingen einer sadistischen Versuchsanordnung. Trotzdem brachte er einen Gedanken zu Stande, der nach und nach schärfer wurde.

Warum nicht, dachte Thiel.

Es ist ja nicht so, dass ich etwas zu verlieren hätte.

Er stand mit der gebotenen Vorsicht auf und schleppte sich ins Bad, wo er sich mit einiger Abscheu im Spiegel betrachtete, bevor er den Wasserhahn aufdrehte.

Nachdem er geduscht und die Wunde über dem Auge mit einem Pflaster versorgt hatte, stellte er sich den Verwüstungen der vergangenen Tage. Wischte die Bohnensuppe auf, stopfte die Wäsche in die Waschmaschine, sammelte leere Dosen und Flaschen in zwei Plastiktaschen und stellte sie in den Flur. Als es dunkel wurde, sah die Wohnung halbwegs manierlich aus.

Er rauchte eine Zigarette, obwohl ihm speiübel davon wurde, dann begann er zu suchen. Er fand die Schlüssel in einem Holzkasten auf dem Bücherregal. »Autohaus Abraham« stand mit goldfarbenen Buchstaben auf dem Etui.

Das Mittagsschiff machte mit zehn Minuten Verspätung in Schaprode fest. Niemand nahm davon Notiz, dass Thiel nicht in den Bus nach Bergen einstieg.

Es gelang ihm auf Anhieb, den Wagen anzulassen. Ihn rückwärts aus der Garage zu fahren erwies sich als ungleich schwieriger. Beim Schalten zwischen Vorwärts- und Rückwärtsgang zerrte metallisches Knirschen an seinen Nerven, und es schien eine Ewigkeit zu dauern, bis er das Auto auf der Straße hatte. Vorsichtshalber ließ er den Motor laufen, während er das Garagentor schloss.

Seine Fahrerlaubnis war das Papier nicht mehr wert, auf dem sie stand. Nicht mal zwei Jahre hatte er ein eigenes Auto besessen und längst das Gefühl für Entfernungen und Geschwindigkeit verloren. Die ersten Kilometer fuhr er nicht schneller als fünfzig und fast in der Mitte der Straße. Vor jeder Kurve schlug sein Herz schneller, und bei Gegenverkehr brach ihm der Schweiß aus. Dass alle anderen rasten wie Wahnsinnige, kam ihm vielleicht nur so vor, machte die Sache aber nicht einfacher.

Trotzdem erreichte er sein Ziel. Erschöpft, aber unversehrt.

Als er kurz nach zwei das Ortsschild Groß Zicker passierte, hörte er Glockenläuten durch das halb heruntergelassene Fenster. Über den Vorplatz mit den alten Grabsteinen hasteten zwei schwarz gekleidete Gestalten der Kirche zu.

Es schien, als hätten sie beim Anblick des roten Autos kurz innegehalten.

Das Dorf wirkte wie ausgestorben. Kein Auto auf der Straße, kein Spaziergänger, obwohl der Tag nicht unfreundlich war. Wolkig mit heiteren Abschnitten, niederschlagsfrei. Thiel ließ den Wagen langsam übers Kopfsteinpflaster rollen. Die Adressen im Telefonbuch hatten ihm wenig gesagt, aber jetzt sah er, dass Baring und Möhle immer noch in denselben Häusern wohnten. Nur der Lehrer war umgezogen. In einen der Neubauten am Bodden, die vor fünfzehn Jahren noch nicht dort gestanden hatten.

Thiel ließ das Haus links liegen. Er fuhr noch das kurze Stück bis zum Westrand des Dorfes, wendete den Wagen, stellte den Motor ab und öffnete das Fahrerfenster.

Diesen Rohrbach würde er sich zuerst vornehmen. Gründlich und so lange, bis er den Mund aufmachte.

Seine Wut hatte endlich ein Ziel.

Es war, als öffnete sich das Gefängnistor zum zweiten Mal. Als habe er einen zweiten Versuch, der Welt gegenüberzutreten. Diesmal nicht mit der Hoffnung, sie werde sich an einen wie ihn gewöhnen, wenn er nur lange genug die Schnauze hielt.

Diesmal würde er sich sein Recht holen.

Koste es, was es wolle.

Er stieg aus und ging auf das Haus zu. Klingelte und trat nah an die Tür. Wenn sie geöffnet wurde, konnte er blitzschnell seinen Fuß hineinstellen. Aber im Haus rührte sich nichts, und es blieb auch still, als er ein paar Mal gegen die Tür trat.

25

Befiehl Du Deine Wege

Thomas Rohrbach zuckte zusammen, als der Gesang einsetzte. Die schrillsten Frauenstimmen zu früh, ein paar unsichere Bässe wie immer zu spät. Aber alle mit Inbrunst.

Und was Dein Herze kränkt

Als ob jemals irgendetwas dieses Herz hätte kränken können.

Rohrbach hob den Kopf und drückte die Schultern nach hinten.

Der allertreuesten Pflege

Gott sei Dank, dachte er, übernimmt die jetzt ein anderer.

Des, der den Himmel lenkt

Sabine hatte auf den ersten beiden Strophen bestanden. Er hatte sich die letzte gewünscht.

Mach End', o Herr mach Ende
An aller unserer Not

Ein gewaltiger Berg weißer Lilien auf dem Sarg verhält sich umgekehrt proportional zur Trauer des Sohnes.

So konnte man es sagen.

Logik hatte der Alte sehr geschätzt. Je kälter, umso mehr.

Rohrbach ließ seinen Blick schweifen, ohne den Kopf zu bewegen. Vom Sarg weg hoch ins Gewölbe, durch den Chorraum zum Sakramentsschrein. Zurück zu den Lilien und der Schleife. Schwarze Frakturbuchstaben auf weißem Grund. *Ruhe sanft*. Ein Palmblatt. Seinen Namen hatte er dort nicht lesen wollen.

Sonst war alles, wie es sich gehörte.

Eine Schwiegertochter, die sich mit einem Taschentuchzipfel ab und zu die Augen tupfte.

Zwei Enkelinnen, die tatsächlich weinten.

Eine Predigt, in der es um Schiffe in den Stürmen des Lebens ging. Um rettende Häfen und nun in andere Hände gelegte Ruder.

Rohrbach presste den Rücken gegen die harte Lehne der Kirchbank. Irgendwo hinter ihm saß Ehmke. Rohrbach meinte, seinen Blick im Nacken zu spüren, und wusste, dass ihm dieser Blick nichts mehr anhaben konnte.

Er schloss die Augen und stellte fest, dass er sich gut fühlte.

Wie einer, der sich endlich befreit hatte.

Er hatte viel zu lange damit gewartet. Zu lange für die Erkenntnis gebraucht, dass es im Grunde ganz einfach war.

Er musste nur auf die Zukunft verzichten. Dann wurde alles leicht. Dann ließ sich tun, was getan werden musste.

Zum Beispiel den Alten unter die Erde bringen, damit Sabine und die Mädchen ihn nicht am Hals hatten, wenn sie fortgingen. Denn hierbleiben konnten sie nicht. Nicht nach dem, was in den nächsten Tagen geschehen würde.

Thomas Rohrbach wandte den Kopf. Er betrachtete das Profil seiner Frau und fragte sich, woran sie dachte, während sie regungslos auf den Sarg starrte. Als ob ihn das noch etwas anginge.

Sie würde zurechtkommen, daran hatte er nicht den geringsten Zweifel. Aber die Mädchen … an sie zu denken, schnürte ihm den Hals zu. Er hätte sie gar nicht zeugen dürfen. Einer wie er taugte nicht zum Vater. Das hätte er damals schon wissen müssen.

Die Orgel riss ihn aus seinen Gedanken. Es war Zeit, den Alten zu Grabe zu tragen.

In den letzten Tagen hatte es während der Mittagsstunden getaut. Weil aber der Frost der vergangenen Wochen noch im Boden steckte, lag der Aushub in gefrorenen dunklen Brocken an den Seiten der Grube. Bei ihrem Anblick empfand Rohrbach nun doch eine ungewisse Bangigkeit, es könnte jetzt noch jemand Einspruch erheben. Ehmke zum Beispiel, weil er, aus welchem Grund auch immer, Verdacht geschöpft hatte. Oder der Arzt, den im letzten Moment vielleicht Zweifel beschlichen, ob die Ursache für den Tod des Alten so natürlich war, wie es auf dem Totenschein stand. Es ergriff aber niemand das Wort. Hier wurde ein kranker, alter Mann zu Grabe getragen. Was sollte daran verdächtig sein?

Der Pastor bemühte noch einmal das Bild von Reise, Schiff und Hafen, während die Trauergemeinde möglichst unauffällig von einem Bein auf das andere trat, weil die Kälte sich schnell ins Schuhwerk für besondere Anlässe fraß.

Schließlich wurden die Bretter fortgezogen, auf denen der Sarg stand, und die Lilien verschwanden zitternd in der Grube. Rohrbach trat als Erster vor, warf eine Hand voll Erde zwischen die Blüten und trat zurück, um sich kondolieren zu lassen, bevor die Prozession zum gemütlichen Teil des Tages aufbrach.

In der *Fischerklause* wurde dafür bestens gesorgt.

Kaffee und Kuchen. Belegte Brote natürlich. Genug Schnaps, um auch größere Felle als das des alten Rohrbach zu versaufen.

Gemocht, nein, gemocht hatte ihn eigentlich niemand. Aber respektiert.

Jawohl.

Wie man früher überhaupt mehr Respekt gehabt hatte.

Genau.

Erst recht vor einem, der noch wusste, wie man mit einem Rohrstock umging.

Allerdings.

»Genau genommen, war er ein verdammter Sadist«, sagte Baring dumpf. Dabei sah er sich um, als könnte jemand kommen und ihn am Ohr von seinem Stuhl ziehen.

»Wie man's nimmt«, erwiderte Ehmke. »Immer noch besser als ein Weichei, dem die Gören auf der Nase rumtanzen, wie's ihnen passt.«

Obwohl Ehmke ihn nicht ansah, wusste Rohrbach, dass von ihm die Rede war. Niemand sonst im Raum stand im Ruf, sich von eigenen oder fremden Gören auf der Nase herumtanzen zu lassen.

Möhle sah das genauso. Eine Tracht Prügel aus gegebenem Anlass hatte jedenfalls noch keinem geschadet. Er war im Begriff, seine eindrucksvollsten Erfahrungen in dieser Hinsicht zu schildern, als die Tür aufging und seine Frau in die Gaststube trat. Sie hatte die Kinder dabei, das ältere an der Hand, das jüngere auf dem Arm. Beide schrien wie am Spieß.

Die Gespräche an den Tischen brachen ab, und wer mit dem Rücken zur Tür saß, drehte sich um. Man wusste, die Möhles gerieten sich schnell in die Haare. Besonders wenn sie versuchte, ihn aus der Kneipe zu holen, bevor er sich besoff. Und so wie sie auf ihn zustürmte, sah es genau danach aus.

Auch Möhle schien das zu vermuten. Er schob wütend seinen Stuhl zurück und stand auf.

»Was ist los?« Er machte keine Anstalten, seine Kinder zu beruhigen.

»Du musst kommen«, sagte sie und wirkte alles andere als zänkisch. »Es war ein Mann da, der …«

»Was für ein Mann?«, unterbrach Möhle sie unwirsch.

»Ich weiß es nicht«, sagte sie. »Ich habe ihn noch nie gesehen.« Sie setzte das Kind ab und drückte sich die Hände in den Rücken. »Er wollte zu dir, aber ich habe ihn nicht ins Haus gelassen, weil er …«

»Setz dich doch erst mal hin.« Ehmke war aufgestanden und legte Möhles Frau den Arm um die Schultern.

Ehmke in seiner Paraderolle, dachte Rohrbach. Der Retter mit der starken Schulter, der Hüter von Ruhe und Ordnung.

Was für ein Witz.

Niemand bemerkte, dass Rohrbach lächelte. Alle Blicke waren auf Möhles Frau gerichtet, die eine Hand auf ihren gewölbten Bauch gelegt und zu weinen begonnen hatte.

Ehmke wartete, bis sie sich beruhigt hatte, dann ließ er sie erzählen, was passiert war.

Als es klingelte, war sie oben im Kinderzimmer gewesen und hatte eine Weile gebraucht, um die Treppe hinunterzukommen. Im Nachhinein war es ein Glück, dass sie sich Zeit gelassen hatte, denn sonst hätte sie diesem Mann womöglich die Tür geöffnet, bevor sie … bevor er …

Möhles Frau legte auch die zweite Hand auf ihren Bauch, als wolle sie das Ungeborene beruhigen.

»Es war schrecklich.« Sie sah zu ihrem Mann auf, der jetzt neben ihr stand und unbeholfen ihre Schulter tätschelte. »Er wollte, dass du rauskommst. ›Du verlogenes Schwein!‹, hat er gebrüllt. ›Ich schlag dich tot, wenn du nicht endlich das Maul aufmachst!‹ Ich hatte Angst, dass er die Tür eintritt.«

Ihren Mann hatte sie nicht anrufen können. Sein Telefon war ausgeschaltet und auch sonst niemand erreichbar, das Dorf wie ausgestorben gewesen.

Plötzlich war es vor der Tür still geworden. Sie hatte sich nicht gerührt, hatte den Atem angehalten und nach draußen gelauscht, aber nichts hören können. War wie taub vor Angst gewesen. Was sollte sie tun, wenn die großen Scheiben im Wohnzimmer barsten? Oder die Tür zum Garten? War die überhaupt abgeschlossen?

Wenn sie den Notruf wählte – wie lange würde es dauern, bis die Polizei kam? Aus Thiessow oder Göhren oder sonst woher? Ewig konnte das dauern.

Sie musste die Kinder in Sicherheit bringen und wusste nicht, wo.

Aber dann war auf der Straße das Auto angesprungen, und sie hatte es gewagt, aus dem Fenster neben der Haustür zu gucken. Den Mann hatte sie nicht erkennen können, nur das Auto. Ein roter Golf. Einer wie der, mit dem neulich die beiden merkwürdigen Polizisten da gewesen waren.

»Was hat das alles zu bedeuten, Arnold?« Sie sah fragend zu ihrem Mann auf. »Was wollte der von dir?«

»Keine Ahnung.« Möhles Hand drückte die Schulter seiner Frau, als wolle er sie zum Schweigen bringen.

Baring zerrte an seiner Krawatte und löste den oberen Hemdknopf wie immer, wenn er schwitzte.

Ehmke zog die Augenbrauen zusammen und sah zu Rohrbach hinüber.

Ein paar Männer hasteten hinaus auf die Straße, die menschenleer in der heraufziehenden Dämmerung lag. Trotzdem, schlugen sie vor, sollte ein Suchtrupp zusammengestellt werden. Nicht, dass der Kerl sich irgendwo versteckte, um im Schutz der Dunkelheit zurückzukommen.

Ehmke sollte das Ganze koordinieren. Als Fachmann wusste er besser als alle anderen, was zu tun war, und würde am ehesten den Überblick behalten.

Die Frauen sorgten sich um Haus und Hof und daheimgebliebene Kinder und verlangten, dass alle gemeinsam nach Hause gingen, weil das der beste Schutz gegen randalierende Verrückte sei. Außerdem könnten die Männer sich bei der Gelegenheit umziehen. Schließlich seien Beerdigungsanzüge als Bekleidung für Suchtrupps vollkommen ungeeignet.

Auch Sabine war aufgestanden und drängte die Mädchen, sich zu beeilen. Erst als sie schon ihren Mantel anhatte, fiel ihr auf, dass Rohrbach als Einziger auf seinem Platz geblieben war.

»Jetzt komm endlich«, herrschte sie ihn an. »Die anderen werden nicht auf dich warten.«

»Brauchen sie auch nicht«, sagte er. »Ich bleibe noch ein bisschen hier sitzen, dann komme ich nach.«

»Allein?« Sie klang eher gereizt als besorgt.

»Mir wird schon nichts passieren«, beschwichtigte

Rohrbach und wünschte, sie möge ihn endlich in Ruhe lassen.

»Wenn du meinst …« Es lag nun doch eine gewisse Unsicherheit in ihrer Stimme. Sie zögerte einen Augenblick, als wollte sie noch etwas sagen, überlegte es sich dann aber anders und drehte sich auch nicht mehr um, als sie die Gaststube verließ.

Rohrbach lehnte sich zurück und verschränkte die Arme vor der Brust. Sein Blick schweifte durch den Raum, dem man ansah, wie plötzlich er verlassen worden war. Hastig vom Tisch weggeschobene Stühle standen kreuz und quer durcheinander, achtlos neben halb ausgetrunkenen Gläsern abgestellte Tassen bildeten bräunliche Ringe im Weiß der Tischdecken, und auf den übrig gebliebenen Brötchen wurde der Käse glasig und begann, sich an den Rändern zu rollen.

Der Anblick gefiel Rohrbach. Er empfand eine hämische Heiterkeit bei dem Gedanken, dass der Alte sich den Verlauf seines Leichenschmauses bestimmt anders ausgemalt hatte.

Er schreckte aus seinen Betrachtungen auf, als die Tür aufgestoßen wurde und Ehmke mit großen Schritten auf ihn zukam. Jeder Zoll ein Mann, der wusste, was zu tun war. Der Widerspruch nicht duldete und gewohnt war, dass ausgeführt wurde, was er anordnete. Es war nie anders gewesen. Ehmke hatte alles bestimmt und immer gewonnen. Als Pirat, als Räuber, als Gendarm. In der Armee und bei der Polizei. Einem wie ihm stellte man sich besser nicht in den Weg.

»Was ist, Rohrbach, brauchst du eine Sondereinladung?«

Rohrbach stellte zufrieden fest, dass sein Herz ruhig blieb. Es stolperte nicht und pumpte kein angstheißes Blut in die Adern.

Gut. Sehr gut fühlte sich das an. Wie eine Befreiung.

»Selbst wenn ich sie erhielte, deine Sondereinladung, ich würde sie nicht annehmen, Ehmke.« Rohrbach lächelte und streckte entspannt die Beine aus. »Ihr werdet Thiel ohne mich jagen müssen, und ich hoffe sehr, dass er euch diesmal entkommt.«

»Wer sagt, dass es Thiel ist, nach dem wir suchen?«

»Wer soll es denn sonst sein, Ehmke? Wer, wenn nicht Thiel, sollte Möhle ein verlogenes Schwein schimpfen? Mir jedenfalls fällt niemand ein, der mehr Grund dazu hätte.«

Ehmkes Augen wurden schmal. Schweigend fixierte er Rohrbach ein paar Sekunden, bevor er sich zu ihm vorbeugte. Sein Atem war flach und roch nach dem Kaugummi, auf dem er so heftig kaute, dass sich seine Wangen mit dem Mahlen der Kiefer bewegten.

»Denk dran, dass du viel zu verlieren hast«, sagte er leise. »Meinetwegen bleib hier sitzen – schließlich bist du in Trauer, nicht wahr? Aber pass auf, was du sagst, wenn du dich nicht in die Scheiße reiten willst.«

Rohrbach ging nicht darauf ein.

»Hast du mal über die Zukunft an sich nachgedacht?«, fragte er stattdessen. »Ich habe es getan, Ehmke. Lange und gründlich. Und bin zu dem Ergebnis gekommen, dass sie vor allem eine Last ist. Du musst dich nur von deiner Zukunft verabschieden, dann bist du frei. Es ist so einfach, dass ich mich frage, warum ich nicht schon früher darauf gekommen bin. Aber wie sagt man so treffend: besser spät als nie.« Rohrbach erhob sich. »Du wirst mich zu nichts mehr zwingen, Ehmke. Zu gar nichts. Du wirst dieses widerwärtige Spiel allein weiterspielen müssen, und ich denke, du wirst es verlieren.«

Thiel schaffte es bis zum Parkplatz am Schöpfwerk, stellte den Motor ab und legte die Stirn auf das Lenkrad. Hinter seinen geschlossenen Lidern sah er sich vor Möhles Haus. Hörte das Dröhnen seiner Schläge gegen die Tür und sein Gebrüll und das panische Schreien der Kinder. Er hatte nicht aufhören können, hatte weitergetobt, obwohl er wusste, dass es vergeblich war. Möhle hätte sich nicht verkrochen, wenn er zuhause gewesen wäre.

Thiel hob den Kopf. Er ließ die Scheibe herunter und starrte auf die Straße. In der kalten Luft, die hereinströmte, wurde sein Kopf allmählich wieder klar. Ein Auto näherte sich, wurde langsamer und beschleunigte wieder, als er mit einer Handbewegung klarmachte, dass er weder eine Panne hatte noch sonst irgendwie Hilfe brauchte. Jedenfalls keine mit Wagenheber und Schraubenschlüssel.

Bevor er weiterfuhr, drehte Thiel sich eine Zigarette, rauchte und versuchte Ruhe in den Aufruhr seiner Gedanken zu bringen. Ein Teil von ihm wünschte sich das Vergessen, wollte sich abfinden und mit der Freiheit zweiter Wahl zufriedengeben. Er wollte sich in das Unabänderliche fügen, sich dann und wann betrinken, wenn ihm die Dankbarkeit dafür ausging, dass man ihn duldete, und warten, ob sich die Dinge nicht doch irgendwann änderten. Und dann gab es den anderen Teil in ihm, den, der sich nicht abfinden wollte. In dem eine Wut brodelte, die ihn um den Verstand brachte. Der wie betäubt war von Hass und mehr nach Rache als nach Gerechtigkeit gierte. Der Teil, der sein Leben endgültig zerstören würde, wenn er ihm freien Lauf ließ.

Thiel stöhnte.

Er fühlte sich zerschlagen. Hin und her geworfen wie ein Wrack, für das es keine Richtung mehr gab. Das in schwerer See schlingerte, bis es strandete oder sank.

Thomas Rohrbach kam nur mühsam voran. Wenn die Harschdecke brach, sank er knöcheltief ein und musste sich gegen den scharfen Nordwestwind vorbeugen, um den nächsten Schritt tun zu können. Die eisige Luft brannte in seinen Lungen, und schon nach der Hälfte des Weges zwischen Hafen und Steilküste war er so erschöpft, dass er am liebsten liegen geblieben wäre, als er ausglitt und fiel.

Warum sich in sinnloser Verbissenheit noch weiter quälen?

Er vertrieb den Gedanken und rappelte sich wieder auf. Stand eine Weile schwer atmend in der Dunkelheit und betrachtete die Silhouette des Dorfes, in dem er jedes Haus, jeden Weg und jeden Menschen kannte, der länger als ein paar Sommerwochen dort lebte.

Von hier fortgetraut hatte er sich nie. Hatte Armee und Studium irgendwie hinter sich gebracht und war zurückgekommen. Hatte das bekannte Unglück dem unbekannten Glück vorgezogen und war geblieben. Hatte sich nach der Weite gesehnt und die Enge gewählt. Die Ehe, die Schule, das Dorf. Hatte gehofft, so viel Normalität werde ihm helfen, normal zu werden. Ihn von der Lust am Sehen und der Angst vorm Gesehenwerden befreien. Von der Scham, die ihn fast erstickte, wenn die Erregung ausgekostet war und er davonschlich.

Wie ein Süchtiger hatte er mit sich gerungen. Sich tausend Gelübde abgenommen und sie tausendfach wieder gebrochen. Immer war die Lust mächtiger als die Angst gewesen.

Was für ein erbärmliches Leben.

Rohrbach drehte sich um. Er richtete den Blick auf die Schneewüste vor sich und sah auch nicht noch einmal zurück, als er das Ufer unter der Steilküste erreichte.

Er war am Ziel. Am einzigen Ort, an dem er in dieser Stunde sein wollte. Dem Ort, an dem seine Seele zuhause war, den er kannte, seit er denken konnte. Er liebte den Sommer, wenn das Wasser träge die Walrossrücken der Findlinge umspülte und den Tang wie Frauenhaar schweben ließ, wenn er den Rücken an die sonnenwarme Steilwand lehnen und den Schwalben zusehen konnte, bis sie sich im Herbst auf ihre Reise nach Süden machten. Er hatte sich ihnen hinterhergeträumt und nach ihnen Ausschau gehalten, sobald im Frühjahr der Südwestwind die erste Wärme über das Wasser wehte.

Aber jetzt türmten sich Eisschollen am Ufer, als wären mannshohe Wellen erstarrt, bevor sie den Strand erreichten. Weit draußen, jenseits der weißen Ebene hinter den zerklüfteten Wällen musste das Wasser sein. Am Tag war es als schimmernder Streifen zu sehen, jetzt war es im Dunkel der Nacht verschwunden.

Wenn er es bis dorthin schaffte, würde alles ganz schnell gehen. Das Wasser würde ihn aufnehmen und ihn betäuben, bis sein Herz aufhörte zu schlagen.

Als Thomas Rohrbach sich auf den Weg machte, begann es zu schneien. Scharf und schneidend und so dicht, dass er nichts sah als den Eiswall, der wie ein bizarres Bollwerk vor ihm aufragte.

Als der erste Schlag ihn traf, verlor er den Halt und stürzte vornüber.

Den zweiten spürte er kaum noch und sah auch nicht mehr, wie schnell sich das Eis unter seinem Gesicht rot färbte.

26

»Sind Sie denn komplett verrückt geworden?« Pieplow rang um Fassung. Er wäre am liebsten auf Thiel losgegangen, schlug sich aber stattdessen gegen die eigene Stirn. Hinter der war schließlich die aberwitzige Idee entstanden, sich wieder mal in Dinge einzumischen, die ihn nichts angingen.

»Ich wollte nur …«

»Es interessiert mich einen feuchten Kehricht, was Sie wollten! Fakt ist, dass Sie mein Auto geklaut und sich wie ein Berserker aufgeführt haben. Fakt ist auch, dass irgendjemand in der vergangenen Nacht diesen Lehrer umgebracht hat. Da frage sicher nicht nur ich mich, was das eine mit dem anderen zu tun hat.«

»Nichts«, sagte Thiel. »Letzte Nacht war ich hier. Dafür gibt es Zeugen.« Er zwang sich, Pieplows Blick nicht auszuweichen. Ruhig zu bleiben, einen klaren Kopf zu behalten. Sich nicht schon wieder in den Strudel von Angst und Wut hineinreißen zu lassen. Es würde sich alles klären.

»Prima. Sie haben also Zeugen dafür, dass Sie hier in dieser Wohnung gewesen sind. Jetzt müssten Sie mir nur noch verraten, wer das sein soll.«

»In der Wohnung war ich allein, aber dass ich mit der letzten Fähre um halb acht gekommen bin, dafür gibt es Zeugen. Werner Dröge zum Beispiel. Der weiß bestimmt noch, dass er mich am liebsten nicht an Bord gelassen hätte.«

»Das können Sie nachher alles bei den Kollegen von der Kripo zu Protokoll geben. Ziehen Sie sich was an und kommen Sie mit.«

»Was soll das heißen?«

»Ganz einfach«, sagte Pieplow. »Wir fahren nach Stralsund und machen beide unsere Aussagen. Sie über alles, was gestern passiert ist, und ich, dass ich davon bis vor einer halben Stunde nichts wusste.«

»Und wenn ich das nicht will?« Thiels Stimme klang scharf. Weil er den Kopf hob und den Rücken ganz gerade machte, schien er ein paar Zentimeter zu wachsen.

»Lassen Sie den Unsinn, Thiel. Aussagen müssen Sie sowieso. Schon allein wegen der Nummer, die Sie vor Möhles Haus abgezogen haben. Und es macht sich besser, wenn Sie das freiwillig tun, bevor die Kripo Sie abholt. Also beeilen Sie sich – ich warte draußen im Auto.«

Die 16-Uhr-Nachrichten wiederholten die Meldung, bei der Pieplow eine Stunde zuvor die Luft angehalten und das Radio auf seinem Schreibtisch angestarrt hatte.

46-jähriger Lehrer … am Morgen vermisst gemeldet … fanden Suchtrupps gegen Mittag … die Polizei geht von einem Gewaltverbrechen aus … aus ermittlungstechnischen Gründen keine weiteren Einzelheiten.

Kein Name.

Nur die unwahrscheinliche Möglichkeit, dass es nicht Rohrbach war, den sie tot am Strand von Groß Zicker gefunden hatten.

Scheiße.

Die Hupe gab einen kurzen Ton, als Pieplow mit der flachen Hand aufs Lenkrad schlug.

Verdammte Scheiße.

Wenn einer der Zeugen zu knacken gewesen wäre, dann Rohrbach.

Man hätte ihn nur lange genug unter Druck setzen müssen. Ihn im Wechselbad von Angst und Ungewissheit sieden lassen, bis der Wunsch übermächtig wurde, die Schinderei möge ein Ende haben.

Aber umbringen?

Das ergab zumindest für Thiel wenig Sinn.

Pieplow sah ungeduldig zur Uhr. In zehn Minuten ging das Nachmittagsschiff. Wenn Thiel nicht bald aufkreuzte, würden sie es verpassen.

»Es gibt eine Planänderung«, verkündete Thiel, kaum dass er im Wagen saß. »Wir fahren nicht zur Kripo.«

»Das werden wir sehr wohl«, knurrte Pieplow. »Notfalls nehme ich Sie vorläufig fest. Wenn Sie Ihre Aussage gemacht haben, können Sie meinetwegen Ihre Pläne ändern, sooft Sie wollen.«

»Das ist nicht Ihr Ernst«, sagte Thiel.

»Wenn Sie wüssten, wie mich Ihre Alleingänge ankotzen, würden Sie es nicht darauf ankommen lassen.« Auf der freien Strecke zwischen Kloster und Vitte war Pieplow für Hiddenseer Verhältnisse schnell gefahren. Jetzt drosselte er die Geschwindigkeit und schaltete in den dritten Gang.

»Ich will ja aussagen.« Thiels Stimme brachte eine Mischung aus bockig und bittend zu Stande. »Aber ich muss erst zu Willeke. Ich habe ihn eben noch angerufen. Er sagt, dass ich auf keinen Fall etwas ohne ihn unternehmen soll.«

»Und wer ist dieser Willeke?« Pieplow kannte den Namen, wusste aber auf Anhieb nicht woher.

»Er war damals … er ist mein Anwalt.«

»Thiel, ich bin Polizist und kein Taxifahrer. Wenn Ihr Anwalt unbedingt Ihre Hand halten soll, bestellen Sie ihn in die Polizeidirektion. Er wird ja wissen, wo das ist.«

»Ich versuche es«, sagte Thiel. »Aber was ist, wenn's nicht klappt?«

»Was?«

»Ihn dorthin zu bestellen.«

»Rufen Sie ihn erst mal an, dann sehen wir weiter.«

Thiel nickte und schwieg, während Pieplow den Streifenwagen auf die Fähre lenkte und ausrollen ließ. Hinter ihnen wurde das Schott geschlossen, dann begannen die Maschinen der *Vitte* zu dröhnen.

»Sie gehen jetzt nach oben und besorgen uns einen Kaffee«, sagte Pieplow. »In der Zwischenzeit kümmere ich mich um Ihr Alibi.«

»Ist gut.« Thiel öffnete die Autotür und war schon halb ausgestiegen, als er sich noch einmal umdrehte.

»Ich habe Angst«, sagte er verlegen, ohne Pieplow anzusehen. »Sie glauben gar nicht, was für eine Scheißangst ich habe.«

»Ich kann's mir denken«, sagte Pieplow, aber Thiel hatte die Autotür schon ins Schloss geworfen und wandte sich zur Treppe aufs Oberdeck.

Pieplow blieb noch im Auto sitzen und starrte eine Weile in den Himmel, der tief und eintönig hellgrau über der Insel hing. Dann stieg er aus und ging langsam auf Dröge zu, der rauchend an der Reling lehnte

»Moin, Werner.«

»Moin.«

»Ich würde gern wissen, ob Thiel gestern auf der letzten Fähre von Schaprode war.«

»Möglich.« Dröge schob die Unterlippe vor und zuckte mit den Schultern.

»Was ist, hast du ihn nun gesehen oder nicht?«

»Denk schon. Obwohl's besser gewesen wäre, wenn nicht.« Dröges Zigarette gab bestenfalls noch einen Zug her. Er blies den Rauch aus dem Mundwinkel zur Seite weg, dann schnippte er die Kippe ins Wasser. »War's das? Ich hab zu tun.«

»Fürs Erste, ja.« Pieplow war zufrieden. Von der rein theoretischen Möglichkeit abgesehen, dass er nachts übers Eis hätte zurücklaufen können, konnte Thiels Alibi sich sehen lassen. Wenn Werner Dröge Thiel gesehen hatte, gab es mindestens ein Dutzend weiterer Zeugen. Alle, die jeden Tag nach Feierabend zurück auf die Insel fuhren. Falls nötig, ließen sie sich problemlos ausfindig machen. Man musste nur um zwanzig vor acht am Anleger warten.

Bevor er sich zu Thiel und dem inzwischen wohl lauwarmen Schiffskaffee setzte, führte Pieplow zwei Telefongespräche.

Das erste mit Marie, das zweite mit Kästner. Beide waren alles andere als begeistert.

Marie nicht, weil sie besorgt war, wie und ob er überhaupt am Abend zurückkommen werde. Außerdem: War es dieser Thiel wirklich wert, dass man sich so für ihn einsetzte?

Kästner passte es nicht, dass er zwei Stunden eher den Dienst übernehmen und ohne Streifenwagen klarkommen musste. »Warum, zum Kuckuck, lässt du nicht einfach die Kripo ihren Job machen? Sollen die ihn doch abholen und vernehmen, bis er schwarz wird. Himmeldonnerwetter nochmal, es ist nicht deine Aufgabe, ihn da rauszupauken. Am Ende bringst du dich selbst noch in Teufels Küche.« Dunkle Ahnungen waren eine von Kästners Spezialitäten.

Wie's aussieht, stehe ich schon auf der Türschwelle, dachte Pieplow, und wenn es dumm läuft, werde ich nach allen Regeln der Kunst gegrillt. Strafbegünstigung, Beihilfe und was sonst noch alles.

»Wir werden sehen«, sagte er. Es hörte sich gelassener an, als er sich fühlte. Mit mehr Unbehagen als Zuversicht stieg er die Treppe nach oben in den Fahrgastraum.

Thiel war der einzige Passagier auf der Backbordseite. An einem Tisch in der mittleren Reihe teilten sich zwei Zimmerleute eine *Bild*-Zeitung und sahen kurz auf, als Pieplow an ihnen vorbeiging.

Steuerbords saßen ein paar Urlauber und schauten zu, wie die Insel kleiner und im Winterdunst konturloser wurde und schließlich ganz aus dem Blickfeld verschwand.

Pieplow rutschte Thiel gegenüber auf den Platz am Fenster und zog einen der Becher zu sich herüber. Der Kaffee war kalt, und Thiel hatte die Milch vergessen.

»Haben Sie schon angerufen?«

Thiel nickte. Runzelte die Stirn, als hätte er Kopfschmerzen, und drehte nervös sein Feuerzeug zwischen den Fingern.

»Und?« Es ließ sich nicht überhören, dass Pieplow gereizt war.

Thiel ließ das Feuerzeug im Sekundentakt auf den Tisch klacken. »Er muss erst in seinem Büro mit mir reden. Unbedingt, sagt er. Es klang … ich weiß nicht … irgendwie … es klang einfach verdammt wichtig.«

»Aber Sie wissen nicht, worum es geht?«

»Nee«, sagte Thiel. »Ich habe nicht die leiseste Ahnung. Ich weiß nur, dass ich mich fühle wie dieser

Typ mit dem Murmeltier, der jeden Morgen aufwacht und nichts hat sich geändert. Nur dass ich in meinem Film im Knast bin, wenn ich aufwache.« Er stockte und senkte den Kopf, ehe er weitersprach. »Obwohl … so schlecht wär's eigentlich gar nicht. Man hat seine eigene Zelle, man hat zu tun und ein paar Leute, mit denen man klarkommt. Das ist mehr, als ich hier draußen habe.«

»Verstehe«, sagte Pieplow. »Aber noch ist es nicht so weit. Noch ist nichts passiert, was Sie dorthin zurückbringen könnte.«

»Wenn Sie meinen …« Thiel hob den Blick und ließ ihn nach draußen wandern, übers Eis ins Ungefähre. »Was ist?«, fragte er, ohne Pieplow anzusehen. »Fahren wir jetzt zu Willeke oder nicht?«

»In Ordnung«, sagte Pieplow resigniert. Auf eine Stunde mehr oder weniger kam es schließlich nicht an. Sie würden die letzte Fähre zurück auf die Insel ohnehin nicht mehr erreichen.

Das Gebäude am Jungfernstieg war neu und unbestreitbar das, was man repräsentativ nannte. Die Kanzlei Willeke – Reuß – Steglitz residierte im ersten Stock und imponierte mit viel Teak und Chrom und großformatiger Kunst an den Wänden. Außer einer nicht mehr ganz jungen, brünetten Frau hinter dem Empfangstisch war niemand auf dem weitläufigen Flur.

»Was kann ich für Sie tun?«

Pieplow nahm die Uniformmütze ab, klemmte sie

unter den Arm und blieb an der Tür stehen, während Thiel auf den Tisch und die Brünette zuging. Er musste sich räuspern, bevor er sprach.

»Ich … äh … Thiel ist mein Name. Heiner Thiel. Ich …«

»Ach, Herr Thiel.« Sie beugte sich zur Seite und drückte einen Knopf der Sprechanlage. Wenn es sie irritierte, dass der Mandant in Polizeibegleitung kam, verbarg sie es perfekt.

Bevor er erklären konnte, was es mit Pieplow auf sich hatte, wurde am Ende des Flurs eine Tür geöffnet.

»Herr Thiel! Schön, dass Sie da sind.« Willeke klang noch jovialer, als Thiel es in Erinnerung hatte. »Und, wie ich sehe, sogar mit Geleitschutz.« Er streckte Pieplow die Hand entgegen. »Guten Tag, Herr … äh … Entschuldigung, aber auf die Schnelle habe ich mir Ihren Namen nicht merken können.«

»Pieplow. Polizeiobermeister Daniel Pieplow.«

»Ah, ein Mann von der Küste, wenn mich Ihr Name nicht täuscht.«

»Stimmt, ich stamme vom Darß«, sagte Pieplow höflich. Noch wusste er nicht, was er von diesem leutseligen Anwalt halten sollte, der sehr offiziell Jackett und Krawatte trug. Der so dick war, dass sein Bauch über den Hosenbund quoll, und auf unklare Weise nervös wirkte.

»Sehen Sie! Ich wusste es doch!« Willeke klang, als hätte er etwas Bedeutsames zu Tage gefördert. »Nun ja, wie dem auch sei, vielleicht nehmen Sie dort so lange …« Er wies auf zwei schwarze Ledersessel, die unbequem aussahen.

»Ich will, dass er mitkommt«, sagte Thiel, bevor Willeke ausgesprochen hatte. »Er weiß alles, was in den letzten Tagen passiert ist.«

»Ah so, ja, nun gut. Dann … Möchten Sie etwas trinken? Kaffee? Tee? Oder Wasser?«

Pieplow entschied sich für Kaffee, Thiel wollte nur Wasser. Sein Mund war so trocken, dass er kaum schlucken konnte.

Die Brünette nickte und stand auf. Sie würde das Gewünschte bringen.

Willekes Büro war beeindruckend. Durch raumhohe Fenster ging der Blick durch kahle Baumkronen auf den Knieperteich. In der Dämmerung drehten Schlittschuhläufer ihre Runden über das Eis. Dahinter ragten die Türme von Stralsund in den Himmel, in dessen Grau im Westen ein schmuddeliges Rosa einsickerte.

Auf Willekes Schreibtisch türmten sich rechts und links Akten, die meisten so dick, dass sie mit Bändern zusammengehalten wurden. Zwischen den Stapeln, dort, wo Willeke Platz nahm, lag ein packpapierbrauner Umschlag, auf dem er mit den Fingerspitzen trommelte.

»Bevor ich zum Eigentlichen komme, möchte ich kurz etwas zum Anlass unseres Gesprächs sagen.« Willeke legte die Hände übereinander.

Eine Sache wie diese war ihm noch nie untergekommen, und das wollte etwas heißen. In zwanzig

Jahren als Strafverteidiger hatte er weiß Gott viel erlebt, aber so was? Der Umschlag war vor drei Tagen gekommen. Per Einschreiben mit Rückschein. Es hatte einen Moment gedauert, aber dann hatte Willeke sich erinnert, wer dieser Thomas Rohrbach war, der ihm zweihundert Euro schickte und ihn bat, das beiliegende Schreiben für kurze Zeit in Verwahrung zu nehmen. Erst war Willeke verärgert und entschlossen gewesen, Geld, Brief und Umschlag zurückzuschicken. Für eine Mandatsübernahme gab es schließlich Regeln. Geschriebene und ungeschriebene.

Aber dann hatte er sich anders entschieden.

Er hob den Umschlag hoch, behielt ihn aber noch in der Hand.

»Thomas Rohrbach hat mich beauftragt, Ihnen dieses Schreiben nach seinem Tod auszuhändigen. Noch ist zwar nichts offiziell, aber die zuständige Staatsanwältin war bereit, mir zu bestätigen, dass er der Tote ist, den man heute Morgen bei Groß Zicker gefunden hat.«

Willeke reichte das Kuvert über den Schreibtisch.

An »Herrn Heiner Thiel« hatte Rohrbach es mit klarer, fester Schrift adressiert.

Thiel brachte es noch fertig, den Arm auszustrecken und den Umschlag entgegenzunehmen, dann saß er bewegungslos da. Angst und Hoffnung mischten sich zu einem Gebräu, das ihm den Atem nahm. Wenn er die Augen schloss, tanzten Flammen hinter seinen Lidern.

Er starrte auf den Umschlag. Hätte ihn gern aufgefetzt und wollte ihn behutsam öffnen. Hatte es eilig und konnte sich nicht überwinden.

Willeke wandte als Erster den Blick ab. Betrachtete seinen Siegelring und strahlte überraschend viel Geduld aus.

Pieplow sah aus dem Fenster. Kein Mensch mehr auf dem Teich. Die letzten Schlittschuhläufer mussten gegangen sein, obwohl der Schnee auf dem Eis noch hell in der Dämmerung leuchtete.

Neben sich hörte er, wie Thiel schwer atmete. Fast stöhnte.

Dann kam das Geräusch reißenden Papiers.

Thiel zog die eng beschriebenen Blätter heraus. Seine Augen jagten über die erste Seite, über die Rohrbach in großen Buchstaben »Geständnis« geschrieben hatte.

Für einen Augenblick sah es aus, als wollte er schreien. Er ließ sich gegen die Stuhllehne fallen, warf den Kopf hin und her, riss den Mund auf wie ein Ertrinkender. Aber dann sprang er hoch und begann so plötzlich zu toben, dass Pieplows Reaktion zu spät kam. Er konnte nicht verhindern, dass Thiel seinen Stuhl mit einem Fußtritt durchs Zimmer schleuderte. Dass er sein Wasserglas gegen die Wand schmiss und einen der Aktenstapel vom Tisch auf den Boden vorm Fenster fegte.

»Ich bring ihn um!«, brüllte er. »Ich bringe dieses verdammte Schwein um!« Erst als Pieplow ihn an beiden Armen packte, hörte er auf zu schreien.

Schwer atmend sammelte Willeke die Blätter mit Rohrbachs Geständnis auf, setzte seine Brille zurecht und fing an zu lesen, ließ die Seiten aber bald darauf wieder sinken.

»Wir haben ein Problem«, sagte er. »Ein ganz gewaltiges sogar. Und wir werden uns sehr gut überlegen müssen, was wir jetzt tun.«

27

Der Diensthabende am Eingang der Polizeidirektion musterte sie eingehend, bevor er zum Telefon griff.

»In der Mordsache Rohrbach?« Eine gewisse Skepsis war unüberhörbar.

»Genau«, sagte Willeke. »Man erwartet uns bereits.«

Pieplow nickte bestätigend.

Thiel blickte finster drein. Die Handschellen fühlten sich bleischwer an und schienen ihm die Arme nach unten zu ziehen. Präventionsgewahrsam. Er hatte gar nicht gewusst, dass es so etwas gab.

Das Telefongespräch dauerte keine Minute.

»Erster Stock rechts, Zimmer 107.« Der Diensthabende machte eine Handbewegung in Richtung Treppe.

Thiel schaffte nur die erste Stufe.

Es ging nicht.

Er würde dieses Gebäude nicht betreten. Weil seine Beine versagten, weil er keinen Schritt mehr tun konnte. Wenn er weiterging, würde sein Herz aussetzen. Es lag wie erfroren in seiner Brust und tat entsetzlich weh.

Aus einer Höhle tief in ihm, dort, wo der Verstand nichts mehr ausrichtete, sprang die Gewissheit ihn an, dass er hier nicht wieder herauskam. Nicht als freier Mann. Von hier führte der Weg in einen Raum mit Bett und Tisch und Stuhl und einem Klosett in der Ecke. Seine Kleider rochen plötzlich wieder nach Rauch, sein Gesicht war blutig, sein Körper von Tritten und Fäusten wund geprügelt, seine Rippen schmerzten bei jedem Atemzug. Gleich würden sie ihn in einen Raum setzen, der nach Stiefelfett und altem Linoleum stank. Hinter einer armeegrauen Tür auf einen Stuhl, an dem er mit dem Schweiß klebte, der ihm aus dem Hintern lief.

Er zuckte zusammen, als Pieplow nach seinem Arm griff.

»Ich kann nicht«, sagte er und wollte sich umdrehen. Raus. Weg. Irgendwohin, nur nicht tiefer in dieses Gebäude.

»Reißen Sie sich zusammen, Thiel«, sagte Willeke barsch. »Und zwar in jeder Hinsicht. Haben wir uns verstanden?«

»Machen Sie mir wenigstens diese Scheißdinger ab.« Thiel hob die Arme. Was für eine schwachsinnige Idee, sich Handschellen anlegen zu lassen.

»Nein«, sagte Pieplow. »Die bleiben dran.« Es war besser so.

Pieplow kannte den Weg und das Büro. Für das, was jetzt kam, ein besserer Ort als ein trister Verhörraum. Genug für die sieben Personen, deren Anwesenheit später im Protokoll vermerkt würde: Als Herrin des Verfahrens die Staatsanwältin.

Als Pieplow ihr das letzte Mal begegnet war, hatte sie ältlich und graumäusig gewirkt. Jetzt waren ihre Haare heller, länger und lockiger. Statt des flohbraunen Kostüms, an das er sich erinnerte, trug sie einen blauen Hosenanzug, der ihr eindeutig besser stand. Und keinen Doppelnamen mehr. Nur noch Sander, kein Einberg mehr. Irgendwann in den vergangenen zwei Jahren musste sie ihn abgelegt haben. Der Handschlag, mit dem sie Willeke und Pieplow begrüßte, war kühl und fest.

Neben Ehmke standen zwei Beamte, die sich als Oberkommissarin Hertz und Hauptkommissar Brandes vorstellten. Ermittler der Mordbereitschaft und seit elf Stunden mit dem Fall Rohrbach befasst.

Alles war so, wie Willeke es verlangt hatte.

»Ich hoffe für Sie, dass dieser Aufwand sich lohnt.« Das Lächeln der Staatsanwältin fiel ausgesprochen knapp aus. »Wenn nicht, betrachte ich das als Behinderung der Ermittlungsarbeit.«

»Seien Sie versichert, dass es sich lohnt, Frau Sander. Ganz besonders im Hinblick auf den Fortgang der Ermittlungen.« Willeke blieb stehen, während alle anderen sich hinsetzten. Staatsanwaltschaft und Polizei an den Besprechungstisch, der vorläufig Festgenommene etwas abseits auf einen Stuhl, den Willeke aus dem Nebenraum hatte holen lassen.

Wie im Theater, dachte Pieplow. Wobei noch nicht klar war, wer welche Rolle spielte. Fest stand nur, dass in dieser Inszenierung Willeke die Regie übernommen hatte.

Beim Gedanken an das, was in der nächsten Stunde geschehen würde, verkrampfte sich Pieplows Nacken. Er hätte gern zwei Aspirin genommen, bevor es losging.

Thiel saß reglos auf seinem Stuhl. Stumm und so verbissen, dass seine Kiefer schmerzten. Er sah niemanden an, hielt den Kopf gesenkt oder starrte aus dem Fenster, vor dem es nichts gab als Dunkelheit und das schwach beleuchtete Landgericht.

»Nun denn, meine Damen und Herren.« Willeke nahm die Hände aus den Hosentaschen und rieb sie, als seien sie kalt. »Zunächst möchte ich Ihnen dafür danken, dass Sie zu dieser späten Stunde und in Anbetracht Ihrer Arbeit in der so heißen Phase der Ermittlungen dieses Treffen ermöglicht haben. Sie werden sich fragen, warum ich mit solcher Dringlichkeit darum gebeten habe.«

Allerdings, sagten die Blicke der Ermittler.

Die Staatsanwältin rückte ein wenig vom Tisch ab und schlug die Beine übereinander.

Willeke wippte ein paar Mal von den Fersen auf die Zehenspitzen, dann ging er zwischen Ehmkes Schreibtisch und Fenster auf und ab.

»Ich werde Ihnen eine Geschichte erzählen«, sagte er. »Danach werden Sie die Antwort auf diese und eine ganze Reihe anderer Fragen kennen. Es ist die Geschichte eines Mannes, der an sich selbst gescheitert ist. Der sich mehr Scham und Schuld aufgebürdet hat, als er tragen konnte. Viel mehr. Er ist daran zu Grunde gegangen.

Langsam, Stück für Stück. Jeden Tag ein bisschen mehr. Jeden Tag wird die Mauer brüchiger, hinter der er verbirgt, wovon niemand je erfahren sollte. Trotzdem, so hofft er, werde diese Mauer sein Leben lang halten. Aber sie hält nicht. Sie fängt zu bröckeln an, als Heiner Thiel wieder auf der Bildfläche erscheint. Als nach fünfzehn Jahren die alten Fragen wieder neu gestellt werden, weiß er, dass er nicht mehr kann. Dass die Last der Schuld zu schwer, die Qual der Scham zu groß ist, als dass er damit noch leben konnte.«

»Stehlen Sie uns mit Ihrem Pastorengewäsch nicht die Zeit, Herr Willeke! Wir haben Wichtigeres zu tun, als uns das anzuhören!« Ehmke hatte sich nicht zu Willeke umgedreht. Er sah die Staatsanwältin an und schien Unterstützung zu erwarten.

»Herr Ehmke hat Recht«, pflichtete sie ihm bei. »Also wenn Sie …«

»Ich werde mich bemühen«, sagte Willeke auf eine Weise, die das Gegenteil ahnen ließ. Er trank einen Schluck Wasser, dann nahm er seine Wanderung und seine Rede wieder auf.

»Die Geschichte, wie gesagt. Im Hinblick auf das, was für uns von Interesse ist, beginnt sie am 14. Oktober 1988. Die Tage sind schon kurz, aber noch warm. Der Mann, von dem …«

»Lassen Sie doch endlich diesen schwülstigen

Scheiß. Nennen Sie den Kerl beim Namen und kommen Sie endlich zur Sache!« Jetzt wandte Ehmke den Kopf. An seinem gestreckten Hals waren blau und pochend die Adern hervorgetreten.

»Sie haben ja Recht, Herr Ehmke. Rohrbachs Namen nicht zu nennen ist in der Tat ein wenig melodramatisch. Eine Anwaltsschwäche, die ich eingestehe. Thomas Rohrbach ist also an jenem Oktoberabend gegen zehn Uhr unterwegs. Er hat seine Verlobte besucht und will nach Hause. An seinem Weg aber liegt in der Barnimstraße ein Garten, den er von früheren Abenden kennt, in den er schon mehrmals durch die Hecke eingedrungen ist. Er weiß, wo er Deckung findet und doch einen ungehinderten Blick auf das Haus und in die erleuchteten Fenster im Erdgeschoss hat. Er ist das, was wir einen Spanner nennen. Ein Voyeur. Einer, dem der Blick auf fremde Lust eine Befriedigung verschafft, die er sonst nicht erfährt. Seit seiner Jugend ist das so. Warum, weiß er nicht. Es ist etwas in ihm, das ihn treibt, das ihm mehr Lust verschafft als Angst bereitet. Bisher ist er unentdeckt geblieben. An diesem Abend jedoch verständigt das junge Paar, vor dessen Fenster er steht, die Polizei. Rohrbach wird verhaftet und der Kriminalpolizei überstellt. Dort hat, und Rohrbach hält das trotz aller Scham für sein Glück, ein Unterleutnant Dienst, den er kennt. Gut sogar. Er ist im selben Dorf aufgewachsen und bereit, Anzeige und Festnahmeprotokoll verschwinden zu lassen. Aus alter Freundschaft und für die eine oder andere Gegenleistung. Die Zeiten sind unruhig damals, die Vertreter der Staatsmacht an Informationen jedweder Art interessiert. Rohrbach stimmt zu und kann ein Jahr später sein Glück kaum fassen, dass es die Staatsmacht nicht mehr gibt, der er dann und wann zugearbeitet hat. Er heiratet, wird zusammen mit seiner Frau an die Schule versetzt, die er selbst einst besucht hat, und zieht zurück in das Dorf, in dem er aufgewachsen ist. Eine Weile glaubt er, die Ehe habe ihn von seiner unglückseligen Veranlagung befreit. Mitnichten. Schon bald zieht er wieder los. Über Campingplätze, in Sommerhausgärten, durch nächtliche Kiefernschonungen am Strand entlang. Nicht immer bleibt er unentdeckt, kann aber jedes Mal entkommen. Es gibt zwar ein paar Anzeigen gegen Unbekannt, aber die verlaufen im Sande.«

In der Runde um den Besprechungstisch wurde es unruhig. Jemand scharrte mit den Füßen. Ehmke hustete. Die Staatsanwältin zog ihren Stuhl zurück an den Tisch und sah demonstrativ auf ihre Armbanduhr.

Halb elf.

Wie lange sollte das Ganze noch dauern?

Thiel fühlte sich fiebrig. Kalter Schweiß lag auf seiner Haut, und seine Muskeln schmerzten. Der Druck in seiner Brust war unerträglich geworden. Wenn das hier nicht bald ein Ende hatte, würde sein Herz explodieren.

Willeke hob beide Hände. Noch ein wenig Geduld, sagte die Geste. Gleich ist es so weit.

»Kommen wir also zum Schluss der Geschichte«,

sagte er und nahm seine Wanderung zwischen Schreibtisch und Fenster wieder auf. »Er beginnt damit, dass Manuela Fischer aus Gründen, die wir nicht kennen, nach Groß Zicker zurückkehrt. Sie bezieht ein Häuschen am Dorfrand, umgeben von Buschwerk und niedrigen Kiefern. Wie geschaffen, um sich dort zu verbergen. Sooft es geht, schleicht Rohrbach sich dorthin. Beobachtet sie bei allem, was sie tut. Allein oder mit den Männern, die sie bei sich einlässt. Er kennt sie alle. Und er weiß, wen sie zurückweist. Einen, der es nicht gewohnt ist, dass man sich ihm widersetzt. Der stets bekommt, was er will. Nur von Manuela nicht, die sich stattdessen mit irgendwelchen Dahergelaufenen abgibt. Sören Jensen, polnischen Arbeitern und – natürlich – Heiner Thiel, der sie in der Nacht des 31. Juli zwar nach Hause begleitet, aber nicht bei ihr bleibt. Sie möchte an diesem Abend allein sein. Trotzdem öffnet sie, als es kurze Zeit später klopft. Vor ihr steht aber nicht Thiel, wie sie wohl gemeint hat, sondern der Mann, den sie auf gar keinen Fall einlassen will. Sie versucht noch, die Tür zu schließen, aber es ist zu spät. Er stößt sie vor sich her ins Haus, schlägt ihr ins Gesicht, wirft sie zu Boden. Sie schreit, er presst seine Hand auf ihren Mund und versucht, mit seinem Knie ihre Schenkel auseinanderzudrücken. Als sie sich ihm entwindet und fliehen will, reißt er sie zurück. Und dann ist da plötzlich dieses Messer … Vielleicht lag es dort irgendwo, vielleicht hat der Täter es mitgebracht. Wir wissen es nicht. Denn auch der Zeuge draußen im Buschwerk kann nicht sagen, woher es kommt. Er sieht nur, wie der Täter damit zusticht. Nur ein Mal. So heftig und so tief, dass Manuela in Sekunden blutüberströmt ist. Dass sie daran nicht gestorben ist, wird sich erst bei der Obduktion herausstellen. Sonst würde Rohrbach vielleicht versuchen, sie zu retten. Obwohl er halb bewusstlos ist vor Angst. Obwohl er sich einnässt und im eigenen Erbrochenen kniet, als der Täter ihn entdeckt.«

Willeke blieb hinter Ehmke stehen. Er ließ seinen Blick langsam über die Gesichter in der Runde wandern, dann holte er tief Luft, als falle ihm das Weitersprechen schwer.

»Und jetzt sagen Sie mir, Herr Ehmke, ob sich die Tat so abgespielt haben kann.«

Ehmke wandte sich nicht um, als er antwortete. »Wenn ich dazu etwas sagen soll, müsste ich die Ermittlungsakten …«

»Kommen Sie mir doch nicht mit Akten von Ermittlungen, in denen Sie Zeugen erpresst, manipuliert und genötigt haben, um meinem Mandanten einen Mord nachzuweisen, den Sie selbst begangen haben! Sie haben Manuela Fischer ermordet! Sie niedergestochen, sie in ihrem Haus verbrennen lassen und dafür gesorgt, dass die Beweislast für Heiner Thiel erdrückend war!«

Ehmke erhob sich, ging langsam an Willeke vorbei und setzte sich hinter seinen Schreibtisch, der wie ein Bollwerk zwischen ihm und dem Anwalt stand.

»Sie sollten jetzt gehen, Herr Willeke. Wir haben

Wichtigeres zu tun, als uns diesen haarsträubenden Unsinn anzuhören.« Er griff nach seinem Kugelschreiber und zog einen Aktendeckel zu sich heran.

»Natürlich«, sagte Willeke höhnisch. »Der Fall Rohrbach. Vermutlich würden Sie den auch gern meinem Mandanten in die Schuhe schieben. Daraus wird nichts, Ehmke. Er hat nämlich ein Alibi für die Tatzeit. Aber wie steht es mit Ihnen? Wo waren Sie in der fraglichen Zeit?« Aus Willekes Stimme verschwand alles Joviale. »Hören Sie mir gut zu, Herr Hauptkommissar. Noch einmal beeindrucken Sie mich nicht mit Ihrer ach so lückenlosen Beweiskette. Diesmal werde ich das Unterste zuoberst kehren. Ich werde so lange in alten Geschichten graben, bis ich die Unschuld meines Mandanten beweisen kann. Und ich bin mir sicher, dass Sie dabei über die Klinge springen werden.«

»Moment!« Die Staatsanwältin war aufgestanden und trat zwischen Willeke und Ehmke. »So geht das nicht, Herr Willeke. Sie kommen hierher, liefern uns eine Geschichte, für die Sie bisher noch keinen einzigen Beweis erbracht haben, und …«

»Entschuldigen Sie, wenn ich Sie unterbreche«, sagte Willeke. »Aber Thomas Rohrbach wusste, dass er sterben würde. Entweder durch eigene oder durch fremde Hand. Vor seinem Tod hat er das hier bei mir hinterlegt.« Er zog Rohrbachs Geständnis aus seiner Aktentasche und reichte es der Staatsanwältin. Sieben eng beschriebene Seiten. Die Bilanz eines verpfuschten Lebens.

Es wird nichts nutzen, dachte Thiel. Rohrbachs selbstmitleidiges Geschreibsel nicht und Willekes Anwaltsgeschwätz erst recht nicht.

Das Unterste zuoberst kehren.

In alten Geschichten graben.

Pah!

Damals hätte Willeke graben sollen, als die Geschichten noch neu waren.

Stattdessen hat er versucht, seinem verstockten Mandanten die strafmildernde Wirkung eines Geständnisses schmackhaft zu machen.

Wie die Dinge jetzt lagen, würde Ehmke davonkommen. Selbst wenn sie ihn vor Gericht brachten – wie sollte das ausgehen ohne Zeugen, ohne Beweise?

Im Zweifel für den Angeklagten.

Vor fünfzehn Jahren hatte es keine Zweifel gegeben.

Thiel spürte ein Würgen im Hals und im Mund den Geschmack von Galle. Es wurde Zeit, dass er hier rauskam. Er stand auf und streckte Pieplow die Hände entgegen.

»Machen Sie die Dinger ab.«

Pieplow zögerte.

»Thiel, wenn Sie ...«

»Es ist nicht mehr notwendig«, sagte er. »Ich werde nicht randalieren.« Er hob die Hände ein Stück höher. »Nun machen Sie schon!«

Eigentlich hatte er wortlos hinausgehen wollen. An der Staatsanwältin vorbei, die noch nicht entschieden hatte, wie es in der Sache weitergehen sollte. An Willeke vorbei, der Anstalten machte, ihn aufzuhalten. An der Oberkommissarin und ihrem Kollegen, die stumm und sichtlich verwirrt das Geschehen verfolgt hatten. Und natürlich an Ehmke mit seinem selbstsicheren Grinsen.

Aber dann blieb er doch stehen. Ruhig, die Hände in den Jackentaschen, ohne einen Gedanken daran, ob klug war, was er tat.

»Denk nicht, dass du davonkommst, Ehmke. Ich kriege dich. Und wenn ich nochmal fünfzehn Jahre in den Knast gehe – ich werde mit dir abrechnen. Irgendwann. Auf meine Weise. Darauf kannst du Gift nehmen.«

Er ging aus dem Raum, über den Flur, der jetzt nicht mehr nach Stiefelfett und altem Linoleum roch, und durch die große Tür der Polizeidirektion. Es war Mitternacht und so kalt, dass sein Atem wie Rauch davonwehte.

28

Der Streifenwagen stand auf seinem Platz neben dem Rathaus. Thiel zögerte, bevor er die Stufen zur Wachstube hochging. Er nahm die Mütze ab und fuhr sich durchs Haar. Schon wieder betrat er freiwillig eine Polizeistation.

Nicht, dass das noch zur Gewohnheit wurde.

Er klopfte.

»Herein!«

»Moin, Pieplow.«

»Was wollen Sie?« Pieplow hatte nur kurz den Kopf gehoben und widmete sich wieder dem Tagesbericht, obwohl es bis dato nichts zu vermerken gab außer der Tatsache, dass Polizeiobermeister Pieplow erst am Nachmittag zum Dienst erschienen war.

»Ich wollte … Also, ich bin wieder da.«

»Ja und?«

»Mensch, Pieplow, ich hätte nicht einfach abhauen sollen. Tut mir leid. Aber ich musste da weg. Ich hab's einfach nicht mehr ertragen.«

»Aber klar! Sie ertragen es nicht. Sie müssen weg. Scheißt der Hund doch drauf, wie es den anderen dabei geht.«

»Haben Sie sich etwa Sorgen um mich gemacht?« Thiel grinste. Wobei die Vorstellung, jemand sorgte sich um ihn, durchaus ihren Reiz hatte.

»Wissen Sie was, Thiel? Ich hab's satt. Und zwar bis oben hin. Ihre Alleingänge, Ihr Selbstmitleid, den ganzen Alle-sind-gegen-mich-Scheiß!« Pieplows Wutausbruch war kurz, aber heftig. Er hatte in einem zu weichen Gästebett schlecht geschlafen. Er hatte Kopfschmerzen, weil er Wein nicht vertrug und sich trotzdem von Willeke immer wieder hatte einschenken lassen. Und er hatte den ganzen Tag die Meldung gefürchtet, dass man Thiels Leiche gefunden habe. Aus dem Hafenbecken gefischt, unter einem Zug hervorgezogen, in irgendeiner Absteige von einem Strick abgeschnitten.

»Und wo waren Sie, wenn ich fragen darf?«

Thiel zuckte mit den Schultern. »Überall und nirgends. Einfach nur rumgelaufen. In ein paar Kneipen gewesen.« Den Rest der Nacht hatte er auf dem Bahnhof verbracht. Angesoffen, ungewaschen, hungrig. Wie ein Penner. Erst jetzt wurde ihm bewusst, dass er in keiner Sekunde daran gedacht hatte, ins Hafenbecken zu springen. So gesehen, ging es ihm eindeutig besser als noch vor ein paar Wochen.

»Was ich eigentlich wollte … außer mich bei Ihnen melden, meine ich … also … was ist nun mit Ehmke?«

»Woher soll ich das wissen?«, sagte Pieplow. »Bevor irgendetwas entschieden wurde, haben sie Willeke und mich nach Hause geschickt.«

»Und jetzt?«

Jetzt gab es mehrere Möglichkeiten. Pieplow und Willeke hatten die halbe Nacht damit verbracht, jede einzelne zu durchdenken, und waren dabei zusehends betrunkener und betrübter geworden. Was, wenn gar nicht erst gegen Ehmke ermittelt würde? Was, wenn sich weder Beweise noch Zeugen fanden, die Rohrbachs Aussage stützten?

Am besten, hatte Willeke bei der dritten Flasche Wein phantasiert, am besten wäre natürlich ein Geständnis.

Von Ehmke?

Von Ehmke. Man müsste ihn in die Mangel nehmen. Nach allen Regeln der Kunst. Immer wieder. Bis er mit der Wahrheit herausrückte.

Pieplow hatte sich Mühe gegeben, nicht laut zu lachen.

Obwohl …

Es war nur eine Idee. Eine vage Vorstellung von der Wirkung eines unerbittlichen, zermürbenden Blicks, dem keine Lüge entging. Unter dem man sich nackt fühlte. Ausgeliefert an die Angst vor der eigenen Erbärmlichkeit.

»Interessanter Gedanke«, hatte Willeke gesagt und Wein nachgeschenkt. »Einen Versuch ist es wert. Zumal wir, soweit ich das erkennen kann, nichts zu verlieren haben.«

Ein paar Stunden später und noch nicht wirklich nüchtern, hatte Pieplow am Ortsrand von Waase vor der darßbunten Tür gestanden.

29

Es dauerte fast zwei Wochen, bis die Staatsanwältin auf Ostwalds Angebot einging. Er werde, hatte er mitteilen lassen, für Ehmkes Vernehmung zur Verfügung stehen. Allerdings nur unter zwei Bedingungen – dass Polizeiobermeister Pieplow ihn begleitete und dass Staatsanwältin Sander höchstpersönlich das Verhör führte. Niemand sonst.

Die Staatsanwältin wirkte angespannt, als sie sich das erste Mal in ihrem Büro gegenübersaßen. Sie sprach mit erhobener Stimme und sorgfältiger Betonung, als sei Ostwald nicht nur stumm, sondern auch ebenso taub wie begriffsstutzig.

Er lächelte nachsichtig, nickte mit einer leichten Seitwärtsbewegung des Kopfes und hob die rechte Hand zu einer auffordernden Geste.

»Ja, also … Ich weiß nicht, was …« Die Staatsanwältin sah irritiert zu Pieplow hinüber.

»Die Ermittlungsergebnisse«, übersetzte er. »Herr Ostwald möchte auf den neuesten Stand gebracht werden.« Zufrieden stellte er fest, dass beide nickten.

»Natürlich.« Die Staatsanwältin räusperte sich, bevor sie begann.

»Bei der Wohnungsdurchsuchung nach der Verhaftung von Herrn Ehmke haben wir die Anzeige und das Protokoll von Rohrbachs Festnahme gefunden und auch die beiden … «

Ostwald unterbrach sie mit einer Handbewegung. Er kniff die Augen zusammen und hob fragend die Brauen.

Sonst nichts?

Staatsanwältin Sander errötete unter Ostwalds misstrauischem Blick.

»Nur Nebenfunde, die mit den Mordfällen Fischer und Rohrbach nichts zu tun haben.«

Ostwalds Fingerspitzen trommelten ungeduldig auf die Tischplatte.

Welche Nebenfunde?

»Anzeigen, Festnahmeprotokolle, Zeugenaussagen, Beweisfotos. Genug Material, um ein knappes Dutzend Menschen unter Druck setzen zu können. Unter anderem vier Kollegen aus dem Bereich der Polizeidirektion.«

Verdammt. Ostwald schlug mit der flachen Hand auf seine Stuhllehne. Als ob er es geahnt hätte.

»Die Beamten, die Rohrbach damals festgenommen und bei Ehmke abgeliefert haben, gehörten aber nicht dazu, falls Sie das vermuten«, fuhr die Staatsanwältin fort. »Beide haben Rohrbachs Darstellung bestätigt. Sie haben ihn aufgegriffen und der Kripo überstellt. Damit war der Fall für sie erledigt.«

Ostwald nickte. Polizeialltag eben.

Weiter.

»Bleiben noch die Geständnisse von Möhle und Baring«, sagte die Staatsanwältin. »Möhle hat zugegeben, dass er zu betrunken war, um überhaupt etwas bezeugen zu können, aber die Gelegenheit nutzen wollte, Thiel loszuwerden. Und Baring hat zwar jemanden gesehen, aber nicht erkannt. Er hat nur ausgesagt, was Ehmke im Protokoll haben wollte, weil der dafür gesorgt hatte, dass einer Anzeige wegen Fahrerflucht gegen Baring nicht nachgegangen worden war.« Staatsanwältin Sander lehnte sich in ihrem Schreibtischstuhl zurück und schwieg ein paar Sekunden. »Das ist alles«, sagte sie dann. »Mehr haben wir nicht. Außer Rohrbachs Brief keine weiteren Zeugenaussagen, keine Sachbeweise. Ehmke räumt ein, dass er die Zeugen vielleicht beeinflusst, aber niemals erpresst hat. Alles andere streitet er ab, und wenn wir Pech haben, kommt er damit sogar durch.«

Ostwald schürzte die Lippen und wiegte den Kopf bedächtig hin und her.

Wir werden sehen. Noch ist nicht aller Tage Abend.

Vierzehn Tage Untersuchungshaft hatten ihre Spuren hinterlassen.

Ehmkes Gesicht war schmaler, als Pieplow es in Erinnerung hatte. Unter den Augen lagen dunkle Schatten, die Haut war fahl und an den rasierten Wangen so trocken, dass sie schuppig wirkte. Ansonsten strahlte er immer noch den Hochmut und die Selbstgefälligkeit aus, die Pieplow schon bei ihrer ersten Begegnung unsympathisch gewesen war.

Als er in den Vernehmungsraum geführt wurde, stockte sein Schritt. Für einen winzigen Moment weiteten sich seine Augen, dann hatte er sich wieder in der Gewalt. Er sah fast gelangweilt aus, wie er auf dem Stuhl Platz nahm, der ihm angewiesen wurde. An der Längsseite des rechteckigen Tisches, im Zentrum von Ostwalds Blickfeld, der ihm gegenüber neben der Staatsanwältin saß. Von seinem Platz an der Stirnseite sah Pieplow ihre Gesichter im Profil. Das konzentrierte, mühsam höfliche der Staatsanwältin. Ostwalds steinerne, vollkommen ausdruckslose Miene. Den kalten Blick, mit dem er Ehmke belauerte. Ein Jäger und seine Beute.

»Darf ich fragen, was das hier wird?« Ehmke klang ärgerlich und spöttisch zugleich.

»Aber sicher.« Auch der Ton, den die Staatsanwältin anschlug, war nicht eindeutig. In ihrer Höflichkeit schwang hörbar ein Quantum Herablassung mit. »Von jetzt an werde ich Ihre Vernehmung persönlich leiten. Hauptkommissar Ostwald und Obermeister Pieplow werden mich dabei unterstützen.« Während sie sprach, öffnete sie ihre Mappe und legte sich ihre Verhörnotizen zurecht.

»Interessanter Plan.« Ehmke lehnte sich zurück und verschränkte die Arme vor der Brust. »Ein Dorfpolizist und ein stummer Exkommissar führen eine Vernehmung. Fragt sich nur, was dabei herauskommen soll. Ich habe ausgesagt, was ich weiß, und dem nichts mehr hinzuzufügen.«

Ostwald rührte sich nicht. Für diesen plumpen Unsinn machte er keinen Finger krumm.

»Es gibt aber noch eine ganze Reihe Fragen, die wir klären müssen. Zum Beispiel, warum wir ...«

Ehmke beugte sich vor und stützte die Unterarme auf den Tisch.

»Sie haben mich nicht richtig verstanden, Frau Sander. Ich habe nichts mehr zu sagen. Ihnen nicht und den beiden schon gar nicht.«

Die Staatsanwältin ließ sich nicht beirren.

»Warum nicht? Warum wollen Sie die Aussage verweigern, anstatt sich zu entlasten? Sie wissen doch, welche Schlüsse das Gericht zieht, wenn der Angeklagte Motiv, Mittel und Gelegenheit hatte, aber hartnäckig schweigt. Oder sollte es gar nichts geben, was Sie zu Ihrer Entlastung vorbringen können?«

Keine Antwort.

»Also noch einmal«, in der Stimme der Staatsanwältin Sander lag der Tonfall einer entnervten Pädagogin. »In welcher Beziehung standen Sie zu Manuela Fischer? Waren Sie eifersüchtig? Gekränkt, weil sie von Ihnen nichts mehr wissen wollte? Wütend, weil sie anderen den Vorzug gab? Lassen Sie sich ruhig Zeit mit der Antwort. Denken Sie nach. Und wenn Sie reden möchten – Herr Ostwald wird Ihnen zuhören, während ich nicht da bin.«

Überrascht sah Ehmke zu, wie sie die Papiere mit

ihren Notizen auf dem Tisch in die Mappe schob, aufstand und den Raum verließ.

»Was soll das jetzt?« Ehmke klang ratlos und empört.

Pieplow zuckte mit den Schultern.

Ostwald blieb stumm.

In den Heizungsrohren summte es leise, auf dem Flur klappte eine Tür, und irgendwo rief jemand etwas Unverständliches, dann wurde es wieder ruhig. Das Aufnahmegerät und die Kamera liefen geräuschlos, und es schien, als würde auch hinter dem großen Spiegel kein Wort gesprochen.

Ehmke demonstrierte Gelassenheit. Fläzte sich auf seinem Stuhl, schlug die Beine übereinander. Verschränkte die Hände hinter dem Kopf, tat, als hielte er ein Gähnen zurück.

Eine halbe Stunde später stand er zum ersten Mal auf, lief ein paar Mal hin und her, setzte sich wieder hin. Fluchte halblaut. Trank ein Glas Wasser in einem Zug leer.

»Wenn ihr glaubt, ihr könnt mich hier garkochen, habt ihr euch geschnitten!«

Ostwald war nicht anzusehen, ob er überhaupt etwas hörte.

Pieplow betrachtete seine Schuhspitzen und versuchte, den Kopfschmerz zu ignorieren, der in seiner linken Schläfe bohrte. Schweigen war anstrengender, als er es sich vorgestellt hatte. Er war erleichtert, als nach zwei Stunden die Staatsanwältin zurückkam.

Sie roch nach frischem Kaffee und machte einen ausgeruhten Eindruck.

»Nun? Sind Sie vorangekommen?«, fragte sie ohne sichtliches Interesse.

Ehmke sprang auf. Für einen Moment sah es aus, als würde er auf sie losgehen.

Er wollte zurück in seine Zelle. Sofort.

»Natürlich«, sagte die Staatanwältin. »Es ist ohnehin Mittagszeit. Ich denke, wir gönnen uns jetzt eine Pause von … sagen wir anderthalb Stunden und setzen das Verhör um fünfzehn Uhr fort.«

Als sie abends den Vernehmungsraum verließen, hing in der verbrauchten Luft der säuerliche Geruch von Erschöpfung und Angst.

Fünf Tage hielt Ehmke durch. Die Schatten unter seinen Augen vertieften sich, seine Lider wirkten entzündet, als würde er nicht schlafen und zu viel rauchen, und in seinen Mundwinkeln klebten weißliche Reste wie getrockneter Schaum.

Er ließ sich immer wieder dieselben Fragen stellen, presste die Kiefer aufeinander, als müsste er verhindern, dass die Antwort aus ihm herausbrach, und ertrug die wortlose Verachtung, den Ekel, mit dem Ostwald ihn ansah wie ein widerwärtiges Insekt.

Das Schweigen war wie eine Waffe, die zwischen ihnen auf dem Tisch lag. Wie ein Skalpell, das lautlos Schicht um Schicht abtrug und zu den Nerven vordrang.

Und dann, am Ende des fünften Tages, das Geständnis.

Laut, böse, voller Hass.

Auf das Flittchen, das ihn wahnsinnig vor Wut gemacht hatte.

Auf die Kerle, mit denen sie es trieb wie eine Nutte.

Auf das perverse Schwein, das ihm sein Leben versauen wollte.

Sie hatten Ehmke brüllen lassen, bis er sich beruhigte.

Dann hatte die Staatsanwältin ihre Fragen gestellt. Und endlich Antworten bekommen.

Angefangen? Angefangen hatte es mit dem Kleid. Einem dämlichen, sauteuren Kleid. Sie hatte es mitgehen lassen, und er hatte dafür gesorgt, dass keine große Sache daraus wurde. Hatte es bezahlt und die Anzeige verschwinden lassen. Mit der Gegenleistung, die er verlangte, war sie einverstanden gewesen. Eine ganze Weile jedenfalls. Dann hatte sie plötzlich nicht mehr gewollt. Einfach so. Er hatte gerast vor Wut und sich genommen, was ihm zustand.

Und sie hatte das mit sich machen lassen?

Musste sie ja wohl, oder? Wenigstens solange sie in Stralsund wohnte. Deswegen war sie doch zurückgegangen. War bei ihrer Mutter untergekrochen und hatte geglaubt, in diesem Kaff, in dem ihn jeder kannte, würde er sie in Ruhe lassen.

Geliebt? Ob er sie geliebt hatte? Darum ging es doch gar nicht.

Sondern?

Darum, dass sie es mit jedem dahergelaufenen Penner trieb, Handlangern, Tagelöhnern. Und ihn eiskalt abservierte. Ihn einfach übersah, nicht mal mehr antwortete, wenn er sie ansprach.

Deswegen hatte er sie getötet?

Ja.

Und daraus hatte sich alles andere ergeben.

30

Der Winter hatte sich nur langsam zurückgezogen. Die Schneedecke war dünn und grau geworden, blieb aber bis zum März liegen wie eine löchrige, ungewaschene Decke. An sonnigen Tagen schmolz das Eis auf dem Bodden, gefror in den Nächten wieder zu einer glasklaren Schicht, in der sich der Himmel spiegelte. In den ersten offenen Wasserstellen zwischen Grieben und dem Bessin drängelten sich die Schwäne, am Schwedenhagen machten die Enten Spaziergänge über das Eis.

Tagelang hatte eine Stille über der Insel gelegen, die Thiel kaum ertrug. Manchmal suchte er sich am Steilufer einen Platz mit freier Sicht auf die offene See und brüllte sich die Wut von der Seele.

Jemand musste ihn dort gesehen haben, denn im Dorf ging das Gerücht, er werde nun wohl doch noch verrückt.

Und das, obwohl sich gerade alles zum Besseren wendete, sofern es stimmte, was die Zeitungen schrieben. Auch wenn das letzte Wort natürlich noch nicht gesprochen war. Aber dieser Stralsunder Kommissar war gewiss nicht ohne Grund verhaftet worden. Wegen nichts und wieder nichts hackte eine Krähe der anderen kein Auge aus.

Thiel schwieg dazu.

Er begann, seine Brandruine aufzuräumen, schichtete Balken und Bretter scheiterhaufenhoch auf und schlug die Wände bis aufs Fundament ein.

Mit dem Wiederaufbau wartete er bis zu dem Tag, an dem Ehmke gestand.

»Verstehe ich nicht.« Pieplow trank einen Schluck Bier. Es war kühl, aber sonnig, und der Stapel, auf dem sie saßen, roch nach frischgesägtem Bauholz. »Sie hätten vor Wochen schon anfangen können. Es war doch klar, wie die Sache ausgehen würde.« Er betrachtete die ersten Reihen ziegelroter Hohlsteine, zwischen denen Zementwülste vorquollen.

»Mir nicht«, sagte Thiel. »Sie wissen doch: Vor Gericht und auf hoher See sind wir in …« Er stockte. Die Gotteshand wollte ihm nicht über die Lippen. »… weiß man nie, wie's ausgeht. Ich hab da so meine Erfahrungen.«

»Mit dem Unterschied, dass diesmal alles für Sie sprach. Das Alibi, das Sie für den Mord an Rohrbach hatten, die Anzeigen und Festnahmeprotokolle in Ehmkes Wohnung, die Aussagen der beiden Polizisten, die Rohrbach damals festgenommen und bei Ehmke abgeliefert haben. Von Möhles und Barings Geständnissen ganz zu schweigen.«

Thiel trank aus und öffnete mit seinem Feuerzeug die nächste Flasche. »Nee, Pieplow, das hätte nicht gereicht, um mich zu entlasten. Dafür brauchte es Ehmkes Geständnis.«

»Das haben wir ja jetzt«, sagte Pieplow.

»Wir sollten auf Ostwald trinken.« Thiel hob die Flasche zum Trinkspruch. »Ohne ihn wär's nicht gegangen.«

»Wahrscheinlich nicht«, sagte Pieplow.

Thiel kramte seinen Tabak aus der Hosentasche und drehte sich eine Zigarette. Sie wurde ziemlich krumm und zog schlecht. »Ich begreif's nicht«, sagte er kopfschüttelnd. »Ich begreife nicht, dass diese ganze Scheiße nur passiert sein soll, weil dieses Schwein nicht gekriegt hat, was es wollte. Das ist doch krank, Pieplow. Einfach nur krank.«

Pieplow stellte seine Bierflasche weg und schwieg. Wollte nur noch nach Hause. Mit Marie Abendbrot essen und reden. Ihr zuhören, wenn sie Leonie vorlas. Vielleicht noch einmal ans Wasser gehen. Vor allem aber nicht mehr an das denken, was Thiel die ganze Scheiße nannte.

»Was werden Sie jetzt tun?«, fragte er und stand auf.

»Ich?« Thiel sah auf die Uhr. Kurz vor sechs. In ein paar Minuten schloss Hella ihren Tabakladen. »Ich werde erwartet«, sagte er mit einem schiefen Lächeln.

»Verstehe«, sagte Pieplow.

Das erste Mal, seit er ihn kannte, machte Thiel einen glücklichen Eindruck.

Danksagung

Wir danken allen, die mit Sachkenntnis und großer Geduld unsere Fragen zur Polizeiarbeit und zum Leben nach der Haftentlassung beantwortet haben.

Ganz besonders danken wir Vanessa Gutenkunst und Caterina Kirsten, mit deren Unterstützung wir so manche Klippe umschiffen und Kurs im düster-eisigen Nebel eines Hiddensee-Winters halten konnten.

Jan Costin Wagner
Das Schweigen
Roman
GOLDMANN

Jan Costin Wagner
Im Winter der Löwen
Ein Kimmo-Joentaa-Roman
GOLDMANN